KB097247

시인과
나무,
그리고
불빛

초 판 1쇄 인쇄 2020년 4월 16일
초 판 1쇄 발행 2020년 4월 30일

지은이 오생근
펴낸이 정중모
편집인 민병일
펴낸곳 문학판

기획 · 편집 · Art Director | Min, Byoung-il
　　　　　 Art Director | Lee, Myung-ok
편집책임―편집외주 최은숙

등록 1980년 5월 19일(제406-2000-000204호)
주소 경기도 파주시 회동길 152
전화 031-955-0700 | 팩스 031-955-0661~2
홈페이지 www.yolimwon.com | 이메일 editor@yolimwon.com

© 오생근, 2020
© 문학판 logotype & 제목글씨 디자인, 민병일, 2020
Printed in Seoul, Korea

ISBN 979-11-7040-023-3

문학판 은 열림원의 문학 · 인문 · 예술 책을 전문으로 출판하는 브랜드입니다.

문학판 의 심벌인 '책예술의 집'은 책의 내면과 외면이 아름다운 책들이 무진장 숨겨진
정신의 보물창고를 상징합니다.

이 도서의 국립중앙도서관 출판예정도서목록(CIP)은 서지정보유통지원시스템
홈페이지(http://seoji.nl.go.kr)와 국가자료종합목록 구축시스템(http://kolis-net.nl.go.kr)에서
이용하실 수 있습니다. (CIP제어번호 : CIP2020011676)

시인과 나무, 그리고 불빛

오생근
산문집

문학판

이 책은 얼마 전 프레베르의 시집 『장례식장에 가는 달팽이들의 노래』를 번역한 출판사의 호의로 만들어지게 되었다. 나는 본래 산문 읽기는 좋아했어도 산문 쓰기는 별로 좋아하지 않았다. 그 이유는 에세이를 잘 쓰지도 못했지만, 에세이에서 자신의 모습이 드러나는 것을 꺼려 했기 때문이다. 사람들은 흔히 에세이가 관습이나 규범처럼 정해진 형식이 없는 장르이므로, 누구라도 자유롭게 쓸 수 있는 것처럼 말한다. 그러나 나에게는 에세이가 자유롭지가 않았다. 그런 까닭에 나 스스로 에세이를 써서 적극적으로 발표한 적이 없었고, 산문을 써달라는 부탁을 받아도 대체로 사양했다. 그러나 사회생활과 인간관계 때문에 어쩔 수 없이 산문이나 에세이를 쓰게 될 경우가 있다. '문학관'의 민병일 선생이 이러한 에세이들이 있다는 것을 알고, 산문집을 내자는 제안을 했을 때 나는 한참을 망설였다. 결국 우여곡절을 거쳐서, 뺄 것과 넣을 것을 결정한 끝에 이러한 산문집이 나올 수 있었다.

지난날에 쓴 글들을 다시 보니, 언어로 표현되지 않은 생각은 진실이 아니며, 사유의 존재성을 증명할 수 없는 것이라는 푸코의 말이 떠오른다. 어떤 글을 보면 글쓴이가 내가 아닌 타인처럼 느껴져 낯설어 보이기도 하고, 또 어떤 글을 보면 자괴감이 들어 지워버리고 싶기도 하다. 그러나 아무리 과거의 '나'를 부정하고 싶어도, 그러한 '나'가 이어져서 현재의 '나'를 만들었다는 생각이 들면 결국 '나'의 모든 흔적들이 현재의 '나'와 연결된 것임을 인정할 수밖에 없다. 아무리 굴곡 없는 삶을 살아온 사람이라도, 삶의 모든 순간은 소중한 법이다. 글 속에 드러나는 나의 모습이 철없거나 감상적으로 보인다 해도 그 모습이 지난날 나의 진실이었다면, 그것을 부정하기보다 긍정하고 받아들여야 할 것이다.

이 책은 모두 네 개의 장으로 구성된다. 제1장은 어떤 형식으로 씌어진 글이건 간에 삶의 여러 순간에 떠오른 생각들과 짧은 에세이 등을 모았다. 여기에는 젊은 날의 방황을 주제로 쓴 글도 있고, 나이 든 사람의 입장에서 젊은이들에게 도움이 될 수 있는 이야기를 쓴 글도 있다. '보들레르에서 프레베르까지'라고 부제를 붙인 제2장의 프랑스 시 읽기에서는 『장례식장에 가는 달팽이들의 노래』에서의 해설이 시의 이해에 도움이 된다는 독자들의 반응에 힘입어 프랑스의 대표적인 시인들의 작품을 골라서 가능한 한 자세하게 분석과 해설을 시도해보았다. 외국 시를 번역하는 일은 어려운 작업이다. 아무리 원문에 충실한 번역을 하더라도 시의 번역과 원문 사이에는 일치될 수 없는 차이가 있기 때문이다. 그러나 나는 시의 번역과 원문 사이의 근원적 거리가 한계이자 동시에 가능성이라고 생각한다. 그 가능성이 독자의 창조적 상상력을 촉발하는 원천일 수 있다는 점에서이다. 여기에 수록된 프랑스 시의 번역과 해석이 창조적 상상력을 넓히고 풍요롭게 하는 데 도움이 되기를 바란다. 제3장은 젊은 날부터 많은 영향과 도움을 받은 스승과 선배와 친구에 관한 이야기들이고, 제4장의 글들은 2011년에 펴낸 비평집 『위기와 희망』 이후에 쓴 비평들이다.

2020년 2월

Ⅲ 스승, 선배,
   친구에 관하여

IV 시와 소설에 대한 비평

I

불빛을 그리워하며
방황하던 젊음

불빛을 그리워하며 방황하던 젊음

　대학교 4학년 졸업여행 때 같이 갔던 친구를 통해 우연히 한대수의 「행복의 나라로」를 배우게 되었다. 그 당시 특별히 잘 부르던 노래도 없었기에 「행복의 나라로」를 배운 이후로는 누가 노래를 시키면 어디서나 그것을 불렀다. 이 노래의 도입부가 블레이크 시의 한 구절, "새로운 시대의 젊은이들이여, 눈을 뜨고 일어나라"(Rouse up, O Young Men of the New Age)와 비슷하다는 점에서 노래를 부르며 시적인 상상을 할 수도 있었다. 젊은 날을 떠올리면 그 노래를 불렀던 4학년 가을과 그 후의 몇 년이 연상되고, 그 노래 가운데 "청춘과 유혹의 뒷장 넘기면 광야는 넓어요 하늘은 푸르러요 다들 행복의 나라로 갑시다"라는 가사의 한 토막이 저절로 읊조려진다. 아마 그 노래를 좋아했던 것도, "창문을 열어라 춤추는 산들바람을 한 번

더 느껴보자"는 앞부분의 가사와 함께 광야와 하늘이 의미하는 새로운 출구와 다른 세계의 암시를 나도 모르게 절실히 받아들였기 때문일 것이다.

그때만 하더라도 "청춘과 유혹의 뒷장"을 하루라도 빨리 넘기고 어딘가에 있을 행복한 세계로 가고 싶다는 욕망이 강렬했다. 내 청춘의 빛깔은 푸른색이 아니라 어두운 색으로서, 최인훈의 『회색인』의 색깔에 가깝다고 생각했다. 실제로 젊은 날의 빛바랜 흑백사진 속에 투영된 내 얼굴은 밝고 건강한 표정보다 어둡고 우울한 표정이 많다. 언젠가 나는 내 청춘을 돌아가고 싶지 않은 고향에 비유한 적이 있다. 어떤 시골 청년이 고향의 가족이나 부담스러운 모든 굴레에서 벗어나기 위해 어느 날 새벽 가출하여 도시의 변두리에서 하층민 생활을 하면서도 지난날 고향을 무작정 떠난 것에 대해서는 전혀 후회하지 않는 것과 같은 심리가 그러했을 것이다. 그런 이유에서인지, 대부분의 나이 든 사람들이 젊음을 예찬하고 그리워하는 것과는 달리 나는 젊음에 대해 어떤 아쉬움이나 그리움을 느끼지 않는다. 이렇게 말하면 아직 충분히 늙지 않아서 그렇게 생각하는 모양이라고 핀잔을 주는 사람이 있을지 모르지만, 아마 늙어서도 나의 이런 생각에는 변함이 없을 것이다.

젊은 날 나는 우울증 같은 상태에 빠진 시기가 있었다. 대학교 2학년 때 심리학과의 '이상심리학' 과목을 수강한 적이 있었는데, 정신과 의사인 담당 교수의 설명에 의하면, 나는 영락없이 우울증 환자였다. 노벨 상을 수상한 오에 겐자부로는 스물 대여섯 살 때 우울증을, 소설 쓰기에 집중함으로써 극복할 수 있었다고 말한 바 있다. 그렇다면 나에겐 소설 쓰기가 아니라, 두서없는 시 읽기와 소설 읽기가 우울증을 극복하는 방법이었을까? 그러나 나는 그것을 누구에게도 말하지 않았다. 미래가 불확실한 젊은이의 우울은 당연한 것이므로 참고 지내야 한다고 생각했는지 모른다. 하루 종일 아무 말도 하지 않고 지내는 날이 종종 있었다. 말을 하기도 싫었고, 말을 잘하지도 못했다. 우울증 때문인지 모르지만, 특히 인간관계에 자신이 없었고 실수도 많이 했다. 또한 생각과 행동의 불일치라든가 욕망과 좌절의 갈등도 감당하기 어려운 문제였지만, 어떻게 살아가야 하는가의 문제는 늘 해결되지 않는 숙제처럼 보였다. 사르트르가 보들레르에 대해 실존과 존재의 불일치 때문에 힘들게 산 사람이라고 말했던 것을 내 식으로 이해하면서 나는 늘 실존적 삶에 대해 불만과 갈등을 순조롭게 풀어가지 못했다. 그 당시 누군가 젊음이란 끊임없는 갈증과 기다림의 연속이며 그것을 감당하는 젊음의 영혼은 아름답다는 식으로 청춘을 위로하듯이 말하면, 나는 그것을 공허한 수사라고 비판했다. 그런 의미에서 샘물이 있기 때문에 사막이 아름답다고 말할 수 있는 것은 사막에서 참으로 목마른 고통을 겪어보지 않았기 때문이라고 빈정거리기도 했다. 간단히 말하면, 나는 꿈과 현실의 갈등을 현명하게 극복하지 못했고, 그것을 극복하는 과정에서 참으로 힘든 시간을 보내야 했다.

그 당시 나는 빛과 불을 좋아했고, 창과 문이라는 열린 이미지를 좋아했다. 발레리의 '다시 시작하는 바다'와 카뮈의 '영원한 여름을 꿈꾸었다'는 표현은 고통스러웠던 젊은 날을 구원해주듯이 머릿속에 새겨졌다. 때때로 산에 올라가거나 산에서 잠자는 캠핑 생활도 좋아했지만, 도시의 거리를 목적 없이 걷기도 좋아했다. 나의 방이나 은신처가 없다는 것이 큰 이유였겠지만, 집 밖의 길이 한적한 길이건 번잡한 대로이건 어디든지 걸어다니기를 좋아했다. 그만큼 걸으면서 몽상에 빠지거나 아니면 길거리에서 눈길이 가는 대로 집과 사람들을 구경하기 좋아했다. 그렇지만 사람이 없고 어두운 길은 좋아하지 않았다. 지금처럼 가로등이나 네온사인의 불빛이 화려하지 않은 때였기 때문에 그럴 수도 있었고, 어두운 길에는 볼 것이 없기 때문에 그렇기도 했다. 그러나 어느 날 밤 밝고 보기 좋은 가로등이 있는 이문동 거리의 풍경은, 대학 시절의 은사를 찾아뵌 후 밤길을 걸었기 때문인지 이상하게도 정겨운 영상으로 오랫동안 기억에 남아 있다. 가로등뿐만이 아니라, 어딘가로 멀리 떠나는 밤 열차의 불빛이 아름다웠다. 야간작업을 하는 노동자들이 공사장에서 각목을 태우는 불길을 보면 그냥 지나가지 않았다. 나도 모르게 불 옆에 멈춰서서 불의 온기를 느끼며 불의 매력에 빠져들었다. 그 무렵 엘뤼아르의 「여기에 살기 위하여」와 「자유」를 읽고 좋아했던 것도 그 시들에 나타난 불의 이미지가 강렬히 기억에 남았기 때문이다. 바슐라르의 『불의 정신분석』을 읽으면서 "인간이 자신의 정신을 발견하는 것은 즐거움 속에서이지 고통 속에서가 아니다"는 구절을 읽고, 그의 행복한 상상력 이론에 공감하기도 했다. 그의 이론에 의하면, 인간은 필요에 의해서 불을 발견한 것이 아니라, 즐거움 속에서 불을 발견했다는 것이다. 북미의 인디언들은 숲에서 모닥불을 피우고 불 앞에서 춤을 추는 의식을 가졌다고 한다. 그것은 불에 대한 인간의 감사이자 기쁨의 표현일지 모른다. 인간은 누구나 타오르는 불길을 바라보면, 춤을 추지 않더라도 마음과 정신이 고양되는 느낌을 갖는다. 타오르는 불길은 주위의 사람들에게 서로 모르는 사이라 해도 친밀한 동료의식을 갖게 한다. 불에는, 사람들에게 동질감과 일체감을 전파하는 마법의 힘이 있다. 불꽃과 불빛을 좋아하던 그때의 습관 때문일까? 지금도 밤길을 걷다가 내부의 불빛이 아름다운 카페나 레스토랑을 보면, 그냥 지나가지 않게 된다. 그래서 커피나 와인 한잔을 마시고 싶다는 욕구를 핑계 삼아 들어가본다. 그곳에서 피자를 굽는 화덕의 불길을 만나면 그야말로 금상첨화이다.

생텍쥐페리의 『전투 조종사』나 『인간의 대지』에 나오는 구절 중에서 집의 불빛이나 불빛으로 표현되는 인간의 신호를 아름답고 절실하게 묘사한 구절들이 감명 깊었던 것은 불빛에 대한 열망이 그만큼 강했기 때문이다. 『전투 조종사』의 화자는 리비아 사막에 불시착했을 때 비행기의 잔해를 불사르고 밤하늘에 충천하는 불길로 신호를 보내고 구원의 손길을 기다리며 이렇게 말한다. "불을 다룰 수 있는 동물은 오직 인간뿐이다. 이 컴컴한 어둠 속에 또 다른 불이여! 피어올라라. 우리의 불에 대답해주려무나!" 나는 이 글을 읽으면서 인간은 혼자서 살 수 없고 사랑과 연대감 속에서 살아가야 한다고 주장하는 작가의 메시지를 떠올렸다. 또한 생텍쥐페리와 동일시하면서 '불빛'의 의미를 설명한 김붕구 교수의 해석에 전적으로 공감하기도 했다.

어느 날은 야간비행 중에 길을(?) 잃은 적이 있다. 캄캄한 허공 속에서 방향을 잃고 헤매는 것이다. 해질 시간은 훨씬 지났건만 나타나야 할 비행기가 나타나지 않았다. (……) 그러자 구름 틈바구니로 깜박이는 불빛이 나타난다. 좋아라. 기수를 돌려 그 불빛을 물고 늘어진다. (……) 그러나 그것은 불빛이 아니라 별이다. (……) 그는 생각한다. 저 수많은 별들 중에서 진짜 유성遊星은—친숙한 마을과 낯익은 나무들과 밤하늘에서 '인간의 불빛'을 찾는 조종사의 의식처럼 나에게 불빛은 절실하게 '기적'을 기다리는 마음의 표상이기도 했다.

—『현실과 문학의 비원』

나는 한동안 사람들을 마음이 열린 사람과 닫힌 사람, 불빛을 좋아하는 사람과 좋아하지 않는 사람으로 분류해보기도 했다. 당연히 전자의 사람들은 나의 편이었고 후자의 사람들은 나의 적이었다. 그렇기 때문에 생텍쥐페리의『인간의 대지』에서 다음과 같이 프티 부르주아를 경멸하는 투의 구절을 발견했을 때 그 구절을 외우고 싶을 정도였다. "나의 동료인 늙은 관료여, 아무도 너를 탈출시키지 않았고 너는 그것에 전혀 책임이 없다. 너는 흰개미들이 그렇듯이 빛을 향한 모든 출구를 시멘트로 발라 틀어막으면서 너의 평화를 이룩했다. 너는 부르주아의 편안함 속에 빠져 공처럼 뒹굴었고, 저 바람과 바다와 별의 세계를 가로막는 비천한 성벽을 쌓았다. 너는 중요한 문제에 대해서 불안해지길 원하지 않으며, 애써 인간 조건을 잊으려 했다. 너는 떠도는 별에 사는 사람이 아니며, 해답이 없는 질문을 스스로 제기하는 법이 없다. 너는 툴루즈의 프티 부르주아이다." 이렇게 삶의 의미를 전혀 회의하지 않고 단순화하여 생각하는 사람, 고민해야 할 문제를 고민할 필요가 없다고 단정적으로 말하는 사람, 나이는 젊어도 늙은 이처럼 경직된 사고를 하는 사람, 돈과 재산은 많지만 머리와 가슴은 비어 있는 사람, 이런 사람들은 나에게 모두 '툴루즈 의 프티 부르주아'였다.

젊음은 자기중심적인 나이이다. 그렇기 때문에 젊은이는 사랑을 추구하면서도 타인을 배려할 줄 모르고 사랑하는 방 법을 모른다. 특히 자기 문제에 몰입해 있거나 자기의 미숙한 껍질을 깨고 나오지 못한 젊은이라면 타인을 생각하고 배려 하는 성숙한 사랑을 하지 못한다. 외로움을 잊기 위해서거나 욕망의 갈증을 끄기 위한 사랑도 있고, 세상에 대한 미움과 반 항의 의지로 공범의식을 갖는 철없는 청춘의 사랑도 있겠지 만, 진정한 사랑은 자기의 개인적 문제를 극복하고 자아의 좁 은 울타리를 넘어선 성숙한 사람만이 할 수 있는 것이라고 생 각한다. 성숙하지 못한 젊은이가 아무리 아름다운 꿈을 동경 하고 순수한 고민을 하더라도 그것이 편협하고 자기중심적인 것처럼 보일 때 그것은 매력이 없는 미숙한 몸짓일 뿐이다. 지 난날 나의 젊음을 객관화해볼 때, 어리석고 후회스럽고, 이기 적인 모습이 떠오르면 한없이 부끄러워진다. 그런 젊음의 모 습을 정직하게 인식하지 않고 젊음을 상투적으로 미화하거나 '지난날이 좋았다'는 식으로 얼버무리는 태도는 자기기만이나 다름없다.

젊음과 늙음은 나이로 구분되는 것이 아니다. 젊어서도 늙은이 같은 사람이 있고, 늙어서도 젊은이 같은 사람이 있을 것이다. 이런 관점에서는 당연히 육체적인 젊음이 중요하지 않고 정신적인 젊음이 중요한 법이다. 기성의 가치체계에 일찍부터 순응하여 삶의 요령을 터득하고 매끄럽게 살아가는 젊은이는 더 이상 젊은이라고 말할 수 없다. 참으로 바람직한 젊은이의 모습은 자유롭고 창조적인 생각으로 행동하며, 자기가 진실하다고 생각하는 것을 용기 있게 표현하면서, 정신을 성숙하게 가꾸고 삶을 변화시키려는 열정이 강한 사람이다. 그는 유치한 영웅주의에 빠지지 않으면서 자기가 감당해야 할 고통을 회피하지 않고, 기성세대의 편견과 가치관에 맞설 수 있는 담대하면서도 순수한 사람이다.

그런 기준에서 나의 젊음은 매우 후회스럽다. 그러나 그런 젊음을 갖지 못했다고 회한과 아쉬움을 갖기보다, 상처투성이의 방황하던 젊음을 그대로 인정하자. 그런 후 지금의 내가 처한 현실에 최선을 다하고, 젊은이를 사랑하고 젊은이의 실수를 이해하면서 그가 올바른 길을 갈 수 있도록 조금이라도 도와주는 것이 아쉬운 젊음의 정신을 회복하는 가장 좋은 방법이라고 생각한다. 따뜻한 불빛을 그리워하던 지난날의 외롭고 가난했던 시절을 잊지 않고 열린 마음으로 겸손하게 사는 것도 젊게 사는 방법일지 모른다. [1986]

사랑, 우정, 결혼

'아름다운 사랑'과 '감동적인 우정'의 이야기는 저마다의 삶과 사는 방식이 다를지라도 누구나 중요하게 생각하고 공감하는 주제입니다. 그런데 사랑과 우정을 비교해보면, 사람들은 일반적으로 우정보다 사랑을 더 중요시하고, 그것을 더 매력적인 것으로 받아들입니다. 사실 사랑의 정열과 매혹에 비해서 우정의 의미와 모양은 밋밋하고 평범해 보입니다. 사랑은 사람들에게 풍부한 낭만적 환상을 불러일으키지만, 우정은 어떤 모범답안이 연상되어서 그런지, 특별히 환상을 자아내지 않는 것은 분명해 보입니다. 옛날이나 지금이나 사랑을 주제로 한 문학작품은 헤아릴 수 없이 많지만, 특히 현대에 이르러 우정이 중심적인 테마로 되어 있는 작품이 많지 않은 것도 그러한 이유 때문일지 모릅니다.

나는 사랑과 우정의 큰 차이가, 사랑은 상호성이 없어도 가능하지만, 상호성이 없는 우정은 존재하지 않는 데 있다고 생각합니다. 우리는 자신에게 우정을 보이는 사람에 대해서 우정을 갖는 것이지, 자신에게 우정을 보이지 않는 사람에게 우정을 갖지는 않습니다. 짝사랑이라는 말은 있어도 짝우정이라는 말이 없는 것은 우정의 상호성을 입증하는 한 예라고 할 수 있습니다. 정열적인 사랑의 경우, 사랑의 상호성이 있었다 해도 서로의 감정이 뜨겁게 달아오르는 일정한 시간이 지나고 나면 상호성이나 일치성은 사라지는 경우가 많습니다.

나나 무스쿠리의 노래 「사랑의 기쁨」은 "사랑의 기쁨은 어느덧 사라지고 사랑의 슬픔만 영원히 남았네. 당신은 예쁜 실비아가 좋아서 나를 떠났지"라고 하면서 제목과는 달리 사랑의 슬픔을 노래합니다. 한때는 둘이 서로 좋아했지만, 한쪽의 감정이 먼저 식어서 다른 쪽을 배반한 것입니다. 그렇기 때문에 사랑의 기쁨은 짧고 사랑의 슬픔은 긴 것인지 모릅니다. 이러한 사랑의 불일치로 빚어진 비극은 헤아릴 수 없이 많지만, 우정은 별로 그렇지 않습니다.

두 번째로 중요한 차이는, 사랑은 비이성적이지만 우정은 이성적이라는 것입니다. 어떤 사람을 평가할 때, 그 사람의 친구를 알면 그 사람을 알 수 있다는 속담이 있습니다. 그러나 어떤 사람의 사랑하는 대상을 기준으로 그 사람을 평가하기는 어렵습니다. 어떤 사람이 누구를 사랑하는가의 문제는 인격을 반영하기보다 취향을 나타내는 경우가 많기 때문입니다. 흔히 사랑은 신비롭다고 말합니다. 사랑이 어떻게 시작하는지도 신비롭고, 어떻게 끝나는지도 신비롭습니다. 그러나 우정은 신비롭지 않습니다. 우리가 어떤 친구와 어떻게 가까워지고 어떻게 멀어지게 되었는지의 이유는 분명합니다. 우리는 친구를 사귈 때 아무리 우연적으로 만나게 된 관계일지라도, 그 친구에 대한 이성적인 평가를 하면서 가까워지는 경우가 많습니다. 우정의 기본은 상대편을 존중하는 마음입니다. 그것을 신의라고 할 수도 있겠지요. 서로가 알게 된 시간이 짧건 길건 간에 믿을 수 있는 사람이라고 생각하면 할수록 우정은 더욱 깊어집니다. 그렇기 때문에 신의를 잃으면 우정도 사라집니다. 그러나 사랑의 관계에서는 사랑하는 사람이 신의를 저버린 행동을 했다 하더라도 그에 대한 사랑은 소멸되기는커녕 더욱 강렬해질 수 있습니다. 사랑은 비이성적이기 때문입니다. 사랑에 눈이 멀었다는 말은 있어도, 우정에 눈이 멀었다는 말이 없는 것도 그러한 이유에서입니다. 어떤 의미에서 우정은 사람을 정신적으로 성숙하게 만들고, 인간에 대한 이해를 넓혀주면서 삶의 지혜를 가르쳐줍니다. 몽테뉴는 『수상록』에서 사랑과 우정의 차이를 이렇게 설명합니다. "사랑의 불꽃은 더 크고 더 격렬하며 더 뜨겁다. 사랑은 하루에도 몇 번씩 모습을 바꾸는 변덕스러운 감정이다. 사랑은 뜨거워지다가 어느새 차갑게 식는다. 사랑은 광기다. 사랑은 우리를 팽팽한 활시위에 매어두고 늘 긴장하게 만든다. 그러나 우정은 누구나 공감할 수 있는 보편적인 감정이다. 우정은 관계가 지속될수록 더 좋은 감정으로 발전하고 더욱 강해진다. 왜냐하면 우정은 정신적인 것이고 영혼을 정화시킬 수 있기 때문이다." 이렇게 몽테뉴는 사랑을 미화하지 않고 "시시각각 변하는 변덕스러운 감정"이라고 정의하는 한편, 우정을 그렇게 불안정한 사랑과 같은 자리에 놓을 수 없을 만큼 "좋은 감정"으로 높게 평가했습니다.

고대 그리스의 철학자 세네카는 우정이 인간에게 생활의 필수품인 물과 불 못지않게 필요하고 중요한 것임을 강조하면서 이렇게 말합니다. "우정은 신들이 인간에게 준 최고의 선물이다. 당신이 마치 당신 자신과 이야기를 나누듯이 무엇이든지 말할 수 있는 사람을 갖는 것처럼 기쁜 일이 어디 있겠는가? 당신에게 즐거운 일이 있을 때, 당신 못지않게 함께 기뻐해줄 사람이 없다면, 어떻게 그 기쁨을 온전히 만족스러운 것으로 느낄 수 있다고 하겠는가?" 세네카의 이 말은 우리가 사랑 없이 살 수는 있어도, 우정 없이 살 수는 없다는 것을 강조하는 듯합니다.

끝으로 사랑은 시간의 힘에 약하지만, 우정은 시간이 갈수록 굳건해지는 차이가 있습니다. 사랑과 커피의 공통점은 "뜨거울수록 좋다"는 우스갯소리가 있습니다. 그것들이 모두 짧은 시간에 식기 마련이라는 뜻을 내포하기 때문일 것입니다. 그러나 우정은 뜨겁지 않아도 온기로 오래 지속하는 힘을 갖고 있습니다. 우리 집 부엌의 창가에 걸려 있는, 와인 병 모양의 치즈 접시 위에는 "와인과 친구는 오래될수록 좋다"는 말이 씌어 있습니다. 이것은 오래 사귄 친구가 무조건 좋다는 말이 아니라, 오랜 시간 사귄 친구라면, 서로를 존중하는 마음과 신의의 우정이 '마음의 강물'처럼 오래 지속된 관계로 형성되어 있을 것이라는 전제에서 하는 말입니다. 마찬가지로 오래된 와인이 무조건 좋은 것도 아닙니다.

이런 점에 착안해서 언젠가의 주례사에서, 나는 세월과 함께 형성된 공동의 추억으로 와인과 우정이 오래될수록 좋다는 서양 속담을 인용하면서 이렇게 말한 적이 있습니다. "모든 와인이 오래되었다고 좋은 것이 아니듯이, 모든 우정이 오래되었다고 좋은 것도 아닙니다. 좋은 포도를 수확해서 숙성시킬 때까지 정성과 비용이 많이 들고, 보관 상태도 만족스러운 와인이 오래될수록 좋은 것입니다. 마찬가지로 오래될수록 좋은 우정은 서로간에 신뢰가 깊고, 상대편에 대한 존중심을 두텁게 쌓아온 우정, 다시 말해서 성신적인 '비용'을 많이 투자한 우정일 것입니다."

나는 부부의 사랑은 우정과 같다고 생각합니다. 결혼은 인생에서 제일 가까운 친구와 함께 사는 것입니다. 몽테뉴는 『수상록』에서 행복한 결혼은 사랑의 논리보다 우정의 논리로 지속될 수 있다고 말했습니다. 몽테뉴의 말처럼, 상대편의 장점과 단점을 모두 알고, 사랑의 한계를 우정으로 승화시킬 때, 행복한 결혼생활이 가능할 것입니다. 행복한 부부의 우정은 잘 숙성된 와인처럼, 오랜 시간이 지나도 변질되지 않고, 깊은 맛을 자아내며, 튼튼한 구조감과 독특한 향기가 느껴지는 분위기를 연출할 것입니다. [2014]

산으로 가는 마음

소설가 최일남 씨는 「사랑하는 나의 완산아」라는 수필에서 어린 시절, 고향집 뒤쪽에 산이 있어서 자주 올라가 놀았고, 나중에 서울에 정착한 뒤에도 계속 주말 등산을 즐겨왔다면서 산에 대한 체험을 이렇게 이야기한다. "내가 산에 가서 보고 기대고 풀고의 응석을 떠는 동안, 산은 아낌없이 드러내고 안아주고 받아주고를 아무 내색도 없이 해온 셈"이어서 "나를 키운 건 8할이 산이었다"는 것이다.

최일남 씨와 성장 배경이 같지 않더라도, 한국인이라면 누구나 대체로 산에 대해 그와 비슷한 친밀감을 갖고, 산을 통해 고향의 이미지를 떠올린다. 나처럼 서울에서 태어나 6·25 때 부산에서 피난, 국민학교에 입학해 몇 년을 보내다가 서울에 올라온 사람에게는 고향은 없는 것처럼 느껴진다. 그러나 서울로 다시 올라와 방학 때마다 경기도 광주의 외가에서 지내며 '시골 체험'을 하고, 그때 시골집에서 바라보이던 이름 모를 큰 산의 형상은 그 시골집과 함께 고향처럼 기억된다. 그 산은 어린 시절의 나에게 신성하면서도 자비로운 느낌을 주고, 엄숙하면서도 푸근하고 관대한 어떤 아우라에 감싸여 있는 형상으로 떠오른다. 이런 까닭에 고향의 기억이 없는 나에게는 어린 시절 방학 때 시골집에서 보던 그런 산의 모습이 충분히 고향을 대신할 수 있었다. 물론 고향을 갖고 있는 사람이라도 고향을 떠올릴 때, 그것이 언제나 행복하게 기억되지는 않을 것이다. 고향은 대체로 '가고 싶은 곳'이면서 여러 가지 부정적이고 불합리한 요소 때문에 떠나야 할 곳으로 인식되는 경우가 많다. 그러나 산의 기억을 마음의 고향으로 두고 있는 사람에게 고향은 언제나 변함없이 의지할 수 있는 든든함으로 안도감을 주어, 그곳이야말로 진정한 고향일 것이다.

평소에 가깝게 지내던 사람들과 가끔 지방 여행을 하면 반드시 절 구경을 하게 되는데, 그때 생각한 것은 아름다운 산마다 그윽한 절이 있고 절의 위치와 모양도 산의 형상과 조화를 이뤄서 만들어졌다는 것이다. 절이 경치 좋은 산속에 있고 그 산에 어울리게 세워졌다는 이런 단순한 고정관념은 최근에 김봉렬의 『가보고 싶은 곳, 머물고 싶은 곳』을 읽으면서 수정되었다. 이 책에 의하면, 불교가 들어오기 이전, 우리의 선조들의 고유한 신앙 중에 대표적인 것이 산악 숭배 신앙이었으며, "불교가 한반도 전역에 퍼지면서 중요한 산에는 당연히 명찰들이 건립"되었는데, 이렇게 된 까닭은 "그 장소들이 지형적으로 매우 중요했기" 때문이기도 하지만, 무엇보다 산에 대한 "기존의 민간 신앙을 껴안으면서 민중들에게 뿌리내리기 위한 방편"이었다는 것이다. 국토의 7할이 산으로 덮여 있는 나라의 사람들에게 오래전부터 이처럼 산을 숭배하는 신앙심이 있었다는 것은 당연한 일일지 모른다.

일찍이 공자는 "지혜로운 사람은 물을 즐기고, 어진 사람은 산을 즐긴다"고 하였는데, 이 말이 물의 변화하는 특성에서 지혜를 넓히고, 산의 변함없고 믿음직스러운 모양을 보고 덕성을 쌓아가는 바람직한 인간상을 역설한 것으로 본다면, 산을 가깝게 둔 우리의 국토는 그야말로 환경 자체가 자기 수련의 현장이랄 수 있다. 우리나라의 많은 학교 교가가 대체로 무슨 산의 정기를 받고 태어난 곳이든가, 산을 등지거나 산을 바라보고 세워진 곳이라면서 산과 학교의 지리적 관계를 강조하는 것으로 시작한다. 이것은 학교의 위치가 산과 가까워서이기도 하겠지만, 작사자가 공자의 말처럼 산의 기상을 통해 덕성을 배울 수 있다는, 즉 산의 교육적 기능을 염두에 두었기 때문이 아닐까 생각된다. 사실상 우리나라 정규 학교의 전신이랄 수 있는 유명한 서원이 산속에 자리잡고 있었다는 것도,

그 서원의 학문적인 역할이 강조되건 교육적인 기능이 중시되건 공부하는 사람으로서는 시끄럽고 세속적인 삶과 거리를 둔 순수한 마음가짐으로 산의 아우라를 통해 사색과 학문이 깊어질 수 있기 때문일 것이다.

최일남 씨는 앞에서 인용한 글을 통해 서양 사람들에게 산이 등반climb의 대상이라면, 우리에게 산은 "오르내린다기보다 들어가고 나오는 대상"으로 이해될 수 있다고 덧붙인다. 사실상 우리는 '등산한다' '산을 오른다'는 말보다 '산에 간다'는 말을 더 자주 쓴다. 아무리 높은 산이라도 산에 가는 일이 일상의 장소를 드나들듯이 그만큼 친숙하게 느껴져서일 것이다. 풍수학자 조용헌은 최근 한 칼럼에서 우리나라의 산을 흙으로 덮인 육산肉山과 바위가 많은 골산骨山으로 나누어, 대표적인 육산이 지리산이고 골산으로 설악산을 꼽으면서 "사는 것이 외롭다고 느낄 때는 지리산의 품에 안기고, 기운이 빠져 몸이 처질 때는 설악산의 바위 맛을 보아야 한다"고 쓴 바 있다. 우리나라 사람들이 산을 찾는 이유가 무엇이건, 산을 찾는 사람의 무의식적이고 내적인 동기 속에는 고향을 찾고 자아를 확인하면서 새롭게 삶의 의지를 다짐해보려는 욕망이 숨어 있는 것이 아닐까? 고향이 있건 없건 간에, 현대인은 누구나 고향을 상실하고 '뿌리 뽑힌' 삶을 살아가는 존재라고 말할 수 있다. 전통과의 단절, 급격한 도시화와 산업화, 혹은 난개

발의 부작용으로 사람들의 정신과 마음은 정처 없이 바람에 휩쓸리고, 우리의 국토 안에서 고향의 형태와 정취가 그대로 남아 있는 곳은 어디에서도 찾을 길이 없다. 이런 점에서 공연히 고향을 찾기보다 우리 모두의 마음의 고향이랄 수 있는 산을 향한 마음으로 나를 다스림이 낫지 않을까.

산에 가는 마음은 여행을 떠나는 마음과 같다. 누군가 여행의 참된 목표는 낯선 풍경을 통해 그동안 잊고 있었던 자기와 만나기 위해서라고 말한 바 있는데, 그처럼 산에 가는 것은 일상에 파묻혀 있던 자아를 발견하고 자아를 확인하기 위해서라고 말할 수 있다. 우리는 걷는 동안, 편안하게 걷건 힘들게 걷건 간에 자신에 대하여 혹은 자신과 타인들의 관계에 대하여 생각하고 질문해보게 된다. 걷다가 생각하거나 생각하면서 걷다 보면, 잊었던 기억이 되살아나기도 하고, 도시의 현실에서 시간에 쫓기며 살았던 일이 아득해지기도 한다. 걷다 보면 삶의 불안과 괴로웠던 마음도 사라져버린다. 전통적으로 에스키모 사람들이 분노를 해소하는 전통적인 방법은 걷기라고 한다. 화가 난 사람이 자연의 풍경을 바라보며 직선으로 걸어감으로써 자신의 몸에서 나쁜 감정을 몰아내는데 화가 풀린 지점을 지팡이로 표시해두면 분노의 강도나 지속된 시간을 알 수 있다는 것이다. 이것은 자연 속에서 걷는 일이 인간의 분노와 고뇌를 치료하는 최상의 방법임을 가르쳐준다. 우리는 그러한 분노 때문이 아니더라도 편안한 집을 떠나 습관적으로 산에 간다. 시인 김광규 씨는 「크낙산의 마음」이란 시에서 "다시 태어날 수 없어/마음이 무거운 날은/편안한 집을 떠나/산으로 간다"로 시작하여, "산에서 살고 싶은 마음 남겨둔 채" "크낙산에서 돌아온 날은/ 이름 없는 작은 산이 되어" "다시 태어난다"로 끝을 맺고 있다. 현재의 삶을 관습적으로 되풀이하지 않고 새롭게 살아야 한다는 의지를 부각한 이 시에서 가장 흥미로운 부분은 산에서 돌아온 날 "이름 없는 작은 산이 되어" "다시 태어난다"는 구절이다. 이 시가 가르쳐주듯이 우리에게 산에 갔다 오는 일은 일상의 현실을 잠시 떠났다가 돌아오는 일이지만, 산에 가서 느끼고 생각한 일은 아무리 사소한 것이라도 새로운 탄생과 변신의 계기가 될 수 있는 것이다.

산에서 걷는 동안 우리는 세계를 향해 자신을 열어놓으면서 자연과 일체감을 느끼고 존재에 대한 긍정을 회복한다. 이런 경험을 통해 우리는 자신을 새롭게 발견하고 세계와 새로운 관계를 맺을 수 있다. 생활의 현실로 돌아와 일상의 빠른 시간 속에서 지내다 보면 우리의 그 작은 산은 형체가 마모되고 작아지면서 나중에는 흔적도 없이 사라지겠지만, 다시금 작은 산으로 자아의 성을 쌓는 연습을 포기하지 말아야 할 것이다. 그렇지만 우리들 마음속에 최소한의 그 '작은 산'이 자리

잡을 수 없을 만큼, 우리나라의 산들을 평화롭게 두지 않고 도처에서 끊임없이 괴롭히는 저 개발과 훼손의 광풍은 우리를 한없이 슬프게 한다. [2005]

이웃집 개의 죽음

　　김병언의 「개를 소재로 한 세 가지 슬픈 사건」이란 단편소설이 있다. 이 소설에서 가장 인상적이었던 개의 이야기는 사랑과 증오, 애정과 폭력이 같은 감정의 뿌리에 있는 것임을 보여주는 첫 번째 사건에 관한 것이다. 이 사건을 이야기하는 화자는 어린 시절 성격이 내성적이고 자의식이 심해 친구가 없었는데, 집에서 기르던 개가 친구 역할을 했다는 것이다. 그에게 친구가 없었던 데에는 그의 내성적인 성격 탓도 있었겠지만, 직업 군인이었던 아버지가 자주 전출을 하게 되고, 그때마다 이사하고 전학하는 일을 되풀이한 탓도 있었다고 한다. 여하간 그는 누구보다 개와 함께 보내는 시간이 많았고, 개에게 정을 쏟다 보니 개와 동일시하는 감정까지 갖게 되었다.

　　소년이 중학교 2학년이었을 때, 그의 아버지가 다른 지방으로 전출을 하게 되면서 또 전학을 하게 된다. 그는 등교한 첫날 같은 반의 불량 학생들에게 온갖 위협과 시달림을 받는다. 그날 밤 악몽을 꾸고, 다음 날 아침 학교 가기가 죽기보다 싫었던 소년은 어쩔 수 없이 집의 문을 나서서 걸어가는데, 이상한 느낌이 들어 돌아다보니 개가 따라오더라는 것이다. 그 당시 그 개는 나이가 많이 들어 털이 듬성듬성 빠지고, 눈에는 볼썽사나운 눈곱이 끼어 있어 그야말로 비루먹은 개 꼴의 모습이었다. 소년은 개를 쫓는 시늉을 하고, 다시 걷다가 돌아보면 그 개는 따라오고, 그런 일이 반복되다가 학교까지 가게 되었다. 그러다가 어느새 그는 교문에서 곧장 교실에 들어가 자리에 앉았는데, 다른 학생들이 갑자기 소란스러운 움직임을 보여 돌아보니 그 개가 교실까지 따라 들어왔다는 것이다. 아이들은 웬 똥개가 재수 없게 교실까지 들어왔다고 발길질을 하는데도 그 개는 나가려 하지 않다가 소년과 눈이 마주치자 그쪽으로 달려온다. 아이들은 그에게 "너네 집 개냐"고 묻는다. 그는 아니라고 강력히 부인한다. 그러다가 어느 순간 광기의 적개심이 발동하여 교실의 한쪽에 놓인 큰 몽둥이 자루를 집어 들고 개의 몸이 부서지도록 매질을 한다. 그 개는 죽어가는 비명 소리를 여러 번 지르다가 마침내 교실을 나가 종적을 감춘다. 반의 아이들은 새로 전학 온 소년의 잔인한 폭력의 행위를 목격하고, 그를 무서운 아이로 생각하여 더 이상 괴롭히려 하지 않았다는 것이다. 훗날, 그는 그때 자기가 왜 그렇게 행동했는지를 자문하기보다 왜 그 개가 학교까지 자기를 따라왔는지를 곰곰이 생각한 끝에, 그 개가 학교 가기를 싫어한 자기의 심정을 헤아려 어떤 식으로건 자기에게 마지막 봉사를 하려고 한 것이 아니었을까 추측해보기도 한다.

내가 이렇게 개에 관한 소설을 이야기하게 된 까닭은, 얼마 전 오랫동안 살던 과천의 집에서 서울의 아파트로 이사하게 되었는데, 이 과정에서 이웃집 개가 죽었다는 소식을 들었기 때문이다. 우리 집 개도 아닌 이웃집 개가 무슨 이야깃거리가 되겠냐고 생각할 사람도 있을 것이다. 그러나 그 이웃집 개와 나 사이에는 여러 가지로 얽혀 있는 사연이 많다. 그 집 주인인 K교수가 '참이'라고 불리는 그 개를 강아지일 때부터 개 줄로 묶어두지 않고 키워서, 그 개는 언제나 동네를 활보하고 다녔다. 어느 해 K교수의 가족이 반년이나 일 년쯤 외국에 나가 있을 때에도 그 개는 울타리가 엉성한 연립주택의 자기 집에서 동네 사람들의 도움으로 이럭저럭 생계를 꾸려갔다. 나도 가끔 그 개에게 먹을 것을 가져다준 적이 있었다. 내가 동네에서 산보하고 다니기를 좋아해 산보 길에 나서면 개가 나를 따라오는 때가 자주 있었다. 어떤 날 아침 구세군사관학교 운동장에 가서 조깅을 하는데, 나를 따라와서 기다리던 녀석이 어디서 나타났는지 모르는 다른 개와 짝짓기를 하게 되어, 그 일이 무사히 끝날 때까지 내가 보호하듯 기다려주는 역할을 한 적도 있었다.

'참이'는 내가 아침에 산보 나갈 시간이 되어서도 밖에 나가지 않으면, 우리 집 문 앞에서 산보 가자고 짖어대기도 했다. 그렇게 녀석이 나를 따라다니다 보니까 불편한 것은 산보 길의 방향을 마음대로 바꿀 수가 없다는 점이다. 특히 아침에는 약수터를 갈 수가 없었고, 밤에는 큰길 건너편에 있는 중심가로 갈 수가 없었다. 개가 잘생긴 외모도 아니었고 작은 편도 아니었기 때문에 사람들은 귀여워하기보다 싫어했다. 더구나 그 개는 나이가 들어가면서 영리해 보이거나 늠름해 보이는 모습을 보이기보다 눈치를 많이 보고, 어두운 표정의 초라한 모습이어서 사람들은 더 싫어했던 것 같다. 혼자서 돌아다니다가 자기보다 큰 개에 물린 적도 있었고, 사람들의 학대를 받으면서 옆구리에 상처가 나고, 다리를 절룩거리는 일도 자주 있었다. 그런 일을 겪으면서, 개는 더욱더 불쌍한 표정으로 주눅 든 모습이 되었다. 그렇게 초라한 개가 나를 따라다니는 것은 여간 부담스러운 일이 아니었다. 그래서 어떤 날 밤에는 문소리를 내지 않고 아주 조용한 걸음으로 나와 한참 걸었는데, 문득 개가 소리도 없이 나를 따라오는 것을 보고는 소름이 끼칠 정도로 놀란 적도 있었다. 또 한번은 동네 상가의 비디오 대여점에 가다가, 그 개가 따라오기에 돌아가라고 쫓아 보냈는데, 비디오 대여점에 들어가서 비디오의 제목을 한참 둘러보고 있을 때, 대여점 주인이 개가 들어왔다고 놀라기에 나도 깜짝 놀란 일이 있었다. 그 주인의 말에 의하면 그 개가 나를 쳐다보는 눈길이 그렇게 처량할 수 없다는 것이다.

우리가 이사할 날이 가까워오자 '참이'는 유난히 풀이 죽은 모습이었다. 아마 우리가 이사하리라는 것을 짐작한 모양이었다. 이사한 지 일주일이 지났을 때, 그 개의 집주인인 K교수가 나에게 전화를 했다. 이틀 전에 개가 죽었다는 것이다. K교수의 말에 의하면 우리가 이사한 다음 날부터 개가 상심한 듯 밥을 통 먹지 않더니 사흘째가 되어서는 하루 종일 모습을 보이지 않았다는 것이다. 그래서 저녁때 개를 찾아 돌아다니다가 관악산 기슭의 어느 나무 밑에 실신한 듯 누워 있는 것을 발견하여 개를 안고 집에 데리고 왔는데, 다음 날 아침에 죽었다는 것이다. 나는 그 전화를 받고 한동안 착잡한 생각에 빠지게 되었다. 그때 떠오른 생각은 개도 우울증에 걸려서 자살할 수도 있구나였다. 그렇지만 나는 우리 집이 이사를 했기 때문에 개가 슬픔에 빠져 식음을 전폐하고 죽게 된 것이라기보다 개가 죽을 때가 되어서 죽게 된 것이 우연히 우리 집이 이사할 무렵이었다고 생각을 정리했다. 그러면서 그 개가 지난겨울에 왜 그렇게 슬프고 외로운 눈빛으로 비디오 대여점이건 약국이건 자기가 따라올 수 없는 곳까지 나를 따

라다닌 것일까, 그것은 혹시 자신의 죽음을 예감했기 때문이
아니었을까 하고 생각해본다. 여하간 그 개의 눈빛은 당분간
나의 기억에서 쉽게 사라질 것 같지 않다. [2002]

'가지 않을 뻔한 길'의 파리

    프로스트의 「가지 않은 길」은 인생의 갈림길 앞에서 고민하는 사람들에게 어떤 길을 가더라도 마음가짐에 따라서 그것이 의미 있는 선택이 될 수 있음을 일깨워주는 시이다. 이 시에서 화자는 '사람이 많이 다닌 길'보다 '사람이 덜 다닌 길'을 택함으로써 '그것이 모든 것을 다르게 만들었다'고 한다. 그러나 만일 그가 '사람이 많이 다닌 길'을 택했다면, '그것이 모든 것을 다르지 않게 만드는' 뻔한 결과를 가져왔을까? 물론 인생의 갈림길 앞에서 고민하는 젊은이들에게 쉬운 길보다 어려운 길을, 사람이 많이 다닌 길보다 사람이 적게 다닌 길을 권유해볼 수는 있다. 그러나 인생이란 신비한 것이어서 어떤 사람이 어떤 길에 들어서건 삶의 행로는 누구에게나 같을 수 없다는 것이 나의 생각이다.

나는 인생의 갈림길이 많은 삶을 살아왔다고 생각하지는 않지만, 지난 시간을 돌아보면 당시에는 사소한 일처럼 생각하고 결정했던 일이 나중에는 '모든 것을 다르게 만드는' 엄청난 변화를 초래한 경험이 있다. 그것은 1970년대가 끝날 무렵, 뒤늦게 프랑스에 유학 가려 했을 때, 파리로 갈 것인가 지방으로 갈 것인가 하는 문제를 갖고 고민할 때였다. 그 무렵 나는 초현실주의 시인 엘뤼아르의 시를 대상으로 박사논문을 쓰겠다는 계획서를 프랑스의 몇몇 교수에게 보낸 뒤에, 그것에 대해 호의적인 답장을 해준, 파리 대학의 한 교수와 엑상프로방스 대학의 한 교수의 편지를 양손에 들고 둘 중에 어떤 쪽으로 결정해야 할지 망설이고 있었다. 파리로 가자니 대도시의 분주한 생활 리듬과 비싼 물가가 부담스러웠고, 지방으로 가자니 파리가 본거지인 초현실주의를 공부한다면서 파리를 피해 지방으로 간다는 것이 나 자신에게도 올바른 선택처럼 보이지는 않았다.

그런 고민 끝에 결국 프로방스 대학으로 결정하였는데, 그 이유 중의 하나는 무엇보다 그쪽이 쉽고 안전한 길처럼 생각되었기 때문이다. 엑상프로방스 대학은 나와 가까운 대학 선배들이 졸업한 대학이란 점에서 친숙감이 느껴진다는 것 외에도 그 대학에서 나의 지도교수가 될 사람이 워낙 유명하고, 지도학생들도 많아서 학생들의 논문을 꼼꼼히 지도할 시간이 없을 것이라는 소문도 별로 나쁘지 않게 생각되었다. 오히려 지도교수의 지도로부터 자유롭게 논문을 쓸 것 같았기 때문이다. 또한 그 대학을 졸업한 선배가 쓴 책에서 엑상프로방스는 초봄부터 늦가을까지 늘 투명한 햇빛이 가득한 청춘의 도시이고, 가까운 들판에는 르네 샤르의 시에 나오는 미모사와 라벤더 꽃들이 자욱하게 피어나는 아름다운 곳이라고 묘사되어 있었다. 물론 그런 풍경 때문은 아니겠지만 '행복의 충격'을 경험할 수 있었다고 말한 대목도 '그곳에 가고 싶다'는 생각을 부추기게 했다.

그해 가을, '행복의 충격'까지는 아니더라도 '행복의 기분'을 느끼고 싶어서 프랑스의 엑상프로방스로 떠났다. 그런데 그곳에서 한 일주일 머무는 동안, 그 대학과 도시가 내가 상상하던 것과는 다르게 아주 작고 답답하다는 생각을 하게 되었고, 아름다운 풍경은 매혹적으로 보이지도 않았다. 보들레르였던가? 아름다운 풍경은 무엇보다 그렇게 보고 싶은 마음이 먼저 있어야 한다고 말한 사람? 여하간 그 작은 도시와 대학에 한국인 학생들이 많다는 것도 불만스러웠다. 어디를 가거나 그들과 마주치게 되면서 그들이 보여주는 호의와 친절이 오히려 불편하고 부담스럽기도 했다. 그러다가 결국 이 도시가 나와는 인연이 없는 곳이라는 판단을 내리고, 그 즉시 무거운 트렁크를 들고 파리로 올라갔다. 그날 밤 파리의 역에서 숙소로 가는 동안, 군중 속의 고독이 아닌 익명의 자유를 만끽하면서 대도시가 편하게 느껴지는 도시적 인간으로서의 내 모습을 확인할 수 있었다. 그 후 며칠 동안 초현실주의자들이 좋아하던 거리를 산책하고, 그들이 자주 모이던 카페를 기웃거리면서 목적 없이 걷는 산보의 자유로움을 만끽하며 행복감에 젖기도 했다.

그러나 이러한 행복과 자유에는 힘든 시련이 따른다는 것을 곧 깨닫게 되었다. 지도교수와 처음 면담하는 자리에서, 그는 내가 어떤 주제로 박사논문을 쓰건 동의하겠지만, 연구 방법은 반드시 기호학이어야 한다는 것을 강조했기 때문이다. 그 당시 나는 기호학을 잘 알지도 못했지만, 문학을 기호학으로 접근하는 관점을 좋아하지도 않았다. 시 연구에 필요한 연구 방법이라면 기껏해야 바슐라르의 상상력 이론으로 충분할 것이라고 생각했던 나에게 그 교수의 엄격한 주문은 나 스스로 '준비가 되어 있지 않은 학생'임을 깨닫게 했다. 그러나 다시 지도교수나 대학을 바꿀 시간이 없었으므로, 어쩔 수 없이 그의 세미나에 참석하고 그 대학의 기호학 강의를 청강하면서 참으로 어려운 공부를 하게 되었다.

공부가 고행처럼 생각된 것은 그때가 처음이었다. 공부는 재미있어야 잘할 수 있고, 재미가 없어도 그것이 필요하다는 인식을 할 수 있어야 잘하는 법이다. 그러나 그 공부가 필요하다는 것이 나의 내면에서 우러나온 인식이 아니었기 때문에 공부가 절실하지 않았다. 한동안 문학을 연구하는 데 왜 이런 방법론이 필요한가라는 회의가 가시지 않아 공부의 진척도 순조롭지 않았다. 그 무렵 파리에서 자주 만나며 지냈던 오랜 친구, 홍재성 교수의 도움이 아니었으면, 아마도 나는 공부를 포기했을지 모른다. 불어학 교수인 그는 만날 때마다 기호학의 기본개념을 상세하게 설명해주었을 뿐만 아니라 좌절감에 빠져 있는 나를 자주 격려하기도 했다. 그렇게 힘든 나날을 보내다가 어느 순간 문학작품의 형태적 중요성과 분석적 시각의 필요성을 깨달으면서 새로운 공부가 흥미롭게 보이기 시작했다. 결국 그러한 방법론의 공부가 나에게 큰 재산이 되었다는 것을 나는 뒤늦게 깨달았다. 나중에 나는 초현실주의 문학의 형태와 의미의 상관관계에 대한 연구로 박사논문을 썼지만, 이 과정에서 논문의 주제를 브르통의 소설 혹은 산문들로 바꿀 수밖에 없었던 것은 한순간의 선택이 나의 운명을 바꾸고 '모든 것을 다르게 만들었다'고 할 만한 큰 변화였다. 또한 브르통의 소설 『나자』를 읽으면서, 미친 여자로 취급당해 정신병원에 간힌 그녀를 이해하기 위해서 그리고 그녀를 가둔 이성 중심의 사회를 알기 위해서 『광기의 역사』를 읽고, 푸코를 알게 된 것도 큰 변화이자 수확이기도 했다. 그 무렵 철학을 전공하는 일본인 친구 '곤도'와 함께 푸코의 『말과 사물』

을 읽고 구조주의에 관해 여러 차례 토론을 한 일도 공부에 많은 도움이 되었다. 파리에서의 유학은 나에게 새로운 공부뿐 아니라 공부에 대한 나의 시야를 넓혀주었고, 많은 것을 깨닫게 했다. 무엇보다도 지도교수인 클로드 아바스타도의 꼼꼼한 지도 덕분에 논문을 완성할 수 있었다. 논문을 쓸 무렵 기호학에 대한 불만을 토로하면 그는 빙긋이 웃으면서 그러한 방법론의 필요성을 친절히 설명해주곤 했다. 그와 함께 지난날의 모든 선생님들의 은혜를 생각하면 고마움과 부끄러움이 동시에 느껴진다. 지금 만일 누가 인생의 갈림길에서 어떤 선택을 해야 할지를 묻는다면, 나는 이렇게 대답할 것이다. "어느 길이 당신에게 유익할지를 따지지 말고, 어느 길이 자기가 가야 할 길인지를 생각하라. 어느 길이 유익할지는 경험해보지 않고 판단할 수 없는 문제이기 때문이다"라고.[2008]

대학총장과 푸줏간 주인

지금은 철이 지난 이야기일지 모르지만, 여름철의 바캉스와 관련하여 프랑스에서 있었던 일이다. 돈을 벌기 위해서 일하지 않고 즐겁게 살기 위해서 일을 한다는 개념이 철저한 프랑스 사람들은 일터가 있는 도시를 떠나 해변가나 시골에서 여름휴가를 보낸다. 어느 해 여름에는 그러한 바캉스를 주제로 한 특집 기사들이 「르몽드」에 실린 적이 있었다. 그 기사 가운데 무엇보다 잊히지 않는 것은 '백 개의 공화국'이라는 제목의 글이다.

그 글의 내용은 10년 동안 같은 장소의 해변가에서 이웃으로 지내며 바캉스를 보낸 두 사람에 관한 이야기였다. 이들은 서로가 상대편의 직업이 무엇인지 가족관계가 어떤지를 묻지도 않은 채, 해마다 여름을 같은 장소에서 즐겁게 보냈다. 그런 후 10년이 되었을 때, 서로가 알게 된 신분은 놀랍게도 대학총장과 푸줏간 주인이라는 것이다. 대학총장과 푸줏간 주인이 사회적 지위를 떠나서 자유롭고 평등하게 만나고 친구처럼 지낼 수 있다면, 이러한 만남의 공간이야말로 진정한 의미의 공화국이라고 할 수 있다.

그러한 계절季節공화국이 여름철 해변가에 수없이 많이 열린다는 것인지, 아니면 많이 있어야 좋다는 것인지, 그 기사의 논조는 정확히 기억나지 않지만 그 일화의 가치는 두 가지 각도에서 추론해볼 수 있다.

첫째는 여행이나 휴가에서의 만남은 이해관계가 얽혀 있는 현실을 떠나서 이루어진 것이기 때문에, 상대편이 자신의 신분을 밝히기 전에는 서로의 직업이나 사생활을 묻지 않고 지낼 수 있었다는 점이다.

둘째는 사생활과 관련된 이야기를 나누지 않고도 두 사람의 대화가 어떻게 가능할 수 있었으며, 그들이 공통된 관심으로 나눈 이야기가 무엇이었을까 하는 점이다. 와인을 주제로 삼을 수도 있고, 축구경기와 스포츠에 관한 이야기나 시사적인 문제에 대한 가벼운 토론도 나누었을지 모른다. 그러나 서로의 입장이 다른 정치 이야기는 하지 않았을 것이다. 여하간 그들이 무슨 이야기를 나누었느냐가 중요하지 않고, 그들이 무슨 이야기든 대등한 차원에서 대화를 할 수 있었다는 것이 중요하다.

프랑스의 교육이 초등학교 때부터 중요시하는 것은 무엇보다도 개인이 생각하고 느낀 것을 자신의 관점에서 자유롭게 표현하는 말의 논리라고 할 수 있다. 이런 교육을 받고 자란 사람들은 어떤 주제라도 자신의 생각을 자유롭게 말하고, 말에 대한 신뢰감을 가질 수 있다. 더욱이 그들은 자유와 평등과 인권에 대한 믿음을 중시하는 사회에서 교육을 받고 성장한 사람들이다. 말로 표현되지 않은 것은 생각되지도 않은 것으로 간주할 만큼, 그들은 대체로 사회적 신분과는 상관없이 자기의 관점에서 합리적으로 생각하고, 생각한 것을 자유롭게 표현한다.

말이 중요시되는 사회라고 해서 말만 앞서고 행동이 뒤따르지 못한다거나, 권리만 주장하고 의무를 이행하지 않는 태도는 곤란하다. 무엇보다 자신의 직업이나 지위를 떠나서 솔직히 자기 생각을 말할 수 있고, 상대편의 말을 경청하는 사회, 또는 사람들 사이에 기본적으로 말을 믿고 말을 존중하는 사회가 전제되어야 한다. 자기 생각을 그대로 드러내는 사람이 손해를 본다거나 말만 그럴듯하게 하는 사람이 대접받는 사회에는 희망이 없다. 사회적으로 신분이 낮은 사람의 말이 아무리 논리성이 부족하고 표현이 서투르더라도 그것이 그의 체험에서 우러나온 진실을 나타내기 때문에 존중받는 사회가 된다면 '인간은 누구나 평등하다'는 공화국의 기본 원칙이 자연스럽게 지켜지는 사회라고 할 수 있다.

경쟁하는 삶보다 공부하는 삶을

— 졸업생들에게 당부하고 싶은 말

어느 대학이건 졸업 시즌이 되면, 대학총장들은 현대사회를 무한대의 경쟁사회로 정의하고, 졸업생들에게 경쟁에서 반드시 이기는 사람이 될 것을 당부하기 마련입니다. 대체로 이런 말에서는 경쟁의 논리와 당위성은 강조되는 반면, 경쟁의 이유와 목적은 분명하지도 않고, 공감의 울림도 없어 보입니다. 물론 졸업생들이 사회에 진출해서 어느 분야에서든 성공하기를 바라는 것은 대학 교육의 책임을 지고 있는 총장뿐 아니라, 그들을 뒷바라지한 부모들 모두가 공통적으로 갖는 희망일 것입니다.

흔히 사람들은 인생의 목표를 자신의 분야에서 성공하는 것과 행복한 삶이라고 생각합니다. 물론 경쟁에서 이기고 성공한 사람이 행복한 삶을 누릴 가능성이 높은 것도 사실입니다.

그렇지만 경쟁에서 이긴다고 누구나 행복한 것은 아니며, 모든 행복한 사람이 경쟁에서 이기는 사람이라고 말할 수도 없습니다. 문제는 경쟁에서 이겨야 한다는 논리만 강조될 경우, 자칫 목적을 위해서 수단과 방법을 가리지 않는 이기적인 인간상을 잘못 권장할 수 있다는 우려가 커지고, 경쟁에서 질 경우 쉽게 좌절하는 나약한 인간형을 만들 위험도 많아진다는 것입니다.

나는 졸업생들에게 경쟁에서 이기는 사람보다 평생 공부하는 사람으로 살아가기를 당부합니다. 우리 집 부엌의 찬장에 있는 어떤 작은 컵에는 '일생면강 일생청춘一生勉强 一生青春'이라는 일본어가 적혀 있습니다. 일본사람이 선물한 컵이니까 어떤 일본 문인이 쓴 시구절인지 모르겠습니다. 이 글의 뜻은 평생 공부하고 살아가면, 평생 젊게 살 수 있다는 의미라고 합니다. 물론 공부는 학교에서만 하는 것도 아니고, 책을 통해서만 하는 것도 아닙니다. 우리는 학교를 떠나서 어느 곳에서든지 세상의 이치를 배우고 공부하는 자세로 살아갈 수 있습니다. 공부하는 자세의 기본 원칙은 우리를 둘러싸고 있는 세상의 모든 일에 대한 관심과 자만하지 않는 겸손한 마음일 것입니다.

우리 모두가 경쟁의 논리와 필요성을 잘 알고 있다는 것을 전제한다면, 무엇보다 자기 자신을 돌아보고, 엘리트 의식과 나르시시즘을 철저히 벗어나는 일이 중요하다는 점을 강조하고 싶습니다. 소크라테스가 "너 자신을 알아야 한다"는 명언을 남긴 바 있지만, 자신을 제대로 알고, 객관적으로 바라보는 것은 결코 쉬운 일이 아닙니다. 그 이유는 사람이란 노력하지 않으면 이기적이고 자기중심적이 되어 자기만족과 자기환상에 빠지기 쉽기 때문이기도 하고 현대의 소비사회가 이러한 나르시시즘의 인간형을 조장하기 때문이기도 합니다.

사실 현대사회에서는 진정한 자아의 발견도 어렵고, 자아를 실현한다거나 자기 자신을 돌아보고 성찰하는 시간도 갖기 어렵습니다. 어떤 의미에서 자기 자신을 돌아본다는 것은 자기 자신과 경쟁한다는 의식으로 살아가야 한다는 의미로 받아들일 수 있습니다. 오늘날 경쟁사회에서 가장 중요한 경쟁 상대는 다른 사람이 아니라 바로 자기 자신일지 모릅니다. 그런데 자기환상이나 나르시시즘에 빠져 있는 사람은 자아실현이나 자기수련을 쉽게 포기하고, 자신의 과오를 인정하지 않고 합리화하면서, 반성하기를 두려워합니다. 그는 모든 일의 원인을 자기에게서 찾지 못하고 다른 사람의 탓으로 돌리고 끊임없는 표피적 욕망에 사로잡힌 수동적이고 미성숙한 사람이기 때문입니다. 미국의 역사학자인 크리스토퍼 라쉬는 『나르시시즘의 문화』라는 책에서 20세기 후반 미국 사회의 문화적 위기를 진단하며 대중들의 나르시시즘적인 경험을 비판하였는데, 요즈음 우리 사회 역시 이런 위기의 징후가 도처에서 느껴집니다. 사람들은 사회 정의의 가치보다 이기적인 욕망을 중시하고, 정의와 원칙을 편리하게 해석하기도 합니다. 이런 사회적 흐름 속에 함몰되지 않기 위해서는 용기가 필요합니다. 자기의 삶에 책임을 질 줄 알고, 이웃과 사회에 대해서도 관심을 갖고 책임의식을 갖는 성숙한 인간이 되어야 합니다.

내가 좋아하는 말 중에 "사람은 발전하지 않으면 퇴보한다"는 말이 있습니다. 이 말은 우리가 끊임없이 생각하거나 공부하지 않으면 공부하기 이전의 상태에 머물러 있는 것이 아니라 그만큼 퇴보하고 타락해버린다는 의미로 해석될 수 있습니다. 얼마 전에 이와 비슷한 말을 밥 딜런이 했다고 들었습니다. 그의 말은 "매순간 새로 태어나지 않으면 매순간 죽어간다"는 것입니다. 나르시시즘의 유혹이 삶에 지쳐 대중적 가치관 속으로 도피하고 싶을 때 찾아오는 것이라면, 끊임없이 자만심과 자기만족을 깨는 의지와, 겸손하게 공부하는 마음가짐으로 살아가야 하겠습니다. 그래야만 나 자신을 제대로 알게 되고, 이웃의 존재와 복잡한 세계의 모순이 투명하게 보일 것입니다. [2008]

슬픔이 우리를 깨어나게 한다

　고등학교 시절, 우리가 배운 국어 교과서의 글 중에서 가장 인상 깊게 기억되는 글 중의 하나가 아마도 안톤 슈나크의 「우리를 슬프게 하는 것들」일 것이다. 교과서에 담겨 있는 글들이 대체로 그렇듯이, '교과서적'이라는 표현에 어울리게 교훈적이거나 도덕적인 내용에다가 건조하고 딱딱한 문체로 씌어진 글들이 많았던 것에 비해, 그 글은 매우 아름답고 서정적인 문체로 씌어졌다. 지금도 그 글이 여전히 국어 교과서에 수록되어 있는지, 요즈음 학생들에게는 어떤 느낌을 주는지 알수 없지만, 그 무렵 대체로 삶이 가난하고 내면이 어두웠던 우리들, 보다 나은 삶에 대한 막연한 불안으로 서투른 반항과 울분을 제대로 표현하지도 못했던 사춘기의 우리들에게 그 글은 하나의 출구이자 희망의 빛과 같았다면 과장일까? 하여간

학교라는 제도의 굴레와 관습에 잘 적응하지 못하여 여러 가지 일탈 행동을 하거나 때로는 치기만만하여 어른이 다 된 듯한 행동으로 객기를 부리던 반항적인 학생들이었다 하더라도 「우리를 슬프게 하는 것들」의 몇 구절을 외우고 있었을 만큼, 그 글은 십대의 걷잡을 수 없는 충동적 마음을 진정시키는 역할을 해주었다.

물론 그 글에는 우리들이 쉽게 공감하는 부분도 있었지만, 무슨 뜻인지 모르면서 자기 나름으로 이해하고 있다고 믿는 부분도 적지 않았다. 가령 "옛 친구를 만났을 때, 학창 시절의 친구 집을 방문했을 때, 그것도 이제는 그가 존경받을 만한 고관대작, 혹은 부유한 기업주의 몸이 되어 몽롱하고 우울한 언어를 조정하는 한낱 시인밖에 될 수 없었던 우리를 보고 손을 내밀기는 하되, 이미 알아보려 하지 않는 듯한 태도를 취할 때"와 같은 구절은 그 당시 한 교실에서 똑같은 제복을 입고 있었던 우리들의 달라질 수 있는 미래의 한 장면을 상상해서 쉽게 이해할 수 있는 것처럼 보였다. 또한 "화려하고 성대한 가면무도회에서 돌아왔을 때, 대의원 제씨 강연집을 읽을 때, 부드러운 아침 공기가 가늘고 소리 없는 비를 희롱할 때, 사랑하는 이가 배우와 인사할 때"와 같은 구절은 이국적인 분위기와 낯선 정서가 느껴지는 표현 때문에 우리의 감성으로 쉽게 포착되지 않는다는 생각이 들기도 했지만, 동경할 수 있는 장면이기도 했다. 어린 나이였기 때문에 삶의 체험이 많지 않았고, 우리의 세계는 작았으며, 아는 범위도 넓지 않았지만, 그런데도 그 글에 담긴 여러 가지 낯선 슬픔의 징후들이 민감하게 받아들여졌던 것은 그만큼 우리의 감수성이 예민하고 순정했기 때문일 것이다.

그 당시 우리는 이별의 체험도 별로 없었기에 참다운 만남의 기쁨이 무엇인지도 몰랐고, 자아의 상실이나 세속적인 성공이라는 것, 존재하는 삶과 소유하는 삶의 차이도 알지 못했다. 그럼에도 불구하고 그런 것들을 이해할 수 있다는 듯이 받아들였던 것은 대체로 번역 소설에 대한 독서 체험 덕분이었다. 번역 소설은 인생에 대한 우리의 부족한 이해력과 상상력을 넓게 확장시켰다. 우리는 번역이 잘된 것인지 아닌지도 모르면서 소설 속에 담긴 이국적 이야기와 주인공의 고뇌를 동일시해서 받아들이고, 공감할 수 있었다. 당연한 말이지만, 문학은 우리의 생각과 마음을 열려 있게 했다. 특히 외국문학의 어색한 문체들은 낯설기보다 아름답게 보였고, 서투르게라도 모방하고 싶다는 생각을 불러일으켰다. 그리하여 "울고 있는 아이의 모습은 우리를 슬프게 한다. 정원의 한모퉁이에서 발견된 작은 새의 시체 위에 초추의 양광이 비출 때"와 같은 첫 구절은 너무나 친근하고 명료하게 기억되어 해마다 가을이 되면, 문득 느껴지는 초가을의 따사로운 햇빛을 바라보면서 바로 그 "초추의 양광"을 떠올리게 된 것이 나 혼자만의 경험은 아니었을 것이다. 나중에 언젠가 다른 번역본을 보니 "초추의 양광"은 "초가을의 따뜻한 햇살"로 바뀌어 있었지만, 하나의 대상에 대한 첫 번째 기억이 머릿속에 각인된 탓에 해마다 가을이 되면 "초추의 양광"이 먼저 떠오르는 것도 어쩔 수 없었다. 또한 우리들의 혼돈스럽고 격정적이었던 젊은 날의 이십대와 삼십대를 보내면서,「우리를 슬프게 하는 것들」의 내용과 비슷하게 가을비는 쓸쓸히 내리는데 사랑하는 이의 소식은 끊어져 거의 일주일이나 혼자 지내게 되는 때라거나 끊임없이 담배 피우며 번민하던 날들의 밤이 얼마나 견디기 힘든 것인가를 알게 되었을 때도, 그 글에 담긴 슬픔의 이미지들이 나의 체험과 뒤섞여서 떠오르기도 했다.

어디 그뿐이랴. 도시화와 산업화의 급류 속에서 자신이 살던 집뿐만 아니라 온 동네가 흔적도 없이 사라지는 한국 사회의 변화를 마주하면서 "어린 시절 살던 조그만 마을을 다시 찾았을 때, 그곳에는 이미 아무도 당신을 알아보는 이 없고, 일찍이 뛰놀던 놀이터에는 거만한 붉은 주택이 들어서 있는 데다, 당신이 살던 집에서는 낯선 이의 얼굴이 내다보고, 왕자처럼 경이롭던 아카시아 숲도 이미 베어 없어지고 말았을 때"가 자연스럽게 연상되기도 했다. 여기서 우리의 마음이 슬퍼진다는 표현은 대도시의 현대인이라면 누구나 겪게 되는 경험을 보여주는 것으로서 낭만적이면서도 슬픔의 정곡을 찌른 것 같은 느낌이 들기도 했다. 그 슬픔이란 아주 현실적인 것도 아니고, 아주 비현실적인 것도 아닌, 모호하지만 그러면서도 섬세하고 깊이 있게 포착되는 삶의 어떤 신비스러운 측면을 암시하는 것처럼 보였다. 또한 "초행의 낯선 어느 시골 주막에서의 하룻밤, 시냇물이 졸졸 흐르는 소리, 곁방 문이 열리고 소곤거리는 음성과 함께 낡아빠진 헌 시계가 새벽 한시를 둔탁하게 치는 소리가 들릴 때"와 같은 표현은 나중에 친구들과 지방을 여행했을 때, 과거와 현재가 혼동되는 상태에서 느낄 수 있는 행복감이거나, 혹은 행복한 슬픔이라고 말할 수 있다.

어느 시인이 『슬픔이 나를 깨운다』는 제목의 시집을 낸 바도 있지만, 슬픔을 느끼는 마음이야말로 세속적인 현실 안에서 우리의 정신이 둔탁해지고 감수성이 무디어지는 것을 막는 장치일 수 있다. 나이가 들어서 아무리 사소한 일에서도 혹은 특별한 이유 없이도 문득 발견하게 되는 슬픔의 순간이야말로 삶과 진실을 대면하는 순수한 순간이라고 말해도 지나침이 없다. 그것이 사춘기 때의 추억일지라도, 그 추억의 샘은 현실을 살게 하는 힘으로 작용할 수 있다. 『의사 지바고』를 쓴 파스테르나크는 사춘기 때의 추억이 얼마나 소중한지를 말하기 위해 "사람들은 사춘기가 지나서 몇십 년을 더 살아도 연료를 받으러 격납고로 자꾸만 돌아가는 연습용 비행기처럼 그때의 추억으로 되돌아가게 된다"고 말한 바 있다. 삶이 권태롭거나 힘들게 느껴질 때, 우리가 연료를 받으러 가야 할 격납고란 바로 슬픔을 느끼는 마음일지 모른다. 그것은 과거로 돌아가고자 하는 감상적이고 낭만적인 취향의 욕구가 아니라, 현재의 시간 속에서 함몰되지 않고 깨어 있으려는 순정한 의지일 수 있기 때문이다. [1992]

가을과 시

　가을이 오고 있다. 가을은 비스듬히 온다. 가을은 도시의 혼잡한 거리 위로, 단조로운 회색의 건물 위로, 여름의 소음과 매연에 시달린 가로수 나뭇잎 사이로 비스듬히 내리쬐는 맑고 약간은 쓸쓸한 햇살에 실려 온다. 그러나 가을은 오래 머물지 않을 것이다. 그것은 어느 날 문득 우리들의 빈 가슴 속으로 불어오는 바람과 함께 다가와 우리의 정신과 마음을 느닷없이 뒤흔들어놓고, 미처 그것의 정체를 붙잡을 여유를 남기지 않은 채 떠나버린다.

　낟가리가 쌓인 시골의 어느 들판, 산빛을 물들인 한 무더기의 찬란한 단풍, 길가에 서서 수수한 표정으로 바람에 흔들리는 코스모스들, 투명한 푸른빛의 하늘, 이 모든 가을의 풍경은 섬세하게 자기를 돌아보며 침묵과 성찰의 시간을 가져보지 않은 사람에게는 진정한 모습을 드러내지 않는다. 풍경을 보기 위해서는 무엇보다 보려는 마음이 있어야 한다고 보들레르가 말했듯이, 가을의 풍경은 가을을 맞이하는 사람의 진정한 기다림과 가을의 의미에 대한 깊은 성찰 없이는 결코 포착되지 않는다. 가을은 가을에 함축된 삶의 다양하고 심층적인 의미를 생각하지 못하는 사람에게는 계절의 한 변화일 뿐이다.

모든 아름다운 것들이 대체로 그렇듯이 가을은 단순하면서도 복합적인 의미를 보여주기 때문에 더욱 아름답다. 그것은 풍요와 공허를, 삶으로의 여행과 죽음으로의 몰락을, 창조와 파괴를, 빛과 어둠을, 만남과 헤어짐을, 기쁨과 슬픔을 동시에 보여준다. 그것은 우리로 하여금 하늘을 향해 상승하려는 의지를 일깨우면서 또한 우리의 내면으로 돌아와 자기만의 시간 속에서 자기를 겸허히 돌아보게 한다.

그것은 땀 흘려 일한 자의 참된 소유와 수확의 의미를 깨닫게 해주면서 또한 덧없는 삶의 허망함과 지난날의 회한을 떠오르게 한다. 그러나 그 회한이 우리를 과거로 이끌어 가거나, 과거의 어느 순간에 멈추게 해서는 안 된다. 삶은 덧없기도 하지만, 의미 있는 것이 많다. 무엇이 참으로 의미 있는 삶인가의 문제는 그 모든 대립되고 모순된 삶의 복합적인 측면을 전체적으로 보고 이해하려는 정신에게 다시 말해서 가을의 한복판에서 살아 있고 깨어 있는 의식에게 찾아온다.

도시의 가을은 어느 날 비 내린 후의 서늘해진 바람결에 묻어온다. 그 바람이 유혹하는 대로 한적한 들길을 거닐어보라. 자기가 좋아하는 시집 한 권쯤 손에 들고, 방랑자처럼 목적지를 정하지 않고 거닐어도 좋을 것이다. 가을의 어느 날, 산책길에서, 혹은 도시의 한 카페에서 시를 읽는 마음은 감상에 빠지기 위해서가 아니라 일상의 흐름을 초월해서 진정한 자유의 정신 곁으로 가기 위해서이다. 한 구절의 시가 인생의 참된 의미를 일깨울 수도 있고, 평생을 살아가는 데 힘이 될 수도 있다. 시를 읽는 마음으로 현실의 허위를 부정하고 진실의 세계를 긍정하면서, 또는 물질의 현실을 경멸하고 진정한 삶을 사랑하면서, 눈을 크게 뜨고 우리의 세계를 전체적으로 바라보도록 노력하자. 그것이 참된 의미에서 가을을 맞이하는 어느 젊음의 밀실, 혹은 젊은 성채의 주인이 따뜻한 불을 밝히고 보이지 않는 세계의 깊은 곳으로 내려갈 수 있는 힘이 되기 때문이다. 그러므로 가을에 떠나는 여행은 바로 진정한 자기 자신과 만날 수 있는 내면으로의 긴 여행이어야 할 것이다. [1978]

* 이 글은 성심여대 교수로 있을 때, 학보사의 청탁으로 쓴 것이다. 이 글의 감상적인 어조와 쓸데없이 멋을 부린 문체 때문에 이 글을 이 책에서 제외시키려고 했다. 그러나 이런 글을 쓰던 과거의 내 모습을 부정할 수는 없다는 생각이 들어 결국 수록하게 되었다.

프레베르와 나

개인적인 고백부터 시작하자면, 예전에 나는 프레베르를 잘 알지 못했다. 그를 모르면서도 안다고 착각했다. 대학에서 여러 해 동안, '20세기 프랑스 시'를 강의했을 때, 프레베르 차례가 되면 학생들에게 그를 프랑스의 일반 독자들이 가장 좋아하는 시인이자 이브 몽탕의 샹송으로 유명한 「고엽Les Feuilles Mortes」의 작사자로 소개하고, 그의 대표작인 「바르바라」, 「절망은 벤치 위에 앉아 있다」, 「열등생」, 「내 사랑 너를 위하여」 등을 읽게 했을 뿐이다. 이러한 강의 경험이 그의 시에 대한 내 터무니없는 자신감을 공고하게 만든 원인이었는지 모른다. 그 당시 나는 그의 시가 독특하다는 것을 인지했지만, 그렇다고 해서 그에 대해 특별한 관심을 가지고 연구할 뜻은 없었다.

그 이유는 첫째, 그가 동년배의 브르통, 엘뤼아르, 아라공 같은 초현실주의 시인들이나 르네 샤르, 프랑시스 퐁주 같은 지성적 시인들에 비해서 문학적 비중은 떨어진다고 생각했기 때문이다. 실제로 다른 시인들은 평생 시인의 길을 걸었던 반면, 프레베르는 시보다 영화에 더 많은 관심을 쏟기도 했다. 두 번째 이유는, 젊은 날 대학원 학생이었을 때 모리스 나도의 『초현실주의의 역사』를 읽으면서 1930년 초 초현실주의 그룹의 리더인 브르통이 그룹을 정비하기 위해 축출한 여러 동료들 중에 프레베르가 포함된 것을 알고, 무슨 까닭에서였는지는 모르지만 그의 대중적(?) 시가 초현실주의의 실험적인 문학적 이념에 맞지 않아 그가 제명되었을 것이라고 단정 지은 데 있었다.

그 이후 이러한 편견은 바로잡힐 기회를 갖지 못한 채 내 머릿속에서 거의 사실처럼 자리잡았다. 프레베르에 대한 나의 잘못된 이해 혹은 선입견을 바로잡을 수 있게 된 것은 정년을 맞아 자유로운 시간 속에서 우연히 이브 쿠리에르가 쓴 프레베르 전기를 읽고서였다. 그 전기에 의하면, 프레베르는 초등교육과정을 이수한 다음, 가난한 집안형편 때문이기도 했겠지만, 더 이상 학교를 다니고 싶은 생각이 없었던 까닭에 학교를 떠나 온갖 직업을 전전하며 생활비를 벌었다고 한다. 그가 초현실주의 그룹에 합류한 것은 군대에서 가깝게 지낸 화가 이브 탕기의 제안에 의해서였다. 그때가 1925년이었다. 그는 1930년까지 초현실주의 그룹에 속해 있으면서 많은 토론이나 실험에 참여하기는 했지만, 시를 쓰지도 않았고 시인 행세를 하지도 않았다고 한다. 그러니까 초현실주의와의 결별 이유가 그가 쓴 시 때문이라는 나의 추측은 완전히 잘못된 것이다. 그의 첫 번째 시집 『말』에 실린 시들이 1930년부터 1944년까지 씌어진 것이라면, 그는 초현실주의 그룹에 있는 동안 그 나름대로 시와 문학 공부를 하기는 했겠지만, 그룹에서 나온 다음부터 시를 쓰기 시작했다.

이브 쿠리에르가 쓴 전기 못지않게 프레베르에 대한 나의 몰이해 혹은 편견을 뒤바꿔놓은 것은 바타유가 쓴 「석기시대에서 자크 프레베르까지」라는 매우 주목할 만한 비평을 읽고서였다. 바타유에 의하면, 프레베르의 새로운 시는 "그동안 시의 이름으로 정신을 경직되게 만들어온 모든 것에 대한 생생한 거부이자 조롱"이고 '사건의 시'이다. 여기서 사건이란 위반과 전복과 변화를 의미한다. 그러니까 프레베르는 대중적 시인이라기보다는 오히려 기존의 가치와 질서에 대한 위반과 전복과 변화의 시인이라고 할 수 있다.

나는 그에 대한 오해와 편견을 반성하기 위해 그의 시 전집을 구해 읽었고, 프레베르가 매우 대단한 시인임을 깨달으면서, 그의 시들을 번역해보고 싶은 생각을 갖게 되었다. 마침 가브리엘 르페브르의 멋진 그림과 함께 비교적 많은 시들이 다양하게 수록된 책을 발견하여 본격적으로 번역에 착수할 수 있었다. 이 작업은 2016년 초, 두 달 간 미국의 애틀랜타에 사는 딸 집에 머무르면서 진행되었다. 번역과 해설을 병행해서 하는 동안, 프레베르의 시와 관련하여 두 가지 의미 있는 우연적 사건을 경험했다.

하나는, 어느 날 찾아간 애틀랜타 하이 미술관High Museum에서 피에르 보나르P. Bonnard(1867~1947)의 「아침식사Le petit déjeuner」(1922)라는 그림을 보았을 때였다. 그림을 보지 않고 제목만 본다면, 어떤 가정의 밝고 분주한 아침식사 장면을 떠올릴 수 있을 것이다. 그러나 이러한 예상과는 달리, 그림은 단란하고 평화로운 아침식사의 정경이 아니라 어두운 색조를 배경으로 혼자 울고 있는 여자의 모습을 보여주었다. 그 여자는 왜 울고 있는 것일까? 왜 화가는 여자가 아침식사를 하고 있지 않은데도 그런 제목을 붙인 것일까? 이런 의문을 품으면서 동시에 프레베르의 시 「아침식사」를 연상하게 된 것은 당연했다. 프레베르의 「아침식사」 역시 울음을 터뜨리는 여자의 모습을 보여주기 때문이다. 다만 차이가 있다면, 시에서는 두 사람이 등장하고, 여자가 왜 울게 되었는지를 독자가 짐작할 수 있는 근거가 있다. 여자는, 아무 말도 없이 냉정하고 무뚝뚝한 모습으로 아침식사를 마친 남자가 집 밖으로 나가는 것을 보고, 이별을 예감했기 때문이다. 프레베르의 시를 먼저 읽은 사람이라면, 보나르의 「아침식사」에서 여자가 왜 울고 있는지 이해할 수 있을 뿐 아니라, 프레베르가 보나르의 그림을 보고 영감을 얻어 시를 쓴 것이 아닐까라고 생각할 수도 있다. 물론 이런 추측은 사실이 아닐지 모른다. 그러나 화가가 울고 있는 여자의 슬픈 표정을 설명하지 않는 이상, 그 해석은 독자의 몫일 수 있다. 작품의 동기나, 작가의 의도는 중요한 문제가 아니기 때문이다.

또 하나의 의미 있는 사건은, 시 번역을 마친 후, 서울에서 떠날 때 프레베르의 시집과 함께 가져갔던 사마요의 『롤랑 바르트』(2015) 전기를 읽다가 바르트의 '어린 시절'이 언제 어떻게 끝났는지를 알게 되었다는 것이다. 누구나 자신이 '어린 왕자'였던 행복한 '어린 시절'이 있는 법이다. 그러나 그 어린 시절이 언제까지였는지는 사람마다 다를 수 있다.

열 살 때까지 일체감을 가졌던 홀어머니가 일터에서 만난 유부남과 사랑에 빠져 아이를 갖게 된 것을 알았을 때, 그는 자신의 '어린 시절'이 그때 끝나게 되었음을 고백한다. 나는 바르트의 이 사연을 프레베르의 시 「깨어진 거울」의 해설자료로 삼았다. 아름답고 행복한 '어린 시절'이 참담하게 깨어지는 과정을 그린 이 시를 설명하는 데 있어서 바르트의 예가 매우 적절했기 때문이다.

나로서는 이 두 가지 우연적 발견이 뜻밖의 수확이었다. 초현실주의를 공부하면서 알게 된 것이기도 하지만, 인생에서 우연처럼 중요한 일도 없다는 것을 확인할 수 있었다. 모든 우연의 가치는 객관적 사실에 좌우되기보다 그것을 받아들이는 사람의 주관적 이해에서 비롯된다. 지난날을 돌아보면, 참으로 많은 우연들이 나의 삶을 결정지었고, 많은 '좋은 사람들'과의 우연적 만남이 오늘의 '나'를 만든 원동력이었다고 생각한다. 실제로 모든 우연들은 막막하거나 어려웠던 삶의 한순간에 찾아와 늘 새로운 삶의 길을 열어주었다. 그런 점에서 「고엽」의 화자가 사랑하는 사람들을 헤어지게 만든 인생을 원망하기보다 오히려 그들을 만나게 해주었던 인생에 감사한다고 말했듯이, 나는 모든 우연들로 이루어진 삶에 감사한다. 또한 이제 내 삶에 또 하나의 우연으로 슬며시 들어와 새로운 세계를 경험하게 만든 프레베르와 그의 시들에게도 감사한다.

자크 프레베르, 거리의 초현실주의자

1

이브 몽탕의 유명한 샹송 「고엽 Les feuilles mortes」의 작사자이기도 한 자크 프레베르(1900~1977)의 시는 친숙하면서도 낯설고 새롭다. 그의 시가 친숙한 까닭은 지식인의 관념적 언어가 아닌 보통사람들의 일상 언어로 구성되었기 때문이고, 새로운 이유는 전통적인 순수시의 규범을 무너뜨린 그의 반反시적이고, 파격적인 형태와 의미 때문이다. 바타유의 말처럼, 그의 시는 대부분 전통적인 시에 대한 거부이자, 조롱이다.『에로티즘』의 저자인 바타유는 프레베르의『말』(1946)을 서평하는 자리에서 이렇게 말한다. "시가 무엇인지를 말하려고 할 때, 프레베르의『말』은 필자에게 일종의 환희를 느끼게 한다. 자크 프레베르의 시는 분명히 시의 이름으로 정신을 경직되게 만드는 모든 것에 대한 생생한 거부이자 조롱이라고 할 수 있다. 왜냐하면 시는 시의 생명 속에서 시를 조롱할 수 있는 하나의 사건과 같은 것이기 때문이다"[1] 프레베르의 시가 전통적 시의 모든 규범을 위반하고, 사회의 모든 권위와 가치관에 대한 이의제기를 보여주었다는 점에서 바타유는 이렇게 '사건의 시'를 말한다. 바타유는 시의 본성이 사건과 분리될 수 없는 것이자, 사건 자체라고 말한다. 사건은 위반이고, 전복이고, 변화이다. '사건'은 사람들의 의식을 변화시키고, 고정된 가치관을 뒤흔들고 새로운 감동을 불러일으키는 것이기 때문이다. 바타유의 말을 다시 인용하면 이렇다. "존재는 끊임없는 변화를 통해서 죽음을 피해야 하고, 자기 자신에 대해 동일자로 머물지 않고 타자가 되어야 한다."[2] 시의 존재 역시 마찬가지다. 또한 프레베르의 시가 변화의 사건인 것은 전통적인 '순수시' 혹은 '시적인 시'의 규범이 완전히 무시되고 파괴되기 때문이다. 프레베르의 시는 변화된 시이자 모든 것을 변화시키는 시이다.

2

프레베르는 1925년부터 1930년 초까지 초현실주의 그룹에 속해 있었다. 가난한 집안형편과 독립적인 정신 때문에,

초등교육과정을 이수한 다음 학교를 떠나 정규 교육을 제대로 받은 적이 없었던 그는 초현실주의자들과의 만남을 통해서 많은 것을 배웠다고 한다. 그는 초현실주의자들과 함께 지내며 인문학과 문학을 많이 알게 되었다는 것과 로트레아몽, 윌리엄 블레이크, 랭보 등의 시인들을 읽게 되었음을 말한다. 이런 점에서 초현실주의는 그에게 학교나 다름없었다. 그러나 초현실주의 그룹에 속해 있는 동안, 그는 시를 쓰지는 않았다. 그는 그 시절의 자신이 "작가l'homme de plume라기보다 불량배l'homme de main"였음을 고백한 바 있다. 그의 친구인 작가 미셸 레리스는 프레베르가 이론적 실험에만 몰두했던 초현실주의자들과는 달리 거리의 초현실주의를 구현한 시인이었다고 증언한다.[3] 실제로 젊은 날의 그는 시에 대한 관심보다 영화에 대한 관심이 많았다. 그렇기 때문에 그는 시인이 되려고 노력한 적도 없고, 시인이나 작가 행세를 한 적도 없었으며, 시인의 역할을 정의하려는 시도도 하지 않았다. 다만 시인이란 사람들이 꿈꾸고, 상상하고, 마음속 깊이 원하는 것을 표현하는 사람이라는 생각만 가졌다고 한다. 그에게 시인이란 특별한 재능을 타고난 사람이 아니라, 보통사람의 기쁨과 슬픔, 사랑과 분노의 감정을 공감하는 사람일 뿐이다. 이런 점에서 그는 연구실이나 작업실에서 시를 쓰는 사람이 아니라, 거리에서건 카페에서건 영감이 떠오른 대로 자유롭게 시를 쓴 시인이라고 할 수 있다.

그는 좋아하는 것과 싫어하는 것이 분명한 사람이다. 어떤 의미에서 그는 자기가 좋아하는 것을 왜 좋아하고, 싫어하는 것을 왜 싫어하는지를 시적으로 표현하기 위해서 시를 쓴 시인일지 모른다. 그가 좋아하는 것은, 아름답고 단순하고, 자연스러운 것, 아이와 여자, 새와 말 등의 동물들, 꽃과 나무와 같은 식물, 사랑과 자유 같은 것들이고, 그가 싫어하는 것은 비인간적이고, 위선적이고, 복잡한 것, 경직된 사고방식의 어른들과 노인들, 위선적인 부르주아들, 전쟁과 폭력 등이다.

3

프레베르가 좋아하는 것과 싫어하는 것을 중심으로 그의 시를 설명하면 다음과 같다. 우선 그의 시에서 동물이 많이 등장하는 것은 동물에 대한 그의 각별한 애정에서 비롯된 것일 뿐 아니라, 인간적인 존재로 표현되는 동물을 통해서 우리의 삶을 돌아보게 하려는 의도에서이다. 가령 「가을」이란 시는 이 계절을 그릴 때 흔히 표현되는 단풍이나 낙엽 대신에 "말 한 마리 가로수길 한복판에 쓰러져 있다"로 단순화되어 말의 죽음이 아닌 인간의 쓸쓸한 삶과 몰락 혹은 죽음의 분위기를 전달해준다. 「장례식에 가는 달팽이들의 노래」는 겨울을 견디며 봄을 맞이하는 달팽이들을 주인공으로 삼아 삶의 기쁨과 축제의 삶을 노래한다. 「고래잡이」는, 아버지와 아들의 대립, 아버지의 고래 사냥과 고래의 살해라는 초현실적 상상의 세계를 통하여, 죄의식 없이 고래를 살해하는 권위적인 아버지를 비판하는 이야기를 보여준다.

프레베르는 동물 중에서 새를 가장 좋아한다. 「외출허가증」과 「복습노트」는 새가 의미 있는 존재로 등장하는 대표적인 시들이다. 「외출허가증」에서 화자는 위계질서를 철저히 지켜야 하는 군대사회에서의 계급장 대신에 새를 올려놓는 특이한 발상을 보이고, 「복습노트」에서는 새와 함께 놀고 있는 아이의 시각으로 학교 안보다 학교 밖에서 많은 것을 배울 수 있다는 시인의 생각을 표현한다. 또한 「열등생」, 「학교에서 나와」, 「겨울 아이들을 위한 노래」는 모두 아이들이 주인공으로 등장해 아이들이 원하는 것과 꿈꾸는 세계를 보여준다. 「열등생」의 주인공은 억압적인 학교와 '온갖 질문을 하는' 권위적인 교사에게 순응하지 않고 검은색의 획일적인 '불행의 칠판'에 '여러 가지 색깔의 분필'을 들고 '행복의 얼굴'을 그리는 반항을 표현한다. 「학교에서 나와」는 시인과 어린이가 일체를 이룬 복수 1인칭의 화자를 통해 꿈의 기차를 타고 마치 「80일간의 세계일주」에서처럼, 거침없이 자유롭게 세계의 여러 지역을 여행하는 모험담을 이야기한다. 「겨울 아이들을 위한 노래」의 주인공은 아이들이 만든 눈사람이다. 이 시가 특히 흥미로운 것은 눈사람이 한 자리에 고정되어 있지 않고 거리를 말처럼 뛰어가기도 하고, 집 안으로 뛰어들기도 한다는 점이다. 이 눈사람의 질주가 따뜻한 집의 난로 위에서 끝난다는 발상은 참으로 놀랍다.

프레베르는 아이들을 좋아하는 만큼, 아이들의 순수한 마음과 단순성을 지닌 여자를 사랑하고, 아이들의 순수한 마음을 잃어버린 어른들, 특히 위선적이고, 계산이 빠르고, 자기만 옳다고 주장하는 편협한 어른들과 노인들을 싫어한다. 「바르바라」와 「빨래」에서는 그가 좋아하는 것과 싫어하는 것이 분명히 드러나 있다. 「바르바라」는 비인간적인 전쟁을 비판하는 시이다. 「빨래」는 위선적인 부르주아 가장을 야유한 시이지만, 「바르바라」에서는 비를 맞으며 사랑하는 남자에게 달려가는 여자의 모습이 매우 아름답게 그려져 있고, 「빨래」에는 임신한 딸을 유산시키는 비인간적인 가장과 가정의 이야기가 담겨 있다.

사랑은 프레베르의 시에서 가장 중요한 주제이다. 행복한 사랑을 그린 것이건, 이별의 슬픔을 그린 것이건 간에, 사랑을 주제로 한 시들은 참으로 많다. 「내 사랑 너를 위해」, 「그 사랑」, 「아침식사」, 「크고 붉은」, 「감옥 지키는 사람의 노래」, 「밤의 파리」 등은 모두 사랑의 기쁨과 슬픔 혹은 사랑의 욕망과 기다림을 표현한 시들이다. 「내 사랑 너를 위해」는 사랑이 소유의 욕망으로 변질되었을 때, 그것은 소멸될 수밖에 없다는 메시지를 말하고, 「그 사랑」은 "그토록 사납고/ 그토록 연약하고/ 그토록 부드럽고/ 그토록 절망적"인 사랑의 다양한 얼굴을 묘사하면서 사랑의 가치가 변함없는 것임을 강조한다. 「아침식사」는 대화 없는 남녀의 냉랭한 분위기를 통해서 남자의 사랑이 식어버렸음을 마치 영화의 카메라를 이용한 듯한 방법으로 보여주고, 「크고 붉은」은 겨울의 크고 붉은 태양과 같은 마음으로 떠나간 사랑에 대한 그리움을 노래한다. 「감옥 지키는 사람의 노래」는 화자가 사랑하는 여자를 감옥에 가두어놓듯이 묶어두었지만, 여자의 떠날 자유와 돌아올 자유가 있다는 것을 뒤늦게 깨달은 자의 탄식이다. 끝으로 「밤의 파리」는 어둠 속에서 성냥불을 켜고 사랑하는 사람의 얼굴과 눈과 입을 언제라도 잊지 않겠다는 화자의 곡진한 사랑의 감정을 표현한다. 그의 시들에 나타난, 사랑의 회한과 진실을 객관화시키고 생생한 감동을 전달하는 시인의 능력은 한결같다.

4

프레베르는 1960년에 한 방송국 인터뷰에서 다음과 같이 말한 바 있다. "나는 여자이고, 남자이고, 모든 사람들이기도 하다. 그만큼 나는 여자뿐 아니라 주변의 모든 사람들을 사랑한다." 이렇게 그는 자신의 자아를 넓히면서 사랑하는 사람들을 자기와의 특별한 관계에 한정짓지 않고, 자기가 공감할 수 있는 모든 사람들이라고 말한다.

이처럼 사랑에 대한 각별한 의미 부여는 시간과 공간의 한계를 뛰어넘어 지속적인 생명력을 가질 수 있는 프레베르 시의 중요한 시적 자원이다. 우리는 그의 시에서 이 시집의 첫 번째 시 제목처럼 그가 공감하고 사랑하는 모든 사람들의 '마음의 소리'를 들을 수 있다. 때로는 불협화음처럼 들려오기도 하지만, 삶의 진실을 외치는 그 '마음의 소리'에서 우리는 그가 좋아하는 것이 사랑과 자유이고, 그가 싫어하는 것이 사랑을 파괴하고 자유를 억압하는 모든 것임을 알 수 있었다.

---

1 G.Bataille, "De l'âge de pierre à Jacques Prévert", *Œuvres complètes tome XI*, Gallimard, 1988, p. 91.

2 같은 책, 같은 면.

3 M.Leiris, "Prévert raconte... entretien avec Pierre Ajame", *Les nouvelles littéraires*, février, 1967.

대산문학상 수상 소감

글은 사람이 산 만큼 나오게 되어 있다는 말을 저는 믿는 편입니다. 다시 말해서 시인은 자신의 삶을 얼마나 깊이 있게 살고, 얼마나 진정한 욕망의 꿈을 꾸었는가에 따라 좋은 시를 쓸수 있다는 것이고, 소설가는 자신의 시대를 얼마나 치열하게 살고 또 그것을 어떻게 문학적 의식으로 전환시켰는가에 따라 훌륭한 소설을 쓸 수 있다는 것입니다. 물론 이 말은, 문학이 삶을 반영한다거나 삶을 모방한다는 것을 의미하지 않습니다. 삶과 문학은 일치되는 경우보다 어긋나고 배반되는 경우가 더 많을 것입니다. 이스마일 카다레가 말했듯이, 삶의 논리와 문학의 논리는 다르고, 그 다른 점에서 문학의 높은 가치를 찾을 수 있을 것입니다. 그러나 아무리 삶과 문학의 논리가다르더라도, 작가가 자신에게 주어진 삶을 깊이 있고 치열하게, 전폭적으로 책임지며 살지 않고는 훌륭한 문학이 나올 수 없다는 것은 분명해 보입니다. 그러한 삶이 무엇인지 단정하기는 어렵습니다. 그것은 획일적으로 규정할 수도 없으며, 도덕적인 잣대로 정의할 수도 없습니다. 그러나 자신의 삶에 정직한 책임의식을 갖고, 이 세상과의 연대를 기억하는 사람의 문학은 더 큰 감동을 자아낼 것이 분명합니다. 그러한 문학적 감동의 정체를 밝히고 감동의 근거와 진원지를 찾아내는 일이 바로 비평의 몫이라고 생각합니다.

물론 비평가 역시 자기가 산 만큼 글을 쓰는 사람입니다. 대상을 잘 보기 위해서는 무엇보다 보고 싶은 마음이 있어야 하는 것처럼, 비평가에게는 작품을 읽고 싶다는 욕구와 문학을 알고 삶을 알고 싶다는 욕망이 그가 갖춰야 할 첫째의 덕목이 될 것입니다. 그러나 자신의 삶에도 충실하면서 이러한 태도를 계속 견지하는 것은 쉬운 일은 아닙니다. 만약 그럴 수 있다고 하더라도 문학작품을 부지런히 읽는 것만으로 비평가의 임무가 끝나는 것은 아닙니다. 작품을 해석하고 어느 갈피에 놓여 있을지 모를 의미를 찾아내기 위해서는 비평가 자신의 인식과 삶의 깊이도 전제되어야 할 것입니다. 그러나 끊임없이 생각하고 깨어 있어야 할 정신의 긴장은 곧잘 느슨해지고 감각의 촉수는 둔탁해지고 무뎌지기도 합니다. 그래서 게으르거나 성급해지는 비평가의 태도를 경고하는 일이 필요합니다. 그러한 비판으로부터 자유롭지 못한 비평가로서 저는 스스로 자책의 마음을 갖고 있지만, 어쩔 수 없이 게을러지고, 그 게으름을 감추기 위해 성급히 작품을 읽거나 미진한 글을 쓰기도 했습니다.

수상의 기쁨을 말해야 할 이 자리가 반성문을 쓰는 식이 되었지만, 이 시점에서 제가 서 있는 위치를 점검해보고 좀 더 나은 방향을 모색하는 계기가 마련된 것은 다행스러운 일일지도 모릅니다. 끝으로 이런 자리를 마련해주신 대산문화재단과 심사위원 선생님들께 감사드립니다. [2000]

팔봉비평문학상 수상 소감

— "의미 있고 가치 있는 삶 깨닫게 하고
생각하는 힘을 키워준 문학에 감사"

이브 몽탕의 샹송으로 유명한 프레베르의 시 「고엽」에는 '인생'이란 단어가 세 번 등장합니다. 첫 번째는 "그녀를 사랑했을 때, 인생은 그 어느 때보다 아름다웠다"이고, 두 번째는 "인생이 우리를 헤어지게 했다"이며, 세 번째는 그녀와 헤어졌어도 "변함없는 나의 사랑은 인생에게 감사한다"는 것입니다. 프레베르의 시에서와 같은 표현법을 빌려서 말한다면 저는 "인생이 나로 하여금 문학을 하게 했고 문학을 하게 만드는 나의 인생에게 깊이 감사한다"고 할 수 있겠습니다. 그 이유를 설명하는 것으로 수상 소감을 말씀드릴까 합니다.

저는 젊은 날 많은 젊은이들이 그렇듯이 어떻게 살아갈 것인가의 문제로 많은 방황을 했습니다. 문학을 하게 된 것은 이

해답을 얻기 위해서였고, 이 그 과정에서 어떤 삶이 의미 있고 가치 있는 것인지 서서히 깨닫게 된 일이야말로 저에게 문학을 하게 만든 인생에 감사하는 첫 번째 이유라고 할 수 있겠습니다.

두 번째 이유는 문학을 하지 않으면 만날 수 없었을 좋은 사람들을 많이 알게 되었고 그분들이 오늘의 저를 만들었다고 생각하기 때문입니다. 그분들 덕분에 저는 외롭지 않을 수 있었을 뿐만 아니라 그들처럼 좋은 사람이 되겠다는 의지를 가다듬으면서 때때로 나태해지려는 저 자신을 끊임없이 각성시키기도 했습니다.

세 번째 이유는 문학이 저에게 생각하는 힘을 키워주었고, 생각이란 깊이 하면 할수록 좋은 결과에 이른다는 확신을 갖게 해주었기 때문입니다. 문학비평을 한마디로 정의한다면, 문학을 생각하고 분석하여 문학과 삶의 의미를 관련시켜 설명하는 일이라고 할 수 있겠습니다. 비평의 대상이 시든 소설이든 작품을 집중적으로 생각하다 보면 처음에는 보이지 않던 의미가 보이고 이해할 수 없던 언어가 이해할 수 있는 언어로 변화하는 단계에 이르게 됩니다. 이런 경험을 여러 차례 하다 보면 자연스럽게 인간을 이해하는 폭이 넓어지고 또한 자기를 돌아보는 성찰을 통해서 좀 더 좋은 사람이 되기 위한 노력을 계속할 수 있습니다.

끝으로 심사위원들과 한국일보사 및 팔봉비평문학상 관계자 여러분께 깊은 감사를 드립니다. 영광스럽지만 외로울 수도 있는 수상자의 자리에 공동 수상으로 동반자가 되어주신 황현산 선생님, 하객으로 참석해주신 모든 분들께도 감사드립니다.

인류의 고향, 아프리카의 예술과 문학

아프리카는 우리에게 어떤 대륙일까? 아직은 문명과 산업화로 오염되지 않은 원시적 자연의 숨결과 야성의 동물이 가득한 땅일까? 아니면 굶주림과 질병, 부족 간의 갈등과 전쟁의 참상이 끊임없이 계속되는 불행의 땅일까? 어스름한 새벽을 연상케 하는 희망의 세계일까? 아니면 황혼의 빛처럼 저물고 몰락하는 세계일까?

지난날 유럽의 열강들에 의해 식민지의 땅으로 전락했던 어두운 과거의 후유증으로부터 오늘의 아프리카가 완전히 벗어나 있는 것은 아니지만 우리는 아프리카 대륙을 떠올릴 때 불행의 역사를 먼저 생각하기보다 강렬한 햇빛의 대초원, 사막과 밀림의 자연을 연상하고 온갖 야생동물과 원주민의 모습을 그려본다. 그것이 우리가 가진 지리학적 상상력의 습관 때문인지 아니면 유년 시절의 꿈과 동경의 이미지가 강렬한 기억으로 남아 있기 때문인지 모르지만, 아프리카는 잃어버린 고향이나 어린 시절의 모성과 연결되어 떠오른다. 누군가가 말했듯이, 아프리카는 인류가 마지막으로 간직하고 싶은 마음의 고향일 것이다. 그리하여 우리는 세네갈의 시인이자 대통령이기도 했던 상고르가 젊은 날 프랑스 유학 시절에 아프리카를 그리워하며 부른 다음의 노래에 깊이 공감할 수 있다.

> 알몸의 여인이여
>
> 검은 피부의 여인이여
>
> 탄력적인 살결로 무르익은 열매, 검은색 포도주의 어두운 황홀
>
> 내 입에 정열 불어넣는 입
>
> 순결한 지평의 대초원
>
> 뜨거운 애무의 바람으로 침묵하는 대초원
>
> 조각처럼 새겨진 탐탐의 북소리
>
> ―「검은 여인」

이러한 아프리카의 이미지와 함께 시인이 이 시에서 "머나먼 촌락 안개 속에서 울리는 아프리카의 깊은 고동 소리에 귀

기울이자"고 했을 때, 아프리카는 집단무의식의 원형처럼 어느새 우리의 깊은 내면과 근원적 정서를 뒤흔든다. 상고르가 그리워하는 아프리카의 모습은 우리들 누구나 공감할 수 있는 모성적인 고향의 부드러움과 풍요로움의 세계이기 때문이다.

아프리카의 대명사이기도 한 자연은 사실 동질성보다 이질성이 많다. 광대하고 무더운 사막이 있는가 하면, 들짐승이 떼지어 사는 대초원이 있고, 고온다습한 정글이 있다. 또한 열대지방 특유의 기후가 있는가 하면, 남아프리카공화국처럼 사계절의 변화가 뚜렷한 온대지방의 기후도 있다. 이러한 자연환경과 기후의 다양성에도 불구하고 전통적인 아프리카 사회의 풍속과 삶, 문화와 예술의 공통점은 개인주의적이 아니라 공동체적이며, 내세주의적이 아니라 현세주의적이라는 것이다. 아프리카 흑인의 예술은 건축·조각·춤·음악·시 등, 다양한 표현이 있지만 그것들은 독립적으로 존재하지 않고 동시적이거나 연결된 형태로 이루어진다. 또한 그것은 일상생활의 삶과 분리되어 있지 않다. 그런 점에서 아프리카에는 '예술을 위한 예술'이 존재하지 않는다. 모든 예술은 사회적이고 참여적이며, 생활 속에서 기능하고 있는 것이다. 가족이나 마을의 행사와 모임에서 시가 낭송되거나 시의 리듬을 담은 이야기가 있고, 합창의 노래가 따르고 춤이 곁들여지는 일은 아주 흔하다. 아이의 탄생을 축하하는 의식에서 각종의 성인식과 장례식에 이르기까지, 혹은 풍성한 수확이나 사냥을 기원하는 의식 등 여러 행사에서 이러한 문화적 표현들은 집단적으로 이루어진다. 물론 전문적인 역할의 시인이나 화가, 조각가 들이 있기도 하지만 일반적으로 시와 예술의 표현 행위는 만인에 의한 것이고 만인을 위한 것이라고 말해도 틀림이 없다. 그만큼 민중적이고 집단적이다. 노래나 이야기의 내용, 그림과 조각의 대상은 같은 것이 반복될 수 있다. 그러나 동일한 대상을 같은 내용으로 표현하는 것이라도 그것은 상황이나 사람에 따라 얼마든지 다르게 표현된다. 그 역할을 담당하는 사람은 자신의 개성과 삶, 자신이 속한 집단의 역사와 애환을 개성적으로 표현할 수 있기 때문이다, 작품이란 결코 영원히 변함없는 것이 아니며, 시인 역시 영원히 살아남는 작품을 쓰려고 애쓰지 않는 것이다.

아프리카적 예술양식의 기본 특징은, 상고르가 말한 것처럼 이미지와 리듬이다. 그 이미지는 유추적인 이미지이고, 초현실적인 이미지이다. 아프리카인은 직선을 싫어하고 사물을 정확하게 지시하는 말이나 논리보다 암시하는 것을 더 좋아한다. 그들은 사물의 이름보다 사물의 의미와 상징을 더 가깝게 이해하므로, 코끼리는 힘, 거미는 신중함, 뿔은 달, 달은 풍요로움으로 인식된다. 아프리카인의 언어는 정확하고 논리적인 이성의 언어라기보다 암시성과 이미지가 더 많은 초현실주의적 언어라고 말할 수 있다. 유추적이고 초현실주의적인 이미지의 언어로 아프리카인은 생명력의 다양한 세계를 표현한다. 물론 그 언어의 이미지는 리듬화가 되지 않으면 그 효과를 만들어내지 못한다. 리듬은 이미지와 공존하는 것이기 때문이다.

리듬이란 무엇인가? 그것은 존재하는 것에 형태를 부여하는 내적 역동성이자 생명력의 순수한 표현이기도 하다. 시에서의 리듬은 필수적이다. 그러나 리듬은 시뿐 아니라 음악이나 조각, 회화 등, 그 어느 장르에서도 본질적인 요소로 나타난다. 가령 그림이나 조각에서 리듬은 선과 색, 형상, 기하학적 형태 등 여러 가지 반복을 통해서 나타날 수 있다. 아프리카인의 춤이 율동적 리듬의 특징으로 이루어진 점을 연상해도 좋다. 그 리듬은 육체적이거나 외형적인 형태로 표현되더라도 보이지 않는 정신적 세계의 심층적 리듬과 맞닿아 있다. 아프리카인이 춤출 때 다리나 하체가 관능적인 떨림으로 심하게 요동칠 때라도, 그들의 머리나 눈빛은 영원의 세계나 심층적 정신의 세계를 지향하는 것이라고 이해할 수 있다. 리듬이야말로 존재의 뿌리에서 인간을 사로잡는 힘이자, 정신의 세계를 빛나게 하는 수단이다.

그 리듬이 어떤 형태로 표현되건 아프리카인의 표현 양식에서 리듬의 흐름을 감지할 수 있다면, 이미 당신은 아프리카적 문화와 예술의 핵심을 파악할 수 있는 경지에 들어선 셈이다. 그 리듬은 인종이나 지역의 차이를 떠나서 모든 인류가 공감하는 마음의 고향을 찾아 나서게 되는 '여행에의 초대'이기도 할 것이다. [1996]

오르페우스의 시선

오르페우스는 아폴로 신으로부터 부여받은 리라의 명인이며 예술가였다. 고요한 숲속에서 그가 리라를 연주하면 잠자던 나무와 바위와 들짐승은 깨어나, 때로는 환희의 격정 속에 빠져들기도 하고 때로는 음울한 슬픔 속에 잠기기도 했다고 한다.

오르페우스에게는 사랑하는 젊고 착한 아내 에우리디케가 있었는데, 어느 날 그녀는 불행하게도 독사에게 물려, 돌아올 수 없는 죽음의 세계로 떠나버리고 만다. 그녀를 잃고 슬픔과 절망의 나날을 보내던 오르페우스는 어느 날 문득 리라를 갖고 아내를 찾으러 죽음의 신 하데스가 지배하는 망령의 세계를 향해 떠난다. 죽음의 세계로 뻗은 험난한 길목을 리라를 켜면서 지나, 그는 드디어 하데스 신 앞에 서게 된다. 그는 신 앞에서 리라를 연주한다. 그의 리라가 어둡고 무서운 죽음의 세계를 평온히 가라앉은 밤의 세계로 물들이게 되자, 하데스 신은 감동한다. 감동의 대가로 하데스 신은 오르페우스에게 특별히 아내를 돌려보내주기로 약속한다. 그 약속에는 하나의 조건이 붙는다. 즉 지상의 세계로 완전히 돌아갈 때까지는 뒤를 따라가는 아내의 모습을 결코 돌아봐서는 안 된다는 것이다. 오르페우스는 기쁨에 벅차 떠났지만 돌아가는 길에 그의 기쁨은 의심과 불안의 감정과 뒤섞여 착잡해진다. 그래도 그는 감정의 동요를 억제하고 죽음의 신이 말한 규율을 지키려 한다. 드디어 어둠을 벗어나 대지와 빛의 세계의 경계지역쯤에 도달했을 때, 그는 참았던 욕망을 풀고 뒤를 돌아보고야 만다. 그 순간 아직 어둠을 벗어나지 못한 에우리디케는 가벼운 비명을 남기고 다시금 먼 죽음의 나락으로 떨어져버리고 만다.

오르페우스는 왜 보고 싶은 욕망을 끝내 억제하지 못했을까? 그는 왜 하데스 신이 내건 조건을 위반함으로써 모든 희생을 치르고 얻을 수 있었던 욕망의 대상을 상실해버리고 말았을까? 뒤를 돌아본 오르페우스의 시선이 의미하는 것은 무엇일까? 오르페우스의 신화가 제기하는 삶의 의미는 위와 같은 의문 속에서 새롭게 생각하고 검토해볼 수 있는 주제이다.

우선 오르페우스의 신화가 보여주는 일차적인 의미는 일상의 세계와 모험의 세계의 관계를 보여준다고 할 수 있다. 아내의 죽음이 있기 전에 오르페우스의 삶이란 다른 사람들과 마찬가지의 일상적 삶이다. 그는 음악을 연주하며 다른 사람들에게 기쁨을 주는 것으로 만족하고 아내와 행복하게 살며 주위 사회와 화해의 분위기를 유지하며 지냈을 것이다. 그처럼 평온하고 행복한 삶에서는 삶의 근본적인 의미가 문제될 수 없다. 일상생활 속에서 삶의 근본적인 물음이란 은폐되기 마련이다. 그러다가 아내가 독사에게 물려 죽는 사건이 발생한다. 그처럼 뜻하지 않은 사건에 부닥치게 될 때 중요한 것은 그 사건에 어떻게 반응하며 극복해나가는가의 문제일 것이다. 오르페우스에게는 그 사건이 근본적인 변모의 계기가 된다. 그는 자기가 겪게 된 불행한 운명에 체념하지 않고 아내를 되찾겠다는 불가능에 가까운 집념으로 주어진 운명에 도전한다. 그러므로 아내를 되찾으려는 욕망은 일상적인 삶 속에서 파묻혀 있는 진실을 추구하려는 욕망과 일치한다고 볼 수 있으며, 잠자던 의식이 눈뜬 의식으로 변모하는 계기라고 말할 수 있다. 진실을 찾으려는 눈뜬 의식의 인간에게는 그때부터 어두운 고난의 도정이 열린다. 다시 말해서 모험의 세계가 시작되는 것이다. 그러나 오르페우스의 신화를 간단히 이해하려는 사람에게는 이 신화가 일상적 삶보다 진실을 추구하는 모험의 삶이 더 가치 있음을 보여준다고 말할지 모른다. 그러나 그것은 어디까지나 하나의 해석일 뿐이며 이 신화의 전체적인 의미를 결정짓는 해석으로 보이지 않는다. 그 하나의 해석만이 가능하기 위해서는 오르페우스가 고난 끝에 아내를 되찾는다는 결말로 구성되었어야 할 것으로 생각된다. 오르페우스의 신화에서 무엇보다 중요한 문제는 '바라보려는' 욕망의 문제일 것이다.

진실을 찾으려는 욕망, 그것을 '바라보려는 욕망'이라고 한다면, 그러한 욕망에 사로잡힌 인간은 오르페우스의 운명처럼 결국 수많은 시련이 예상되는 비극적 운명을 겪는다. 그의 내부에서 열정처럼 솟구치는 욕망이 사라지지 않는 한, 그는 영원히 대상을 소유할 수 없기 때문이다. 진실에 대한 욕망이 있는 한, 완전한 충족의 순간은 존재하지 않는 법이다. 그러한 욕망과 욕망에 따르는 시련을 알면서도 인간은 왜 끊임없이 보려고 하는 것일까? 보려는 욕망은 우선 보아서는 안 된다는 규범 때문에 솟구친다. 욕망의 인간은 현실의 규범을 위반하려고 한다. 규범을 떠나서 욕망이 쉽사리 실현된다면 그것은 더 이상 욕망일 수 없을 것이다. 욕망이란 장애물을 갖기 때문에 욕망이다. 그러므로 진정한 욕망이란 일상적인 규범과 억압의 그늘 밑에서 강렬하게 싹트는 법이다. 오르페우스의 경험처럼, 위험을 무릅쓰고 사랑하는 아내를 보려는 욕망, 그것은 저급한 호기심이나 남의 비밀을 훔쳐보려는 천박한 시선의 유희가 아니다. 그것은 한 개인이 자기의 모든 것을 걸고 자기의 한계를 초월하려는 진실을 향한 능동적 의지임을 잊어서는 안 된다.

눈에 보이는 세계, 일상적인 시간의 사물화된 세계, 상투적인 현실의 세계, 이러한 현실의 세계에 만족하는 인간에게 진정한 시선의 욕망이란 잠자고 있을 뿐이다. 그는 일상적 규범의 세계 속에 안주하고, 그의 꿈 많은 어린 시절, 피어올랐을지도 모르는 순수한 욕망을 일찍부터 잠재운다. 그에게는 확실하게 눈에 보이는 대상만을 추구하는 현실의 욕망만 살아 있다. 그에게는 미지의 세계란 존재하지 않고 신비에 대한 의문도 눈뜨지 않는다. 그의 삶과 미래는 확실하게 정해져 있기 때문에 그는 현실의 깊은 곳을 보지 않고, 진정한 삶에 대해 문제의식을 갖지도 않는다. 속물처럼 사는 사람은 불안하고 긴장된 삶의 현재를 살지 못한다. 그의 영혼은 견고한 껍질 속에 굳어 있고, 그의 사고방식은 편견이라는 굴레에 묶여 있다. 그의 얼굴은 천박한 욕망의 기름때가 묻어 있고, 그의 시선은 물질적 욕심으로 눈이 멀어 있다. 그는 주어진 일차적 현실의 허울을 바라보는 데 만족하므로 현실 속에 감춰져 있는 진실의 의미를 보지 못한다.

오르페우스가 뒤를 따라오는 아내를 마침내 돌아본 지역, 그곳은 빛과 어둠이 충돌하고 용해되는 혼돈의 세계이다. 빛은 어둠의 다른 측면이므로, 어둠의 세계 속에서 하데스 신이 내린 규범이 있듯이 빛의 세계 속에서도 지상의 규범이 있는 법이다. 빛과 어둠의 경계 지역, 그곳은 두 세계 안이면서 동시에 두 세계의 밖이다. 그곳은 바로 모험과 갈등의 실존적 현장이다. 그곳에 서 있는 인간은 어느 한쪽의 세계 속에 속해 있으면서도 동시에 그 어느 쪽에도 소속되어 있지 않다는 점으로 국외자이며 자유인이다. 그러므로 규범을 위반한 오르페우스의 용기, 그것은 바로 자유의 표현이다. 자유에는 위험이 따르기 마련이다. 참다운 자유인이란 규범 속에 살면서 동시에 규범을 벗어날 줄 아는 인간이다. 그 누가 규범을 위반한 오르페우스의 순수한 열정을 조급한 욕망이라고 비웃겠는가? 보려는 욕망은 순수한 열정이며 그것은 조급한 열정의 호흡을 동반하는 것이다. 그러나 그 조급한 행위는 오랜 모험과 인내와 기다림 속에서 표현된 것이라는 사실을 잊어서는 안 된다. 조급한 열정이 없는 인내란 결국 체념이고, 순종일 뿐이다. 그것은 또한 수동적인 기다림이며 죽음이다. 능동적인 기다림이란 어느 정도 조급한 열정으로 지탱되는 정신적 태도이다. 그러므로 언젠가 그 열정의 소유자가 사랑과 진실을 위해 일상적인 규범을 깨뜨리고 자기의 전 존재를 던지듯이 행동할 때, 그는 평범한 자유인에서 진정한 자유인으로 변모하는 것이라고 우리는 확신한다.

보려는 욕망과 열정에 사로잡힌 인간은 끊임없이 다시 태어나는 인간이다. 그의 영혼은, 발레리의 표현을 빌려 말할 때, '언제나 다시 시작하는 바다'이다. 그는 새로운 삶을 위해서 낡은 과거를 배반할 줄 알며, 자기의 과오를 인정할 용기를 갖는다. 그는 책의 진실보다는 대지의 진실을 신뢰하며, 그의 정신에 부딪치고 저항해오는 모든 것을 사랑하고 길들일 수 있는 의지를 소유한다. 그는 또한 타인과 세계와의 진정한 관계를 맺으려는 인간이다. 중요한 것은 열정에 사로잡힌 정신적 태도에 있는 것이지 열정의 불행한 결과에 있는 것이 아니다. 오르페우스의 시선, 그것은 바로 용기 있는 시선이며 우리의 영혼 속에서 영원히 고갈되지 말아야 할 욕망과 열정의 원천이다. [1976]

프랑스 시
깊이 읽기

보들레르에서
프레베르까지

보들레르

Charles Baudelaire

풍경

순결한 마음으로 나의 목가를 짓기 위해
나는 점성가처럼 하늘 가까이 누워
종루 옆에서 꿈꾸며 귀 기울여 듣고 싶다,
바람에 실려오는 장엄한 성가를.
두 손으로 턱을 괴고, 높은 곳 나의 다락방에서
나는 바라보리라, 노래하고 떠들어대는 작업장을,
굴뚝을, 종탑을, 저 도시의 돛대들을,
그리고 영원을 꿈꾸게 하는 저 광활한 하늘을.

안개 사이로 창공에 별이 뜨고
창가에 불이 켜지고, 흐르는 매연이 하늘로 솟아오르고,
달빛이 희미한 매혹을
뿜어대는 풍경은 얼마나 감미로운가,
나는 바라보리라, 봄과 여름과 가을을,
그리고 단조롭게 눈 내리는 겨울이 오면
사방에 덧문을 닫고 커튼을 내리고
어둠속에서 꿈의 궁전을 세우리라.
그리고 꿈꾸리라, 푸르스름한 지평선을,
정원을, 대리석 석상들 속에서 눈물 흘리는 분수를,

입맞춤을, 아침 저녁 재잘대며 우는 새들을,
목가에 담긴 더할 나위 없이 순진한 노래를.
'폭동의 함성'이 아무리 내 유리창에 몰아쳐도
책상에서 내 이마를 들게 하지는 못하리라
내 의지로 '봄'을 일깨우고
내 가슴속에서 태양을 이끌어내고
내 뜨거운 생각들로 아늑한 분위기를
일궈내는 황홀경에 빠져 있을 테니까.

PAYSAGE

Je veux, pour composer chastement mes églogues,

Coucher auprès du ciel, comme les astrologues,

Et, voisin des clochers écouter en rêvant

Leurs hymnes solennels emportés par le vent.

Les deux mains au menton, du haut de ma mansarde,

Je verrai l'atelier qui chante et qui bavarde;

Les tuyaux, les clochers, ces mâts de la cité,

Et les grands ciels qui font rêver d'éternité.

Il est doux, à travers les brumes, de voir naître

L'étoile dans l'azur, la lampe à la fenêtre

Les fleuves de charbon monter au firmament

Et la lune verser son pâle enchantement.

Je verrai les printemps, les étés, les automnes;

Et quand viendra l'hiver aux neiges monotones,

Je fermerai partout portières et volets

Pour bâtir dans la nuit mes féeriques palais.

Alors je rêverai des horizons bleuâtres,

Des jardins, des jets d'eau pleurant dans les albâtres,

Des baisers, des oiseaux chantant soir et matin,

Et tout ce que l'Idylle a de plus enfantin.

L'Émeute, tempêtant vainement à ma vitre,

Ne fera pas lever mon front de mon pupitre;

Car je serai plongé dans cette volupté

D'évoquer le Printemps avec ma volonté,

De tirer un soleil de mon coeur, et de faire

De mes pensers brûlants une tiède atmosphère.

❖

    파리에서 유학생으로 지낼 때, 한동안 책상 위 벽면에 이 시를 붙여놓고, 눈길이 갈 때마다 시의 몇 구절을 읽은 적이 있다. 그 시절, 책상 옆에 놓인 책장 상단쯤에는, 파리의 오래된 아파트 다락방과 지붕들이 '돛대들처럼' 보이는 우편엽서에 담긴 아파트 지붕과 사진이 액자에 담겨 있었을 것이다. 그런 이유 때문인지 모르겠지만, 이 시를 읽으면, 그때의 책상과 책장과 함께 우편엽서의 다락방 풍경이 떠오른다. 어떤 때는 사진의 풍경이 너무나 생생해서, 내가 마치 파리의 한 다락방에서 가난한 유학생으로 힘겹게 지냈던 것 같은 착각이 들기도 한다.

    나는 그때 왜 이 시를 벽에 붙여둘 만큼 좋아했던 것일까? 몇 가지 이유가 있었을 것이다. 그중에서 한두 가지만 말한다면, 첫째는 '우연의 일치'라고 할 수 있다. 파리에 간 지 얼마 지나지 않아서, 한 친구로부터 간단히 안부를 묻는 우편엽서를 받게 되었는데, 그 엽서의 사진이 바로 이것이었다. 오른쪽에는 다락방의 창이 보이고, 왼쪽에는 아파트의 지붕들이 길게 이어진 사진 속의 풍경은 고풍스러우면서 정겹고 친근한 느낌이 들었다. 그런 후, 학교 도서관에서 우연히 보들레르의 이 시를 읽게 되었다. 이 시를 읽으면서 자연스럽게 우편엽서의 사진을 연상하게 되는 것은 당연했다.

　두 번째 이유는 이 시에 후반부에 나타난 시인의 결연한 의지에 공감했기 때문이다. 시의 화자는 "단조롭게 눈 내리는 겨울이 오면 / 사방에 덧문을 닫고 커튼을 내리고 / 어둠속에서 꿈의 궁전을 세우"겠다는 의지와 함께, "'폭동의 함성'이 아무리 내 유리창에 몰아쳐도" "내 의지로 '봄'을 일깨우고", "내 가슴속에서 태양을 이끌어내"겠다고 말한다. 나는 이 구절을 읽으면서 엘뤼아르의 「여기에 살기 위해서」의, "겨울의 어둠속으로 들어가기 위해서 불을 만들었다"는 구절을 떠올렸다. 제한된 시간 안에 논문을 써야 한다는 강박증 때문이었을까? 나에게는 "봄을 만들었다"는 반항의 열정보다 "내 가슴속에서 태양을 이끌어내겠다"는 결의가 훨씬 더 공감의 울림을 주었다.

　잘 알려져 있듯이, 보들레르는 프랑스의 시를 세계적인 차원으로 올려놓은 시인이다. 『프랑스 문학사』를 쓴 티보데는, 낭만주의 시인인 비니와 보들레르의 차이를 『구약성서』와 『신약성서』에 비유할 만큼, 보들레르가 현대시의 선구자임을 말한 바 있다. 그는 동시대의 낭만주의 시인들과는 다르게, 자연의 아름다움을 찬미하지 않았고, 도시의 어둡고 황량한 세계와 도시인의 내면을 시적 주제로 삼았다. 그렇다고 해서 그가 산업화와 물질주의 지배, 정신의 평등주의를 긍정적으로 수용한 것은 아니다. 그는 도시화의 모든 현상들을 부정적으로 보면서도, 낭만주의 시인들처럼 자연의 풍경 속에서 위안을 찾지 않았으며, '지옥' 같은 도시의 일상적 현실과 군중의 출현에 주목하면서 "일시적인 것, 순간적인 것, 우연적인 것"을 시적 상상력으로 변용시켰다.

이런 점에서 보들레르는 도시의 온갖 더럽고 보기 흉한 것들을 아름답고 매혹적인 이미지로 변화시키는 '그로테스크' 미학을 이용하고, '꽃의 향기'와 같은 자연적인 요소를, 도시의 아스팔트나 거리의 오물과 결합시키는 '모순어법oxymoron'을 구사한다. "순결한 마음으로 나의 목가를 짓기 위해"라는 「풍경」의 첫 구절도 그러한 표현 방법의 하나일 수 있다. 본래 '목가'는 평화롭고 소박한 전원생활을 노래하는 것이다. 그런데 시인은 "매연이 흘러서 하늘로 솟아오르는" 도시의 삭막한 풍경을 바라보면서 "목가를 짓는다"고 말한다. 또한 도시의 번잡하고 혼란스러운 요소들이 도시인의 내면에 모순되고, 굴절된 형태로 나타나듯이, 시인의 '꿈의 궁전'에는 '푸르스름한 지평선', '정원', '분수', '입맞춤', '새들'처럼 물질적인 것과 비물질적인 것, 인간적인 것과 자연적인 것들이 부조리한 논리로 연결되어 있는 것이다.

이 시를 여러 번 읽으면서, 내가 각별히 주목하게 된 것은 '창'의 이미지이다. 이 시에서 '창'은 두 번 나타난다. 한 번은

"안개 사이로 창공에 별이 뜨고", "창가에 불이 켜진다"는 구절에서이고, 두 번째는 "'폭동의 함성'이 아무리 내 유리창에 몰아쳐도"라는 구절에서이다. 두 번째의 시구를 다시 정리해보면, 시인은 죽음의 '겨울'과 '폭동의 함성'이라는 사회적 혼란을 견디기 위해서 '꿈의 궁전'을 만든다는 것이다. 물론 이 '꿈의 궁전'의 창에도 불이 켜질 것이다. 불 켜진 창이 있는 '꿈의 궁전'에서 시인은 단순히 겨울을 견디며 지내지 않고, "'봄'을 일깨우는" 창조적인 작업을 시도한다. 이러한 시 창작의 열정과 꿈의 의지에서 '창'이 어떤 의미를 갖는 것인지 이해하려면, 보들레르의 산문시 「창들Les Fenêtres」를 참고할 필요가 있다.

　「창들」이란 제목의 산문시는 이렇게 전개된다. "열려진 창문을 통해 밖에서 바라보는 사람은 닫혀진 창문을 바라보는 사람이 발견하는 풍부한 사실들을 결코 발견할 수 없다. 촛불에 의해 밝혀진 창문만큼, 깊고, 신비롭고, 풍요롭고, 어둡고, 동시에 빛나는 대상은 없다. 햇빛 아래에서 보는 것은 유리창 뒤에서 일어나는 일보다 덜 흥미롭다. 어두운 창이거나 반짝이는 창이거나 그 창의 구멍 속에서 인생이 숨쉬고, 인생이 꿈꾸고, 인생이 괴로워한다." 시인은 우선 '열려진 창문'과 '닫혀진 창문'을 구분한다. '열려진 창문'으로 보이는 것은 '햇빛 아래에서 보는 풍경'과 마찬가지로 상상을 불러일으키지 않는다. 그러나 '닫혀진 창문'과 어두운 창, 또는 불빛으로 '반짝이는 창'은 창문너머로 보이는 대상을 꿈꾸게 한다는 점에서 보는 사람을 상상의 세계로 인도하는 역할을 한다. 인용된 구절의 뒷부분에 언급된 것처럼, 시인은 어두운 거리를 걷다가 어떤 집의 '불 켜진 창' 너머로 '주름살투성이의 노파'를 바라보면서, 노파의 삶을 꿈꾸고 상상한다. 이것은 노파의 삶을 상상하면서 이야기로 꾸며본다는 것이 아니라, 시인이 노파와 동일시하면서, 그녀의 삶을 살아보는 체험을 하는 것이다. 이 산문시는 창너머로 보이는 노파의 모습을 상상해보는 것은 노파의 현실을 사실적으로 인식하는 것과 다르다고 폄하하는 사람에 대해서 이렇게 말하는 것으로 끝난다. "내 밖에 있는 현실이 무슨 상관인가? 만일 그 현실이 나의 삶을 도와주고, 내가 존재하고, 내가 어떤 사람인지를 의식하게끔 도와주기만 한다면?" 이런 점에서 보들레르는 현실의 사실성보다 현실을 넘어서 꿈꾸고, 사실을 변형시키는 상상력을 중요시한 시인임을 보여준다.

　다시 보들레르의 「풍경」으로 돌아가자면, 이 시의 화자는 다락방에서 도시의 풍경을 바라보면서 '폭동의 함성'으로 표현되는 1848년의 역사적 현실을 넘어서는 꿈꾸기를 시도한다. 그의 꿈꾸기는 현실을 외면하는 도피가 아니라, 현실을 극복하는 예술가의 초월적이고 창조적인 의지의 작업이다. 그렇다면 시와 예술의 본질적 의미와 존재 이유를 보들레르의 산문시에 기대어 이렇게 말할 수 있지 않을까? 시와 예술이 현실을 반영하지 않는다고 해서 그것이 무슨 상관인가? 시와 예술이 "나의 삶을 도와주고, 내가 존재하고, 내가 어떤 사람인지를 의식하게끔 도와줄 수 있다면".

알바트로스

흔히 뱃사람들은 장난 삼아
거대한 바닷새 알바트로스를 잡는다.
시름없는 항해의 동반자처럼
깊은 바다 위를 미끄러져 가는 배를 따라가는 새를.

갑판 위에 일단 잡아놓기만 하면,
이 창공의 왕자들은 서툴고 창피스런 몸짓으로
가련하게도 거대한 흰 날개를
노처럼 양쪽으로 질질 끄는구나.

날개 달린 이 여행자, 얼마나 어색하고 나약한가!
전에는 그렇게 멋있던 그의 모습 얼마나 우습고 추한가!
어떤 사람은 파이프로 부리를 건드려 괴롭히고,
어떤 사람은 절뚝거리면서 불구자가 된 새를 흉내내는구나!

'시인'은 이 구름의 왕자와 같아서
폭풍 속을 넘나들며 사수射手를 비웃었건만,
지상에 유배되어 야유에 둘러싸이니
거인의 날개는 걷는 데 방해가 될 뿐.

L'ALBATROS

Souvent, pour s'amuser, les hommes d'équipage
Prennent des albatros, vastes oiseaux des mers,
Qui suivent, indolents compagnons de voyage,
Le navire glissant sur les gouffres amers.

A peine les ont-ils déposés sur les planches,
Que ces rois de l'azur, maladroits et honteux,
Laissent piteusement leurs grandes ailes blanches
Comme des avirons traîner à côté d'eux.

Ce voyageur ailé, comme il est gauche et veule!
Lui, naguère si beau, qu'il est comique et laid!
L'un agace son bec avec un brûle-gueule,
L'autre mime, en boitant, l'infirme qui volait!

Le Poète est semblable au prince des nuées
Qui hante la tempête et se rit de l'archer ;
Exilé sur le sol au milieu des huées,
Ses ailes de géant l'empêchent de marcher.

❖

　알바트로스는 생존하는 동물 중에 날개가 가장 긴 동물이자, 날 수 있는 조류 중에서 제일 큰 새이다. 알바트로스의 펼친 날개 길이는 3미터가 넘는다고 한다. 보들레르의 가장 유명한 시 가운데 하나로 꼽을 수 있는 이 시는 시인을 알바트로스에 비유하고, 그 새를 잡아서 괴롭히는 뱃사람들을 천박한 대중으로 표현한다. 이런 점에서 뱃사람들과 알바트로스를 대립시켜 보면 다음과 같은 도식으로 정리될 수 있을 것이다.

뱃사람들	알바트로스
"흔히 뱃사람들은 장난삼아 알바트로스를 잡는다."	"거대한 바닷새, 알바트로스는 시름없는 항해의 동반자처럼 깊은 바다 위를 미끄러져 간다."
산문적인 범속함 또는 대중의 저속함	시적인 고귀함 또는 시인의 존엄성

　여기서 알바트로스가 "시름없는 항해의 동반자"로 표현되는 점에 주목할 필요가 있다. 동반자로 번역한 compagnon의 본래 의미는 빵pain을 함께 나누어 먹는 사람이란 뜻으로서 공동체적인 일체감의 관계를 상징하는 것이기 때문이다. 다시

말해서, 알바트로스는 인간이 아닌 동물이면서도 동반자처럼 인간에 대한 신뢰감을 갖고 배를 따라 날아가던 새이다. 그렇게 무심하게 날아가는 새를 뱃사람들이 "장난삼아" 잡아서 괴롭혔다면, 그들에 대한 새의 배반감이 어느 정도일지 짐작해 볼 수 있다.

또한 두 번째 연에서 '갑판planches'이란 명사와 '잡아놓다déposer'라는 동사도 유념해야 할 부분이다. 여기서 planches를 갑판이라고 번역한 것은 의역이다. 본래 이 단어는 판자나 널빤지를 뜻하는 것이고 복수로 씌었을 때는 연극무대를 의미한다. 연극무대를 나타내는 다른 단어로는 plateau가 있다. 이 두 단어의 차이는 전자가 코미디 같은 대중적인 무대를 가리킨다면, 후자는 고급한 예술로서의 연극과 관련되어서 사용되는 단어라는 점이다. 그러므로 우리는 뱃사람들은 고귀하고 존엄한 존재를 대중의 무대 위에 올려놓고 웃음거리로 삼는다는 의미를 읽을 수 있다. 또한 '잡아놓다déposer'는 '퇴위시키다'라는 정치적 의미를 갖기도 한다. 'déposer un roi'는 '왕을 폐위시키다'이다. 다시 말해서 대중들은 '창공의 왕자들'을 폐위시켜서, 군주의 절대적 권위를 무법적으로 무너뜨리면서, 시인의 정신적 권위와 존엄성을 희화시키는 것이다.

세 번째 연을 중심으로 알바트로스에 대한 표현을 시인의 관점과 뱃사람의 관점으로 나누어 보면 다음과 같다.

알바트로스	
시인의 관점	뱃사람의 관점
"날개 달린 여행자" voyageur ailé "그렇게 멋있던" si beau "날아다니던" qui volait	"어색하고 나약한" gauche et veule "우습고 추한" comique et laid "절뚝거리는" boitant
"전에는" naguére 과거	"지금은" maintenant 현재
고귀한 존재가 연민을 불러일으키는 대상으로 변함	대중의 웃음을 자아내는 조롱의 대상으로 변함

　보들레르에 의하면, 시인은 대중들의 이해를 받지 못하고 오히려 조롱의 대상이 되는 알바트로스와 같은 존재이다. 시인의 이러한 인식은 그의 산문시 「후광의 상실」에서도 확인된다. 그는 이 산문시에서 후광으로 상징되는 시인의 권위와 역할이 마치 "머리에서 미끄러져 포장도로의 진흙탕 속에 떨어진 것처럼" 그린다. 시인으로서의 자존심이 없고 명예만 누리려는 평범한 시인이라면, 땅에 떨어진 후광을 집어 들어 다시 머리에 쓰려고 할 것이다. 그러나 보들레르는 땅에 떨어진 후광을 기꺼이 포기한다. 그는 통찰력이 뛰어난 '현대성'의 시인이자 영광의 후광에 연연해하지 않는 시인이기 때문이다. 보들레르는 뱃사람들에 의해서 붙잡힌 알바트로스가 '시인'의 상

황임을 인식하고, 더 이상 '창공을 날던' 시인의 영광을 그리워하기는커녕, 냉철한 현실인식을 바탕으로 새로운 시 쓰기를 개척한다. 이것이 바로 보들레르의 위대성이라고 할 수 있다.

명상

오 나의 '고통'이여, 얌전히 좀 더 조용히 있어다오.
너는 '저녁'이 오기를 원했지, 그 저녁이 이제 내려오고 있구나
어슴푸레한 대기가 도시를 에워싸면서
어떤 사람에겐 평화를, 어떤 사람에겐 근심을 가져다주지.

수많은 천박한 인간 군상들이
저 무자비한 사형집행인, '쾌락'의 채찍 아래
비천한 축제 속에서 후회를 모으고 다니는 동안
내 '고통'이여, 나를 도와주고, 이쪽으로 오라.

그들로부터 멀리 떠나거라. 보아라 지나간 '세월'이
낡은 옷을 입고 하늘의 발코니 위에서 몸을 굽히는 것을,
웃음 짓는 '회한'이 꿈속에서 솟아오르는 것을,

음흉한 태양이 아치형의 다리 아래 잠들어 있는 것을,
그리고 '동방국'에 질질 끌리는 긴 수의같이,
들어라, 그대여, 들어라 감미로운 '밤'이 걸어오는 소리를.

RECUEILLEMENT

Sois sage, ô ma Douleur, et tiens-toi plus tranquille.

Tu réclamais le Soir; il descend; le voici:

Une atmosphère obscure enveloppe la ville,

Aux uns portant la paix, aux autres le souci.

Pendant que des mortels la multitude vile,

Sous le fouet du Plaisir, ce bourreau sans merci,

Va cueillir des remords dans la fête servile,

Ma Douleur, donne-moi la main; viens par ici,

Loin d'eux. Vois se pencher les défuntes Années,

Sur les balcons du ciel, en robes surannées;

Surgir du fond des eaux le Regret souriant;

Le soleil moribond s'endormir sous une arche,

Et, comme un long linceul traînant à l'Orient,

Entends, ma chère, entends la douce Nuit qui marche.

보들레르의 삶은 고통의 연속이었다고 할 수 있다. 그러나 그는 자신의 의식 속에서 떠나지 않는 고통을 증오하기보다, 오히려 친구나 연인처럼 생각하고 고통을 의인화하여 그에게 자기의 속내 이야기를 털어놓듯이 말한다. 이런 관점에서 보자면 고통은 증오의 대상이 아니다. 오히려 이 시의 첫 행에서 부터 시인은 자신의 '고통'이 떠나기를 기원하기보다 "오 나의 '고통'이여 얌전히 있어다오"라고 고통을 달래듯이 말할 뿐이다. 그는 자신의 '고통'이 '저녁'을 좋아한다고 믿는다. '저녁'의 어두운 분위기 속에서 영혼은 더 이상 불안하게 동요하지 않을 수 있기 때문일까? 보들레르는 「현대생활의 화가」에서 이렇게 하루가 저무는 일몰의 시간을 묘사한 바 있다.

자 이제 밤이 왔다. 하늘의 커튼들이 내려오고 도시들이 불 밝히는, 기묘하고 모호한 시간이다. 일몰의 보랏빛에 가스등이 점점이 박힌다. 신사든 파렴치한이든, 정신이 똑바르든 미쳤든, 사람들은 다 "마침내 하루가 마감되었군!" 하고 중얼거린다. 현명한 자와 행실이 나쁜 자가 모두 쾌락을 떠올리고는 각자 자신이 정한 곳으로 망각의 잔을 마시러 달려간다.

이처럼 대도시의 저녁은 현명한 사람이건 행실이 나쁜 사람이건, 누구에게나 온갖 쾌락에 탐닉할 수 있는 유혹의 시간이 된다. 두 번째 연에서 알 수 있듯이, 일반적인 대중들은 저 무자비한 사형집행인, '쾌락'의 채찍을 의식하지 못하고, 의식하게 되더라도 그것을 잠재우려 할 뿐이다. '비천한 축제'의 시간이 지나면, 후회des remords만 남는다는 것을 그들은 모르는 것이다. 시인은 사람들이 쾌락을 추구하는 모습에 대해 "후회를 모은다cueillir des remords"라고 표현한다. 여기서 '모은다cueillir'는 동사는 '수집한다'라거나 '사서 모은다'와 같은 의미이다. 그러므로 덧없는 쾌락을 추구하는 일은 어리석게 후회할 일만 쌓아놓을 뿐이라는 것이다. 물론 시인도 후회와 비슷한 감정을 갖지만, 그는 자신의 감정을 대중의 후회와 구별짓기 위해 회한le Regret이라는 말을 사용하면서 "웃음 짓는 '회한'이 물 속에서 솟아오른다"고 표현한다. 여기서 시인의 이러한 엘리트주의를 비판적으로 생각할 필요는 없다. 인간은 누구나 지난날의 행복을 그리워하거나, 자신의 과오를 뉘우치기 마련이다. 과오가 없는 인간이 어디 있겠으며, 후회하지 않는 인생이 어떻게 가능할 것인가. 후회건 회한이건 간에, 중요한 것은 덧없는 쾌락에 빠져서 자신의 과오를 무조건 잊어버리지 않는 태도일 것이다. 인간은 대체로 무리 속에 휩쓸리거나 쾌락에 빠져서 자기의 고통을 잊으려 한다. 그러나 시인은 고독한 명상 속에서 고통에 대한 명상에 젖거나 고통의 위로를 받으려 한다. 그것이 그에게는 고통을 견디는 한 방법일 것이다.

한 가지 덧붙일 말이 있다면, 세 번째 연에서 '지나간 세월les défuntes Années'로 번역한 부분에서 '지나간'이라고 번역한 형용사는 '죽은', '사망한'이 정확한 번역이라는 것이다. 보들레르는 과거의 시간을 되살릴 필요 없는 죽은 시간으로 생각한 시인일지 모른다.

취하세요

"항상 취해 있어야 합니다. 문제의 핵심은 그것입니다. 그것만이 유일한 문제입니다. 당신의 어깨를 짓누르고 당신을 땅으로 구부러뜨리는 끔찍한 '시간'의 무게를 느끼지 않기 위해서, 당신은 끊임없이 취해 있어야 합니다.

그러면 무엇으로 취하냐구요? 술이건 시詩건, 미덕이건, 당신 마음대로 하세요. 그러나 어쨌든 취하세요.

그리고 때때로 어느 궁전의 계단 위에서, 어느 도랑의 푸른 풀 위에서, 당신이 있는 방의 침울한 고독 속에서, 취기가 약해지거나 사라져 깨어나게 되면, 바람에게, 파도에게, 별에게, 새에게, 괘종시계에게, 달아나는 모든 것에게 신음하는 모든 것에게, 굴러가는 모든 것에게, 노래하는 모든 것에게, 말하는 모든 것에게 몇시냐고 물어보세요. 그러면 바람이건, 파도이건, 별이건, 새이건, 괘종시계이건 모두가 당신에게 이렇게 대답하겠지요. "지금은 취해 있어야 할 시간이지요! '시간'의 괴롭힘을 당하는 노예가 되지 않으려면 취하세요, 끊임없이 취하세요! 술이건, 시이건, 미덕이건, 당신 마음대로 하세요."

ENIVREZ-VOUS

Il faut être toujours ivre. Tout est là: c'est l'unique question. Pour ne pas sentir l'horrible fardeau du Temps qui brise vos épaules et vous penche vers la terre, il faut vous enivrer sans trêve.

Mais de quoi? De vin, de poésie, ou de vertu, à votre guise. Mais enivrez-vous.

Et si quelquefois, sur les marches d'un palais, sur l'herbe verte d'un fossé, dans la solitude morne de votre chambre, vous vous réveillez, l'ivresse déjà diminuée ou disparue, demandez au vent, à la vague, à l'étoile, à l'oiseau, à l'horloge, à tout ce qui fuit, à tout ce qui gémit, à tout ce qui roule, à tout ce qui chante, à tout ce qui parle, demandez quelle heure il est; et le vent, la vague, l'étoile, l'oiseau, l'horloge, vous répondront: "Il est l'heure de s'enivrer! Pour n'être pas les esclaves martyrisés du Temps, enivrez-vous; enivrez-vous sans cesse! De vin, de poésie ou de vertu, à votre guise.

❖

　보들레르의 시에서 '취함l'ivresse'의 주제가 갖는 중요성은 새삼스럽게 강조할 필요가 없을 정도이다. 시인은 권태로운 현실세계를 탈출하기 위해 이 시의 첫 구절부터 "항상 취해 있어야 한다"는 것을 마치 명심해야 할 격언처럼 말한다. 시인은 그것이 중요한 문제인 까닭을 "당신의 어깨를 짓누르고, 당신을 땅으로 구부러뜨리는 끔찍한 '시간'의 무게를 느끼지 않기 위해서"라고 시적인 표현을 논리적으로 설명하듯이 말한다. 여기서 "당신을 땅으로 구부러뜨린다"는 것은 나이가 들어서 인간의 허리가 구부러진 모양을 연상시킨다. 이것은 인간의 삶이 시간의 한계 속에 속박되어 있음을 의미한다. 시인은 이러한 한계를 벗어나기 위한 '취함'의 방법으로 '술'과 '시'와 '미덕'을 예로 들었을지 모른다. 이것들은 모두 자기중심적인 편협한 세계와 자아의 좁은 한계를 넘어서서 타인과 사물에 대한 편견을 배제하기 위한 상징적 표현 방법으로 이해된다.

　보들레르는 「현대생활의 화가」라는 산문에서 이렇게 말한다. "어린아이는 늘 취해 있다. 이제는, 다만 어린아이가 형태와 색채를 흡수해가는 바로 그 기쁨만이 우리가 '영감'이라고 부르는 것을 닮았다." 이런 점에서 시인이 "취해 있어야 한다"는 것은 어린아이의 상상력과 같은 영감을 얻기 위해서라고 말할 수 있을지 모른다. 보들레르는 이 산문에서 '군중과 결합 épouser la foule' 할 수 있는 산책자의 상상력을 언급하는데, 어떤 의미에서 산책자 시인의 상상력과 어린아이의 '취한 영혼l'âme ivre'은 일치하는 것이 아닐까? 산책자 시인은 군중 속에 있으면서, 군중에 취해서 군중과 상상적으로 결합하고, 군중의 내면을 꿈꾸고, 즐거워할 수 있기 때문이다.

"완벽한 산책자, 정열적인 관찰자에게 무리지은 것, 물결치는 것, 움직이는 것, 사라지는 것, 무한한 것 속에 거처를 정하는 것은 굉장한 기쁨이다." 산책자는 독립적이고, 열정적이고, 편견 없는 사람이다. 그는 자기 자신 밖에서 자기 자신이 아닌 것을 끊임없이 열망하는 사람이다. 간단히 말해서 그는 군중 속에서 즐거움을 누릴 줄 아는 사람이다. 그렇기 때문에 그는 군중 속에서 지루해하는 사람을 경멸한다. 군중 속에서 지루해하지 않기 위해서라도 우리의 영혼은 늘 취해 있어야 할 것이다.

누구에게나 괴물이 있는 법

넓은 잿빛 하늘 아래로, 길도 없고, 잔디도 없고, 엉겅퀴 한 포기나 쐐기풀도 없는 먼지투성이의 광활한 평원에서 등을 구부린 모습으로 걷고 있는 한 무리의 사람들을 만났다.

그들은 모두 등 위에 거대한 괴물을 걸머지고 있었다. 그 괴물은 밀가루부대나 석탄부대 혹은 로마 보병의 장비처럼 무거워 보였다.

그러나 괴물은 축 늘어진 모습이 아니었다. 오히려 괴물은 탄력 있고 강인한 근육으로 사람을 감싸안고 짓누르듯이 붙어 있었다. 괴물은 자기의 가슴으로 뒤에서 사람을 껴안듯이 거대한 두 발톱으로 달라붙어 있었다. 그의 엄청난 머리는 마치 상대편 적에게 공포심을 주기 위해 머리에 쓴, 옛날 무사들의 무서운 투구처럼 사람의 머리 위쪽에 솟아 있는 듯했다.

나는 이들 중 한 사람에게 물어보았다. 그런 모습을 하고 어디로 가는 길이냐고 물은 것이다. 그는 내가 묻는 말에 자신도 어디로 가는지 모른다고 대답했다. 자기만 모르는 것이 아니라, 다른 사람들도 모른다는 것이다. 그러나 분명한 것은 그들은 어디론가 가고 있었고, 걸어가야 한다는 거역할 수 없는 욕구 때문에 그들은 떠밀려가듯이 가고 있었다는 점이다.

그런데 이상하게도 이 여행자들 중 그 누구도 등에 붙어서 자신의 목에 매달려 있는 이 사나운 짐승에 대해 화를 내는 것 같지 않았다. 그들은 그 짐승을 자기 자신의 일부로 생각하는 것처럼 보였다. 그들의 피곤하고 진지한 얼굴에는 전혀 절망의 표정이 없었다. 우울한 하늘 아래에 우울한 하늘 같은 황량한 땅의 먼지 속에 발을 빠뜨리듯이 걸으면서 그들은 마치 영원히 기다릴 수밖에 없는 숙명의 인간처럼 천천히 나아갔다.

그리고 그 행렬은 내 옆을 지나면서, 호기심을 담은 인간의 시선에서 보이지 않는 지구의 둥근 표면 끝 지점에 이르러 지평선의 대기 속으로 빠져들듯이 사라졌다.

그래서 얼마 동안 나는 이 불가사의한 일을 이해해보려고 애를 썼다. 그러나 곧 억제할 수 없는 무관심이 나를 엄습해 와서 '괴물'이 그들을 짓누르던 것보다 더 무겁게 '무관심'의 무게에 짓눌렸다.

CHACUN SA CHIMÈRE

Sous un grand ciel gris, dans une grande plaine poudreuse, sans chemins, sans gazon, sans un chardon, sans une ortie, je rencontrai plusieurs hommes qui marchaient courbés.

Chacun d'eux portait sur son dos une énorme Chimère, aussi lourde qu'un sac de farine ou de charbon, ou le fourniment d'un fantassin romain.

Mais la monstrueuse bête n'était pas un poids inerte; au contraire, elle enveloppait et opprimait l'homme de ses muscles élastiques et puissants; elle s'agrafait avec ses deux vastes griffes à la poitrine de sa monture; et sa tête fabuleuse surmontait le front de l'homme, comme un de ces casques horribles par lesquels les anciens guerriers espéraient ajouter à la terreur de l'ennemi.

Je questionnai l'un de ces hommes, et je lui demandai où ils allaient ainsi. Il me répondit qu'il n'en savait rien, ni lui, ni les autres; mais qu'évidemment ils allaient quelque part, puisqu'ils étaient poussés par un invincible besoin de marcher.

Chose curieuse à noter : aucun de ces voyageurs n'avait l'air irrité contre la bête féroce suspendue à son cou et collée à son dos; on eût dit qu'il la considérait comme faisant partie de lui-même. Tous ces visages fatigués et sérieux ne témoignaient d'aucun désespoir; sous la coupole spleenétique du ciel, les pieds plongés dans la poussière d'un sol aussi désolé que ce ciel, ils cheminaient avec la physionomie résignée de ceux qui sont condamnés à espérer toujours.

Et le cortége passa à côté de moi et s'enfonça dans l'atmosphère de l'horizon, à l'endroit où la surface arrondie de la planète se dérobe à la curiosité du regard humain.

Et pendant quelques instants je m'obstinai à vouloir comprendre ce mystère; mais bientôt l'irrésistible Indifférence s'abattit sur moi, et j'en fus plus lourdement accablé qu'ils ne l'étaient eux-mêmes par leurs écrasantes Chimères.

이 시에서 '괴물'로 번역한 chimère는 그리스 신화에 나오는 괴물로서 사자의 머리, 양의 몸, 용의 꼬리를 가진 상상의 동물이다. 이 동물은 보들레르적 의미의 알레고리로 사용되어, 인간 조건의 비극적 운명을 나타내는 존재로 표현된다. 첫 문장에서 묘사된 "길도 없고, 잔디도 없고, 엉겅퀴 한 포기나 쐐기풀도 없는" 삭막한 세계는 비인간적 도시의 삶을 상징한다고 볼 수 있다. 삭막한 세계의 풍경은 그의 다른 산문시 「이 세상 밖이라면 어느 곳에나」에서의 '병원'을 연상시킨다. "인생은 병원과 같다. 이곳에서 환자들은 저마다 침대를 바꾸어 다른 자리에 가고 싶은 욕망을 갖는다. 어떤 환자는 난로 앞에 누워서 병을 견디고 싶어 하고 어떤 환자는 창가에 누워 있으면 병이 나을 것이라고 생각한다." 시인이 세계를 병원에 비유하고, 자기는 환자들 중의 한 사람임을 말했던 것처럼, 병원에 사는 환자나 사막 같은 세계에 사는 인간은 누구나 불행하다. 이런 점에서 시인은 인간의 삶이 괴물을 짊어지고 살아가는 인간의 숙명임을 말하고 싶었을지 모른다.

「누구나 자신의 괴물이 있는 법」의 다른 사람들은 괴물을 짊어지고 걸어가면서 자기에게 괴물이 붙어 있다는 것을 모르는 반면, 시인은 자기의 괴물이 '무관심'이라는 것을 안다는 것은 중요한 차이로 보인다. 또한 시인은 인간의 불행한 운명과 삶의 부조리에 대한 '무관심'이 '억제할 수 없는' 것이라고 말하고, 다른 사람들이 어디론가 걸어가야 한다는 것을 '거역할 수 없는' 욕구 때문이라고 하는 것도 중요시할 대목이다. 우리가 잘 알고 있듯이 보들레르의 무관심은 '권태'와 '무기력'과 같은 의미를 갖는다. 그의 무관심은 다른 사람들의 '괴물'과 등가적이다. 그러나 시인의 '무관심'을 이해하기 위해서는 그가 보통사람들이 추구하는 물질적인 부와 사회적 지위, 다시 말해서 부르주아의 속물적 가치관과 다른 세계관을 갖는 존재라는 점이 전제가 되어야 한다.

앞에서 말했듯이, 사막처럼 삭막하고 황량한 세계는 19세기 산업화사회의 도시화와 미래에 대한 상징적 표현일 수 있다. 시인이 이 세계를 무질서와 무분별로 이루어진 음울한 카오스의 상태로 묘사하는 것은 그만큼 세속적 삶에 대한 시인의 권태를 반영하는 것으로 이해된다. 이처럼 하늘과 땅의 구별이 없는 혼돈의 세계에서, 시인에게 의미 있는 일은 오직 꿈을 꾸는 일, 다시 말해서 시를 쓰는 일밖에 없을 것이다. 세속적인 삶에 대한 무관심을 유지하고, 시간의 무게를 잊기 위해서 시인은 유일하게 가치 있는 일로서 '꿈꾸는 일'을 선택한 사람이다. 시인은 '꿈꾸는 일'을 할수록, 세속의 삶과 세상을 더욱 혐오하게 되지만, 꿈이 유일한 삶의 방식이라는 생각에는 변함이 없다. 끝으로 잊지 말아야 할 것은 시인의 '키메라'가 몽상을 뜻하는 chimère라는 점이다.

말라르메

Stéphane Mallarméé

출현

달은 슬펐다. 눈물에 젖은 천사들이
손가락에 활을 들고, 흐릿한 꽃들의 고요 속에서
꿈에 잠겨 잦아드는 비올라 소리로 하늘빛 화관 위에
미끄러지는 하얀 흐느낌을 이끌어냈다.
—그날은 너와의 첫 입맞춤으로 축복받은 날이었지.
나의 몽상은 하염없이 자학하게 되면서도
교묘히 슬픔의 향기에 취할 줄 알았다.
후회와 환멸은 없어도 그 향기는
꿈이 꺾인 마음의 흔적이었다.
낡은 포석에 시선을 고정시킨 채 방황했을 때,
머리에 햇빛을 이고, 거리에서
저녁시간에 너는 활짝 웃으며 나타났다.
그 옛날 응석받이 아이였을 때 나의 행복했던
잠 위로 빛의 모자를 쓴 선녀가
슬머시 쥔 손으로 계속해서 향기로운 한 묶음의
하얀 별들을 눈처럼 뿌리고 지나가는 듯했다.

APPARITION

La lune s'attristait. Des séraphins en pleurs

Rêvant, l'archet aux doigts, dans le calme des fleurs

Vaporeuses, tiraient de mourantes violes

De blancs sanglots glissant sur l'azur des corolles.

— C'était le jour béni de ton premier baiser.

Ma songerie aimant à me martyriser

S'enivrait savamment du parfum de tristesse

Que même sans regret et sans déboire laisse

La cueillaison d'un Rêve au cœur qui l'a cueilli.

J'errais donc, l'œil rivé sur le pavé vieilli,

Quand avec du soleil aux cheveux, dans la rue

Et dans le soir, tu m'es en riant apparue

Et j'ai cru voir la fée au chapeau de clarté

Qui jadis sur mes beaux sommeils d'enfant gâté

Passait, laissant toujours de ses mains mal fermées

Neiger de blancs bouquets d'étoiles parfumées.

❖

이 시의 제목은 '출현'이나 '나타남'을 의미하는 'l'apparition'
이다. 이 시의 제목을 '출현'으로 번역한 것은 사랑하는 여인이
천사의 모습처럼 길에서 나타났다는 의미에서이다. 잘 알려
져 있듯이, 말라르메는 난해한 상징주의 시인이다. 그의 상징
주의 시학은 대상을 가능한 한 암시적이고 생략적으로 표현
하거나 정확한 내용을 부정확한 것과 혼합해서 모호한 것으
로 만드는 시적 방법이라고 할 수 있다. 말라르메는 이러한 방
법 외에도, 시의 완성도를 해칠 위험 때문에 서정성과 감상적
표현을 극도로 절제했다. 사랑을 주제로 한 이 시에서 일인칭
의 화자가 사랑의 감정을 토로하지 않고, 그것을 우회적으로
표현하는 것은 그런 이유에서이다.

이 시는 네 단락으로 나누어서 읽을 수 있다. 첫째는, 화자
가 사랑하는 여인과 관련된 이야기를 말하기 전의 내면적 정
황을 그린 4행까지의 장면이고, 둘째는 그녀와 입맞춤을 했던
사건에 대한 암시이다. 셋째는 그녀에 대한 그리움으로 '낡은
포석'에 시선을 고정시킨 채 걷다가 문득 "활짝 웃으며 나타
난" 그녀를 마주친 장면이고, 넷째는 어머니의 품에서 지냈던
화자의 행복한 어린 시절을 떠올리는 장면이다. 잘 알려져 있
듯이, 말라르메의 어린 시절은 행복하지만은 않았다. 말라르

메가 5살 때 어머니가 세상을 떠났고, 13살 때 다정하게 지냈던 누이가 죽었기 때문이다. 그러므로 어린 시절은 시인에게 기쁨과 슬픔을 동시에 연상시킨다. 이 시에서 사랑하는 여인과의 만남이 어린 시절의 기쁨과 동시에 막연한 슬픔을 동반한 것처럼 묘사되는 것은 그런 관점에서 이해될 수 있다.

이 시는 꿈과 현실, 과거와 현재가 혼합된 환상적인 분위기를 연출한다. 사랑을 주제로 한 시에서 시인이 '나'의 슬픔을 감정적으로 표현하는 대신에 "나는 낡은 포석에 시선을 고정시킨 채 방황했다"로 표현하고, 그녀를 만났을 때 '나'의 기쁨은 "선녀가 하얀 별들을 눈처럼 뿌리고 지나가는 듯했다"로 서술한 것은 말라르메의 독특한 시적 표현 방법이다. 이러한 방법으로 '달'과 '천사들', '꿈'과 '햇빛', '선녀'와 '하얀 별들'의 밝고 빛나는 이미지들은 '슬픔' '눈물' '오열' '후회' '환멸' 등의 어둡고 우울한 내면과 조화롭게 뒤섞여서 사랑의 미묘하고 복합적인 감정을 드러낸다.

바다의 미풍

육체는 슬프다. 아! 나는 만 권의 책을 읽었건만.

떠나자! 저곳으로 떠나자! 나는 느끼노라

미지의 거품과 하늘 사이에서 새들이 취해 있음을.

그 어느 것도, 눈에 비치는 낡은 정원도

바다에 잠겨 있는 이 마음을 붙잡지 못하리.

오 밤이여! 백색이 지키는 빈 종이 위에

내 램프의 쓸쓸한 불빛도

제 아이를 젖먹이는 젊은 아내도.

나는 떠나리라! 돛대를 흔드는 기선이여

이국의 자연을 향해 닻을 올려라!

잔인한 희망으로 괴로운 권태는

아직도 손수건들의 마지막 이별을 믿고 있지

그리고 어쩌면 폭풍우를 맞이하여 돛대들이

바람으로 난파하게 되었을지 모르지

파손되어, 돛대도 없이, 비옥한 섬도 없이

그러나, 오 내 마음이여, 저 수부들의 노래를 들어라.

BRISE MARINE

La chair est triste, hélas! et j'ai lu tous les livres.

Je veux aller là-bas où les oiseaux sont ivres

D'errer entre la mer inconnue et le cieux!

Rien, ni le vieux jardins reflétés par les yeux

Ne retiendra ce coeur qui dans la mer se trempe,

Ô nuits, ni la blancheur stérile sous la lampe

Du papier qu'un cerveau malade me défend,

Et ni la jeune femme allaitant son enfant.

Je partirai! Steamer balançant ta mâture,

Lève l'ancre vers une exotique nature,

Car un ennui, vaincu par les vides espoirs,

Croit encore à l'adieu suprême des mouchoirs,

Et serais-tu de ceux, steamer, dans les oranges,

Que le Destin charmant réserve à des naufrages

Perdus, sans mâts ni planche, à l'abri des îlots...

Mais, ô mon coeur, entends le chant des matelots!

말라르메는 플라톤주의자이다. 그는 현실너머 있는 이상의 세계를 동경하고, 보이지 않는 본질의 세계, 즉 이데아의 세계를 탐구한다. 그에게 시는 이러한 탐구의 수단이다. 이것이 그의 시 쓰기를 어렵고 고통스럽게 만드는 원인일 것이다. 그러나 시인은 담대하고 강인한 의지로 끊임없이 시 쓰기의 모험을 감행한다. 현실의 어떤 세속적 가치나 물질적 유혹도, 가정의 안정과 행복도 시인의 이러한 '떠남'에 대한 욕구를 가로막지 못한다.

'떠남'의 열망은 '미지의 거품과 하늘 사이에서 새들이 취해 있는 것'이라거나 '바다에 잠겨 있는 이 마음 붙잡지 못한'다는 것으로 표현된다. 그리고 시 쓰기는 '백색이 지키는 빈 종이'와 '램프의 쓸쓸한 불빛'으로 암시된다. '떠남'의 항해와 시 쓰기의 모험은 일치되어 나타난다. 그러므로 폭풍우를 맞이한 배가 난파한다는 것은 '절대l'absolu'를 추구하는 시 쓰기가 좌절하였음을 의미한다. '절대'를 지향하는 정신의 모험은 결코 한두 번의 시도로 달성되는 것이 아니다. 그렇기 때문에 또는 그럼에도 불구하고 시인은 이러한 정신의 모험을 중단하지 않을 것이다. 마지막 행의 "그러나, 오 내 마음이여, 저 수부들의 노래를 들어라"는 구절은 시인의 새로운 도전을 환기시켜준다.

랭보

Jean-Arthur Rimbaud

감각

여름날 푸르른 저녁, 나는 오솔길로 가리라.
밀 이삭에 찔리며, 잔 풀을 밟고
몽상가가 되어 발밑의 서늘함 느껴보리라.
바람결에 맨머리 젖게 하리라.

나는 아무 말도 하지 않으리라, 아무 생각도 하지 않으리라.
하지만 무한한 사랑이 내 영혼에 가득 차오르면
나는 멀리, 아주 멀리, 방랑자가 되어
자연 속으로 가리라 — 여자와 동행하듯 행복하게.

Sensation

Par les soirs bleus d'été j'irai dans les sentiers,

Picoté par les blés, fouler l'herbe menue :

Rêveur, j'en sentirai la fraicheur à mes pieds.

Je laisserai le vent baigner ma tête nue.

Je ne parlerai pas ; je ne penserai rien.

Mais l'amour infini me montera dans l'âme ;

Et j'irai loin, bien loin, comme un bohémien,

Par la Nature,—heureux comme avec une femme.

이 시는 랭보가 17살에 쓴 시로서, 시인의 데뷔작이라고 할수도 있다. 8행으로 구성된 이 시는 간결하면서도 충만된 느낌을 준다. '가다aller'라는 동사는 두 번 나타나는데, 한 번은 '오솔길로 가리라'에서이고, 두 번째는 '자연 속으로 가리라'에서이다. 단수가 아니라 복수로 표현된 오솔길은 목적지에 빠르게 도착할 수 있는 현실적인 직선의 길이 아니라 몽상과 사색에 적합한 구불구불한 길이라는 것을 암시한다. 그러므로 어린 시인은 가정과 학교의 관습적인 구속을 벗어나서, '방랑자'의 몽상적이고 자유로운 삶의 의지를 직선의 길도 아니고, 도시의 길도 아닌 '오솔길'과 '자연' 속으로 가고 싶다는 말로 표현한 것이다. '나'와 '자연'의 순수하고 직접적인 일체감은 여름날 저녁의 푸른빛이 느껴지는 분위기와 서늘한 풀밭, 시원한 바람의 감촉으로 완성되는 듯하다. 또한 "무한한 사랑이 내 영혼에 가득 차오르면"이라는 구절은 나무의 수액이 차오르는 듯한 생명의 신선함을 느끼게 한다. 모든 명사가 단수이건 복수이건 명확히 지시되고 한정된 것이 아니라, 무한한 느낌을 주는 것으로 표현된다는 것도 특기할 만한 점이다. 방랑자의 삶을 꿈꾸는 시인의 마음은 자유와 사랑과 행복이 가득 차 있는 것처럼 보인다.

나의 방랑

나는 떠났지. 터진 주머니에 주먹을 쑤셔 넣고
내 외투는 또한 관념적이 되었지.
하늘 아래 어느 곳이나 돌아다녔지, 뮤즈여 나는 그대의 숭배
자였지.
아아! 나는 얼마나 화려한 사랑을 꿈꾸었던가.

내 단벌 바지에는 커다란 구멍이 나 있었지.
— 꿈꾸는 엄지동자처럼 내가 걷는 길에서 나는 시구를 줍기
도 했지. 내 여인숙은 큰곰자리였지.
— 하늘의 내 별은 정답게 살랑거리는 소리를 냈지.

나는 길가에 앉아, 귀를 기울여 들었지.
9월의 상쾌한 저녁나절, 이마에서는
이슬방울이 활력주처럼 느껴졌고

환상적인 어두움 속에서 시의 운율에 맞추어
칠현금이라도 켜듯, 한 발을 가슴 가까이 들어 올려
찢어진 신발의 고무줄을 잡아당겼지.

Ma Bohème

Je m'en allais, les poings dans mes poches crevées ;
Mon paletot aussi devenait idéal ;
J'allais sous le ciel, Muse! et j'étais ton féal ;
Oh! là! là! que d'amours splendides j'ai rêvées!

Mon unique culotte avait un large trou.
— Petit-Poucet rêveur, j'égrenais dans ma course
Des rimes. Mon auberge était à la Grande-Ourse.
— Mes étoiles au ciel avaient un doux frou-frou

Et je les écoutais, assis au bord des routes,
Ces bons soirs de septembre où je sentais des gouttes
De rosée à mon front, comme un vin de vigueur ;

Où, rimant au milieu des ombres fantastiques,
Comme des lyres, je tirais les élastiques
De mes souliers blessés, un pied près de mon coeur!

✦

이 시는 「감각」과 밀접한 연관성을 갖는다. 「감각」이 방랑의 의지를 미래형으로 나타낸다면, 「나의 방랑」은 그 의지가 실현되었음을 과거형으로 표현한다. 또한 「감각」의 시간적 배경이 '여름날'인 반면, 「나의 방랑」의 시간은 '9월의 상쾌한 저녁나절'이다. 가을이 '방랑'의 계절이기 때문일까? 「감각」이 자연의 풍경과 자아의 일치를 감각적으로 표현하면서 '오솔길'과 '밀밭' 같은 외부의 공간을 다양하게 보여준다면, 「나의 방랑」에서 화자의 시선은 상당부분 그 자신의 내면에 기울어져 있다. 그만큼 시인은 방랑의 생활 속에서 누릴 수 있는 내면의 자유와 기쁨을 노래하고 싶은 것이다.

또한 외모나 옷차림과 같은 겉모습을 중시하는 부르주아 사회의 가치관을 무시하듯이 "단벌 바지에는 커다란 구멍이나 있었"고, '주머니들'은 터져 있었고, 신발은 찢어지고, '외투'는 낡아서 얇아진 상태이지만, 얇아진 것을 '관념적'이라고 표현하는 구절에서 시인의 정신과 마음의 여유가 엿보인다. '관념적'이란 형용사 대신에 '이상적'이란 형용사로 번역할 수도 있다. 그러한 여유를 누릴 수 있는 시인은 "하늘 아래 어느 곳이나 돌아다닐" 수 있는 자유에서 시인은 "화려한 사랑을 꿈꾸"고, "걷는 길에서 시구를 줍"는 기쁨을 누린다. 여기서 시인이 "화려한 사랑을 꿈꾼다"고 했을 때, 화려한 사랑이 무엇인지는 중요하지 않다. 「감각」에서 "무한한 사랑이 내 영혼에 가득 차오르"는 것처럼, 방랑자의 내면에는 사랑에 대한 무한한 꿈이 가득할 것이기 때문이다. 사실 프랑스어의 '꿈을 꾸다'는 뜻의 'rêver'는 본래 '떠돌아다니다, 방랑하다vagabonder'는 뜻으로 쓰였다. '꿈을 꾸다'라는 뜻은 시적 주제에 대한 몽상과 시적 상상력을 의미하는 것일 수도 있다.

자크 플레샹의 『산책과 시』는 랭보의 시에 나타난 산책과 방랑과 여행을 주제로 한 연구서이다. 그는 랭보의 시에서 시와 산책 혹은 시와 방랑은 혼동될 만큼 밀접한 관계를 갖는다고 주장한다. 가령 그의 해석처럼 「나의 방랑」은 시인이 "걷는 길에서" '시구를 줍기도 했다'거나, 방랑자의 옷차림을 암시하는 "찢어진 신발의 고무줄을 잡아당기"면서 "시의 운율에 맞추어 칠현금이라도 켜듯" 한다는 구절에서처럼, 시와 방랑은 밀접한 상호관련성을 갖고 표현되는 경우가 많다. 또한 '하늘 아래 어느 곳이나 돌아다니'는 시인은 노숙자 생활을 하면서도 전혀 위축되지 않고 "내 여인숙은 큰곰자리"라며 마치 하늘을 이불로 삼고 누운 듯한 대범한 생각과 우주적인 시각을 보여준다. 그는 밤하늘을 보면서 자기의 별이 '큰곰자리'라고 생각하고, 꿈을 꾼다. 그의 자유롭고 담대한 정신은 페로의 동화에 나오는 '엄지동자'처럼 어떤 무서운 식인귀食人鬼라도 물리칠 수 있을 듯하다.

베를렌

Paul-Marie Verlaine

내 마음에 눈물 흐르네

— 도시에 조용히 비가 내린다(A. 랭보에게)

도시에 비가 내리듯

내 마음에 눈물 흐른다;

내 마음에 스며드는

이 우울감 어찌된 까닭일까?

오, 땅 위에 지붕 위에

조용한 비 소리여!

오 권태로운 한 마음에

들려오는 비의 노래여!

괴로운 이 마음에

이유 없이 눈물 흐른다.

뭐라고? 배신이 없었다고?……

이 슬픔은 이유가 없는 것.

이유를 모르는 것이

가장 나쁜 고통인데

사랑도 없고 미움도 없는

내 마음 너무나 괴로워라!

Il pleut doucement sur la ville *(ARTHUR RIMBAUD.)*

Il pleure dans mon coeur

Comme il pleut sur la ville;

Quelle est cette langueur

Qui penetre mon coeur?

Ô bruit doux de la pluie

Par terre et sur les toits!

Pour mon coeur qui s"ennuie

Ô le chant de la pluie!

Il pleure sans raison

Dans ce coeur qui s'écoeure.

Quoi! Nulle trahison?...

Ce deuil est sans raison.

C'est bien la pire peine

De ne savoir pourquoi

Sans amour et sans haine

Mon coeur a tant de peine!

❖

일찍이 시인으로서의 뛰어난 재능을 보이고, 파리 시청의 하급 공무원이었던 베를렌의 일생은 '저주받은 시인'이란 말 그대로 파란만장하다. 부드럽고 다정하면서도 격렬하고 난폭한 이중성을 갖고 있었던 그는 술에 취해 자신의 감정을 절제할 줄 모르는 상태가 되면 결혼 전에는 어머니에게, 결혼 후에는 아내에게 폭력을 행사하곤 했다. 전형적인 알코올 중독자처럼 술에 취해서 폭력적이 되고, 술에서 깨어나면, 자신의 행동을 뉘우치는 사람, 그런 사람이 바로 베를렌이었다.

그의 비극적 일생의 결정적인 계기는 1871년 랭보와의 만남이었다. 그때는 파리 코뮌이 일어난 해였고, 그가 아름다운 사랑의 시들을 바쳐서 감동한 어린 마틸드와 결혼한 후 1년쯤 지나서였다. 그는 자기에게 몇 편의 시를 동봉해서 편지를 보낸 랭보의 시를 읽고 그의 천재적인 재능에 감동하여 '위대한 영혼chére grande âme'이라고 부르면서 하루라도 빨리 만나보고 싶은 마음을 표현한다. 얼마 후에 파리에 올라온 랭보를 만난 다음부터 불륜관계를 맺은 사이처럼 됨으로써, 베를렌과 마틸드의 불화는 극심해진다. 그는 만삭이 된 아내에게 욕설을 퍼붓거나 죽이겠다고 위협하기도 한다.

마틸드는 불안하고 폭력적인 남편에 대한 두려움 때문에

친정집으로 피신을 간다. 그 다음 해 1872년 7월, 베를렌과 랭보는 벨기에의 브뤼셀에서 방랑 생활을 시작한다. 그때 그들의 행위를 기록한 경찰 조서에 의하면 두 연인은 공공연히 사랑의 행위를 했었다는 것이다. 그러나 그가 가정을 완전히 버린 것은 아니었다. 브뤼셀에서 그가 마틸드에게 보낸 편지에는 "나의 불쌍한 아내 마틸드여, 슬퍼하지 말아요, 울지 말아요, 나는 지금 악몽을 꾸고 있는 상태이므로, 언젠가는 돌아가겠소"라는 구절이 씌어 있다. 이 편지를 받자, 마틸드와 그녀의 어머니는 그의 마음을 돌려보려고 브뤼셀로 달려간다. 베를렌은 아내와 장모의 설득에 마음이 약해져서 그들과 파리로 돌아올 준비를 하다가 그 다음 날 다시 마음을 바꾸고 랭보와 함께 떠나기로 결심한다.

그 후 1년쯤 두 사람은 브뤼셀과 런던에서 함께 생활하면서 몇 차례 헤어짐과 만남, 이별과 재결합을 반복한다. 랭보가 떠나려고 할 때는 베를렌이 만류하고, 베를렌이 둘의 관계를 청산하고 가정으로 돌아가겠다고 할 때는 랭보가 그를 붙잡는 식이었다. 갈등과 싸움이 빈번해지는 두 사람의 절망적인 관계는 결국 파국에 이른다. 그해 7월 10일, 베를렌은 아침 일찍 일어나 자살하고 싶은 생각으로 권총을 사러 간다. 그는 랭보에게 총을 보여주면서 "이건 나를 위해서, 너를 위해서, 모든 사람을 위해서 산 것"이라고 말한다. 그 무렵 그의 어머니가 달려와서 이제는 이 악몽의 생활을 청산할 때라고 말하며 아들을 설득한다. 결국 베를렌과 랭보는 '지옥에서의 한 철' 같은 생활을 끝내기로 한다. 그리고 세 사람이 브뤼셀 역에서 파리로 가는 기차를 타기 직전, 베를렌은 극심한 절망감에 빠져 랭보를 향해 두 발의 총을 쏜다. 그중 한 발의 총이 랭보의 손목에 가벼운 부상을 입힌다. 베를렌 모자는 랭보를 병원에서 치료받게 한 다음, 그날 저녁 그를 동반해서 다시 브뤼셀 역으로 간다.

그러나 절망에 사로잡힌 베를렌에게 불안한 증세가 다시 나타나자 랭보는 두려움을 느껴, 경찰에게 신변보호를 요청하고, 베를렌은 현장에서 체포된다. 초심에서 2년의 징역형을 선고받고 몽스 감옥에 수감된다. 「내 마음에 눈물 흐르네」는 베를렌이 체포되기 전 랭보와의 슬프고 절망적인 방랑 생활 중에 씌어진 시이다.

이 시에서 가장 중요한 단어는 '마음'이다. 이 '마음'은 1연에서 '내 마음'으로, 2연에서 '한 마음'으로 3연에서 '이 마음'으로, 4연에서는 다시 '내 마음'으로 돌아온다. 이 짧은 시에서 마음은 왜 이렇게 반복적으로 등장하는 것일까? 우선 짐작되는 것은 주체적이고 이성적으로 자기를 다스리지 못하는 사람에게 마음처럼 중요한 문제가 없다는 점이다. 앞에서 보았듯이, 베를렌은 가정에 충실해야 하는 가장이라는 것을 이성적으로 알면서도, 가정에 무책임한 비이성적 행동을 저지른다. 그의 이성적인 자아와 비이성적 자아와의 싸움에서 전자는 번번이 패배할 뿐이다. 그런 사람에게는 마음이 늘 후자의 편을 든다고 생각할 수 있다. 이런 점에서 자신이 다스리지 못하는 마음을 객관화시켜 보려는 시인의 노력이 위와 같은 시의 형태로 나타난 것이라고 볼 수 있지 않을까?

우선 원문에서 첫 행의 "내 마음에 눈물 흐른다"를 살펴보자. 본래, "울다, 눈물을 흘리다, 슬퍼하다"를 뜻하는 pleurer는 비인칭 동사가 아니다. 그런데 시인은 "비가 온다"는 뜻의 비인칭 동사 pleuvoir와 '울다'의 pleurer가 일치되도록 하기 위해 이것을 비인칭 동사처럼 만든 것이다. 그러므로 비 내리는 밖의 풍경과 눈물이 흐르는 내면의 풍경은, 거울의 관계처럼 일치함으로써 개인적인 감정을 비개성화시키는 효과를 거두게 된다. 1연에서 시인은 '내 마음에 스며드는 이 우울감'의 원인이 무엇인지를 알 수 없다고 말한다. 그 '내 마음'은 2연에서 '권태로운 한 마음'으로 변화한다. 다시 말해 권태로운 마음의 소유자라면, 누구나 빗소리를 노래처럼 들을 수 있고, 위안을 받을 수도 있다는 것이다. 그 '내 마음'은 3연에서 '괴로운 이 마음'으로 전환한다. 시인은 자신의 마음에 '이'나 '그'와 같은 지시형용사를 붙여서 외부의 사물처럼 대상화한다. 그렇게 함으로써 슬픔에 거리를 두고, 슬픔의 원인이 배신이라는 것을 잊고 싶은 것이다. 4연에서 '내 마음'으로 돌아온 것은, 아무리 마음을 비개성적으로 객관화시키거나, 아무리 슬픔과 고통을 잊으려 해도 분명한 것은 마음을 객관화시켜 통제할 수 없다는 것을 깨달았기 때문이다.

하늘은 지붕 위로……

하늘은 지붕 위로
저렇게 푸르고, 저렇게 고요한데!
종려나무는 지붕 위로
나뭇잎을 흔드는데!

보이는 하늘에선 종소리
은은하게 울려 퍼지고
보이는 나무 위엔 새 한 마리
자신의 슬픔 노래한다.

어쩌나, 어쩌나, 삶은 저기에
단순하고 평온하게 있는데.
저 평화로운 일상의 소음
도시에서 들려오는데.

— 여기 이렇게 있는 너,
하염없이 울기만 하는 너, 넌 뭘 했니?
말해보렴, 여기 이렇게 있는 너,
네 젊음으로 넌 뭘 했니?

Le ciel est, par-dessus le toit...

Le ciel est, par-dessus le toit,
Si bleu, si calme!
Un arbre, par-dessus le toit,
Berce sa palme.

La cloche, dans le ciel qu'on voit,
Doucement tinte.
Un oiseau sur l'arbre qu'on voit
Chante sa plainte.

Mon Dieu, mon Dieu, la vie est là,
Simple et tranquille.
Cette paisible rumeur-là
Vient de la ville.

— Qu'as-tu fait, ô toi que voilà
Pleurant sans cesse,
Dis, qu'as-tu fait, toi que voilà,
De ta jeunesse?

❖

이 시는 몽스 감옥에 수감된 베를렌이 젊은 날의 과오를 뉘우치는 내면의 모습을 보여준다. 시인은 우선 감옥의 작은 창을 통해 지붕 위로 보이는 하늘과 가벼운 미풍으로 흔들리는 나뭇가지를 쳐다본다. 여기서 주목되는 것은 하늘과 나무에 대한 수식어가 매우 단순하다는 점이다. '하늘'은 '저렇게 푸르고, 저렇게 고요할' 뿐이며 나무에는 어떤 수식어도 없다. 또한 하늘 어디에선가 종소리가 울려 퍼지고, 나무 위에서 한 마리 새가 노래하는 소리를 듣는데, 그 소리 역시 간단히 슬픔 plainte으로 표현된다. 슬픈 시인의 마음에 새의 노래는 슬픔의 소리로 들려온 것이다.

1연과 2연이 시각적인 풍경과 청각적인 소리로 연결되어 있다면, 2연과 3연은 단절되어 있다. 1연과 2연의 평화로운 풍경을 노래한 것과는 달리 3연에서 시인은 마음의 평화를 깨는 듯이 두 번에 걸쳐 '어쩌나' '어쩌나'라고 비명을 지르는 표현을 반복하기 때문이다. 물론 이러한 표현은 감옥 안에서 유폐된 생활을 하는 자신의 모습과는 대립적으로 감옥 밖에서 진행되는 일상의 삶과 평화가 새삼스럽게 의식되었음을 나타낸다. 1연에서 "하늘이 저렇게 푸르고, 저렇게 고요한" 것처럼, 3연에서 "삶은 저기에 단순하고 평온한" 것으로 그야말로 단순하게 묘사된다.

시인은 극심한 자괴감에 빠진다. 잃어버린 자유에 대한 회한, 무책임하고 방종한 생활에 대한 뉘우침, 순수했던 어린 시절과 행복했던 시절을 향한 그리움은 4연에서 자책감으로 표현된다.

> 여기 이렇게 있는 너,
>
> 하염없이 울기만 하는 너, 너는 뭘 했니?
>
> 말해보렴, 여기 이렇게 있는 너,
>
> 네 젊음으로 너는 뭘 했니?

이것은 누구의 말인가? 하느님의 말씀인가? 시인의 양심의 목소리일까? 하느님의 말씀이건, 시인의 양심이건, 시인은 자신을 질책하기만 할 뿐, 이 물음에 변명하거나 대답하지 않는다. "너는 뭘 했니?"의 반복은 질책의 어조를 강하게 부각시키는 효과를 갖는다. 특히 마지막 행에서의 "네 젊음으로 너는 뭘 했니?"는 순수했던 젊음에 대한 그리움을 환기시키면서 젊은 날의 순수성을 상실하고, 방종한 생활에 빠졌던 시인이 자신의 과오를 인정하는 표현으로 보인다. 이것은 기독교로 전향한 시인이 잘못을 고백하고 하느님에게 용서를 구하는 듯한 모습을 연상시킨다.

결론적으로 말하면, 이 시는 극도로 단순한 어휘를 통해 복잡한 내면을 표현한다. 이런 점에서 막연한 우울감과 이유 없는 슬픔을 노래한 앞의 시와 다르게, 이 시는 이성적으로 절제된 내면의 풍경을 노래한 것이라고 말할 수 있다.

발레리

Ambroise-Paul-Toussaint-Jules Valéry

해변의 묘지

내 영혼이여, 영생을 바라지 말고
가능성의 세계를 천착하라

— 핀다로스, 아폴로축제경기 축가, IV

I

비둘기들 거니는 저 조용한 지붕은 소나무들 사이, 무덤들 사이에서 꿈틀거리고,

올바른 자 정오는 거기서 불꽃들로

바다를 구성한다, 언제나 다시 시작하는 바다를!

오, 신들의 정적에 오랜 눈길 보낸

명상 후에 얻은 보상이여!

II

날카로운 섬광의 그 어떤 순수한 작업이

물거품의 수많은 미세한 금강석을 소진시키고

그 어떤 평화가 잉태되는 것처럼 보이는가!

태양이 심연 위에서 휴식을 취할 때

영원한 원인의 순수한 작품들로서

시간은 반짝이고, 꿈은 앎이다.

III

안정성 있는 보물, 미네르바의 소박한 신전

정적의 총체, 가시적 비축물,

거만한 물결, 불꽃 너울 속에

그 많은 잠을 간직한 눈이여,

오, 나의 침묵이여!······ 영혼의 건축물

그러나 수많은 기왓장의 황금빛 절정, 지붕이여!

IV

단 한 번의 한숨으로 요약되는, 시간의 신전,

이 순수한 지점에 나는 올라가 익숙해지노라,

바다를 바라보는 나의 시선에 둘러싸여서;

그리고 신들에게 바치는 최상의 봉헌물처럼

고요한 반짝거림은 고지 위에

극단의 경멸을 뿌린다.

V

과일이 쾌락으로 녹아가듯이,

과일이 제 모습 죽어가는 입 속에서

없어짐을 즐거움으로 변화시키듯이,

나는 여기서 미래의 내 연기를 들이마시고

하늘은 웅성거리는 해변의 변화를
소진된 영혼에게 노래한다.

VI

아름다운 하늘이여, 진정한 하늘이여, 변하는 나를 보라,
그 많은 자만 끝에, 그 많은 기이하면서도
힘이 충만한 무위 끝에,
빛나는 공간에 나는 몸을 내맡기고
내 그림자는 죽은 자들의 집들 위를 지나가며
그 허약한 움직임에 나를 길들이노라.

VII

하지점의 횃불에 노출된 영혼,
나는 너를 지켜본다, 가차 없는 화살들이 담긴
빛의 놀라운 정의여!
나는 너를 순수한 본래의 자리로 돌려놓는다;
네 모습을 보아라!⋯⋯ 그러나 빛을 돌려주면
그림자의 어두운 반쪽도 따르는 법이지.

VIII

오 나만을 위해, 오직 나에게 나 자신 속에서,

마음 곁에서, 시의 원천에서,

공백과 순수의 결과 사이에서,

나는 기다린다, 내 안에 있는 위대함의 메아리를,

영혼 속에서 언제나 미래인 공백의 울림을 자아내는

어둡고 소리 잘 나는 저수탱크를!

IX

너는 아는가 잎들에 갇힌 듯한 가짜 포로,

빈약한 철책을 갉아먹는 물굽이,

감겨진 내 눈 위에 눈부신 비밀들을,

그 어떤 육신이 나를 게으른 종말로 이끌어가고,

그 어떤 얼굴이 그 육신을 뼈투성이 땅으로 끌어당기는지를?

섬광이 거기서 나의 부재자들을 생각한다.

X

닫혀 있고, 신성하고, 물질 없는 불로 가득 찬,

빛에게 봉헌된 땅의 한 부분,

횃불이 지배하는 이 장소가 나는 좋다,

금빛과 돌과 거무튀튀한 나무들로 구성된 이곳,

많은 대리석이 많은 망령들 위에 떨고 있는 이곳,

충직한 바다는 여기 내 무덤들 위에서 잠을 자는데!

XI

빛나는 암캐의 바다여, 우상숭배자를 멀리하라!
목동의 미소 짓는 외로운 내가
신비의 양들, 고요한 내 무덤들의 하얀 양떼들,
풀을 뜯어먹게 할 때,
멀어지게 하라 소심한 비둘기들을
부질없는 꿈과 호기심 많은 천사들을!

XII

여기에 오면, 미래는 나태함이다,
깔끔한 매미는 메마름을 긁어대고;
모든 것이 불타고, 허물어져 대기 속에 흡수되어
알 수 없는 그 어떤 검소한 본질로……
부재에 도취하면 삶은 광활하고,
쓰라림은 감미롭고, 정신은 맑아진다.

XIII

숨어 있는 주검들은 바로 이 땅속에 있고
땅은 그들의 몸을 덥히고 그들의 신비를 건조시킨다.
저 높은 곳에서 정오가, 움직임이 없는 정오가
자신 속에서 자신을 생각하며, 자기 자신에 만족하는데……

완전한 머리, 완벽한 왕관,

네 안에서 나는 은밀한 변화를 따른다.

XIV

네 안에서 너에 대한 두려움을 감당할 자는 오직 나일 뿐!

나의 뉘우침들, 나의 의심들, 나의 강요들은

너의 거대한 금강석의 흠집인데……

그러나 나무뿌리에 형체 없는 주민들은

대리석들로 온통 무거워진 자신들의 어둠 속에서

이미 서서히 네 편이 되고 말았다.

XV

그들은 두터운 부재 속으로 녹아들었고,

붉은 찰흙은 백색의 종족을 흡수했으며,

살아가는 능력은 꽃들 속으로 옮겨갔지!

죽은 이들의 친숙한 말투와

그들의 솜씨, 개성적 영혼들은 지금 어디에 있을까?

눈물 맺혀 있던 그곳에는 애벌레가 기어다닌다.

XVI

간지럼 타는 처녀들의 날카로운 소리들,

그 눈과 이, 축축한 눈꺼풀,

불꽃과 장난하는 매력적인 젖가슴,

순종하는 입술에 반짝이는 피,

마지막 선물과 그것을 지키는 손가락들,

모두가 땅 밑으로 가서 윤회의 흐름에 되돌아간다!

XVII

위대한 영혼이여, 그래도 너는 바라는가

물결과 금빛이 여기 육신의 앞에 빚어내는

이제 더 이상 거짓의 빛깔도 갖지 못하는 꿈을?

너는 몽롱한 상태로 노래할 것인가?

자, 모두가 도망친다! 나의 현존은 구멍이 뚫리고

영생에 대한 조급함은 또한 죽어간다!

XVIII

어두운 황금빛의 빈약한 풍경이여,

죽음을 어머니의 품으로 삼는

끔찍스럽게도 월계관을 쓰고 위로하는 자여!

멋진 거짓말과 경건한 속임수여!

이 텅빈 머리통과 이 영원한 웃음들

누가 모르고, 누가 거부하지 않으랴!

XIX

그 많은 삽질들의 흙 무게 아래에서

흙이 되어 우리의 발걸음도 분간 못하는,

깊은 땅속의 조상들, 비어 있는 머리들

참으로 좀먹는 자, 막무가내인 벌레는

묘석 아래에서 잠들고 있는 당신들 편이 아니어서

생명을 먹고 살고, 나를 떠나지 않는구나.

XX

어쩌면 나 자신에 대한 사랑인가, 아니면 미움인가?

그 비밀의 이빨은 너무나 내게 가까이 있어서

어떤 이름으로 불러도 적당하지 않구나!

무슨 상관이랴! 벌레는 보고, 원하고, 꿈꾸고, 따라오는데!

내 육신이 제 마음에 드니, 내 잠자리 위에서까지!

나는 이 생물에 예속되어 살고 있구나!

XXI

제논이여! 잔인한 제논이여! 엘레아의 제논이여!

진동하고 날면서도 날아가지 않는

날개 달린 화살로 너는 나를 관통했구나!

그 소리는 나를 낳고, 화살은 나를 죽이는구나!

아! 태양은…… 성큼성큼 달려도 움직이지 않는 아킬레스,
이 영혼에게는 이 무슨 거북의 그림자인가!

XXII

아니다 아니다…… 일어서라! 연속되는 시대 속에서
내 육체여 깨뜨려라 생각에 잠긴 이 행태를!
내 가슴이여, 바람의 탄생을 들이마셔라!
바다에서 뿜어나오는 시원한 기운이
내 영혼을 나에게 돌려주니…… 오 소금기 담긴 힘이여!
물결로 달려가 거기서 힘차게 솟아오르자!

XXIII

그렇다! 타고난 광란의 넓은 바다여!
얼룩덜룩한 표범 털가죽과
태양의 무수한 영상들로 구멍 난 망토여,
침묵과 다름없는 소란 속에서
번쩍이는 네 꼬리를 계속 물어뜯으며
너의 푸른 육체에 도취한 불변의 히드라여

XXIV

바람이 인다…… 어쨌든 살아야 한다!

거대한 바람이 내 책을 열었다가 다시 닫고,

박살난 물결이 바위에서 솟구쳐 오르려 하는구나!

날아올라라, 온통 눈부신 책장들이여!

부수어라, 물결들이여! 흥거운 물살로 부수어라.

삼각돛들이 모이 쪼던 저 조용한 지붕을!

LE CIMETIÈRE MARIN

I

Ce toit tranquille, où marchent des colombes,

Entre les pins palpite, entre les tombes;

Midi le juste y compose de feux

La mer, la mer, toujours recommencée!

O récompense après une pensée

Qu'un long regard sur le calme des dieux!

II

Quel pur travail de fins éclairs consume

Maint diamant d'imperceptible écume,

Et quelle paix semble se concevoir!

Quand sur l'abîme un soleil se repose,

Ouvrages purs d'une éternelle cause,

Le temps scintille et le songe est savoir.

III

Stable trésor, temple simple à Minerve,

Masse de calme, et visible réserve,

Eau sourcilleuse, Oeil qui gardes en toi

Tant de sommeil sous un voile de flamme,

O mon silence!... Édifice dans l'ame,

Mais comble d'or aux mille tuiles, Toit!

IV

Temple du Temps, qu'un seul soupir résume,

À ce point pur je monte et m'accoutume,

Tout entouré de mon regard marin;

Et comme aux dieux mon offrande suprême,

La scintillation sereine sème

Sur l'altitude un dédain souverain.

V

Comme le fruit se fond en jouissance,

Comme en délice il change son absence

Dans une bouche où sa forme se meurt,

Je hume ici ma future fumée,

Et le ciel chante à l'âme consumée

Le changement des rives en rumeur.

VI

Beau ciel, vrai ciel, regarde-moi qui change!

Après tant d'orgueil, après tant d'étrange

Oisiveté, mais pleine de pouvoir,

Je m'abandonne à ce brillant espace,

Sur les maisons des morts mon ombre passe

Qui m'apprivoise à son frêle mouvoir.

VII

L'âme exposée aux torches du solstice,

Je te soutiens, admirable justice

De la lumière aux armes sans pitié!

Je te tends pure à ta place première :

Regarde-toi!... Mais rendre la lumière

Suppose d'ombre une morne moitié.

VIII

O pour moi seul, à moi seul, en moi-même,

Auprès d'un coeur, aux sources du poème,

Entre le vide et l'événement pur,

J'attends l'écho de ma grandeur interne,

Amère, sombre, et sonore citerne,

Sonnant dans l'âme un creux toujours futur!

IX

Sais-tu, fausse captive des feuillages,

Golfe mangeur de ces maigres grillages,

Sur mes yeux clos, secrets éblouissants,

Quel corps me traîne à sa fin paresseuse,

Quel front l'attire à cette terre osseuse?

Une étincelle y pense à mes absents.

X

Fermé, sacré, plein d'un feu sans matière,

Fragment terrestre offert à la lumière,

Ce lieu me plaît, dominé de flambeaux,

Composé d'or, de pierre et d'arbres sombres,

Où tant de marbre est tremblant sur tant d'ombres;

La mer fidèle y dort sur mes tombeaux!

XI

Chienne splendide, écarte l'idolâtre!

Quand solitaire au sourire de pâtre,

Je pais longtemps, moutons mystérieux,

Le blanc troupeau de mes tranquilles tombes,

Éloignes-en les prudentes colombes,

Les songes vains, les anges curieux!

XII

Ici venu, l'avenir est paresse.

L'insecte net gratte la sécheresse;

Tout est brûlé, défait, reçu dans l'air

A je ne sais quelle sévère essence...

La vie est vaste, étant ivre d'absence,

Et l'amertume est douce, et l'esprit clair.

XIII

Les morts cachés sont bien dans cette terre

Qui les réchauffe et sèche leur mystère.

Midi là-haut, Midi sans mouvement

En soi se pense et convient à soi-même

Tête complète et parfait diadème,

Je suis en toi le secret changement.

XIV

Tu n'as que moi pour contenir tes craintes!

Mes repentirs, mes doutes, mes contraintes

Sont le défaut de ton grand diamant!...

Mais dans leur nuit toute lourde de marbres,

Un peuple vague aux racines des arbres

A pris déjà ton parti lentement.

XV

Ils ont fondu dans une absence épaisse,

L'argile rouge a bu la blanche espèce,

Le don de vivre a passé dans les fleurs!

Où sont des morts les phrases familières,

L'art personnel, les âmes singulières?

La larve file où se formaient les pleurs.

XVI

Les cris aigus des filles chatouillées,

Les yeux, les dents, les paupières mouillées,

Le sein charmant qui joue avec le feu,

Le sang qui brille aux lèvres qui se rendent,

Les derniers dons, les doigts qui les défendent,

Tout va sous terre et rentre dans le jeu!

XVII

Et vous, grande âme, espérez-vous un songe

Qui n'aura plus ces couleurs de mensonge

Qu'aux yeux de chair l'onde et l'or font ici?

Chanterez-vous quand serez vaporeuse?

Allez! Tout fuit! Ma présence est poreuse,

La sainte impatience meurt aussi!

XVIII

Maigre immortalité noire et dorée,

Consolatrice affreusement laurée,

Qui de la mort fais un sein maternel,

Le beau mensonge et la pieuse ruse!

Qui ne connaît, et qui ne les refuse,

Ce crâne vide et ce rire éternel!

XIX

Pères profonds, têtes inhabitées,

Qui sous le poids de tant de pelletées,

Êtes la terre et confondez nos pas,

Le vrai rongeur, le ver irréfutable

N'est point pour vous qui dormez sous la table,

Il vit de vie, il ne me quitte pas!

XX

Amour, peut-être, ou de moi-même haine?

Sa dent secrète est de moi si prochaine

Que tous les noms lui peuvent convenir!

Qu'importe! Il voit, il veut, il songe, il touche!

Ma chair lui plaît, et jusque sur ma couche,

À ce vivant je vis d'appartenir!

XXI

Zénon! Cruel Zénon! Zénon d'Élée!

M'as-tu percé de cette flèche ailée

Qui vibre, vole, et qui ne vole pas!

Le son m'enfante et la flèche me tue!

Ah! le soleil... Quelle ombre de tortue

Pour l'âme, Achille immobile à grands pas!

XXII

Non, non!... Debout! Dans l'ère successive!

Brisez, mon corps, cette forme pensive!

Buvez, mon sein, la naissance du vent!

Une fraîcheur, de la mer exhalée,

Me rend mon âme... O puissance salée!

Courons à l'onde en rejaillir vivant.

XXIII

Oui! Grande mer de delires douée,

Peau de panthère et chlamyde trouée,

De mille et mille idoles du soleil,

Hydre absolue, ivre de ta chair bleue,

Qui te remords l'étincelante queue

Dans un tumulte au silence pareil

XXIV

Le vent se lève!... il faut tenter de vivre!

L'air immense ouvre et referme mon livre,

La vague en poudre ose jaillir des rocs!

Envolez-vous, pages tout éblouies!

Rompez, vagues! Rompez d'eaux rejouies
Ce toit tranquille où picoraient des focs!

✤

　20세기의 상징주의 시인 발레리는 '순수시poèsie pure'의 시인
이기도 하다. 그는 한평생 시를 시의 순수한 본질로 환원시키
려는 작업을 자신의 소명으로 삼았다. "물리학자가 순수한 물
에 대해 말할 때와 같은 의미에서 순수"의 성격을 설명한 바
있는 그는, 시에서 산문의 요소들, 즉 "서사, 묘사, 웅변적 과
장, 도덕적인 설교나 사회비판"을 배제해야 한다고 주장했다.
그에게 시와 산문의 관계는 음音과 소리, 무용과 도보의 관계
와 같은 것이다.

　이처럼 발레리는 '순수시'의 시인이지만, 시인의 사회 참여
에 대해서 부정적인 태도를 갖지 않았다. 오히려 그는 그 시대
의 중요한 사건들에 관심을 가졌을 뿐 아니라, 독재정치를 비
판하거나 진정한 사회 발전의 의미와 대중의 문제에 대해서
도 깊은 성찰을 보였다. 그러나 그의 사회 비판은 어디까지나
산문을 통해서였다. 그는 사회적 문제를 시의 자료로 삼지 않
았고, 시에서 개인적 감정을 노출하지도 않았다. 그렇기 때문
에 그는 19세기 낭만주의 시인들처럼, 개인의 슬픔이나 고통,
추억이나 회상을 시적 주제로 삼지 않았다. "잃어버린 시간을
되찾으려는 것은 시간을 낭비하는 일"이라고 생각한 그에게
중요한 것은 현재의 시간에 몰두하고, 현재에 최선을 다하는

일이었다.

발레리는 시에서 내용과 형식의 관계는 분리될 수 없는 것이라고 생각한다. 굳이 분리한다면, 형식이 내용보다 앞선다는 것이다. "아름다운 작품은 작품 이전에 태어나는, 형식의 산물이다"라는 그의 말은 형식의 중요성을 강조한 것이다. 이런 점에서 삶과 죽음에 대한 명상을 담은「해변의 묘지」는 리듬이 먼저 떠올라 그것을 영감으로 받아들여 착수하게 된 작품으로서 형식이 내용을 이끌어간 경우이다.

형식을 말하자면 이 시의 리듬은 10음절(4+6)로 구성된다. 19세기의 정형시가 대부분 12음절의 시구, 즉 알렉상드렝의 안정된 시구로 씌어진 것을 생각하면 발레리가 10음절의 시를 시도한 것 자체가 파격적이었음을 알 수 있다. "내 머리에 느닷없이 떠오른 어떤 리듬, 즉 10음절 시구들을 내 머리에서 발견하고 나는 깜짝 놀랐다. 10음절의 유형은 19세기 프랑스 시인들이 별로 이용하지 않은 것이었기 때문이다."

「해변의 묘지」는 그의 고향, 남불의 세트^{Sète}에서 바다를 굽어보는 위치에 있는 공동묘지 즉 생-클레르 산비탈에 층층이 쌓인 묘지를 가리킨다. 묘지와 바다는 죽음과 삶처럼 대조적이다. 바다의 깊이는 영혼의 깊이를 상기시키고, 반짝이는 바다의 표면은 명석한 의식을 연상시킨다. 이처럼 바다와 시인의 의식은 밀접한 상관관계를 갖는다. 또한 움직이지 않는 바다는 절대자의 유혹, 즉 개별적 존재를 거대한 전체 속에 소멸시키고자 하는 유혹을 불러일으키기도 한다.

발레리는 지중해에 대해서 이렇게 말한 바 있다.

"나의 어린 시절부터 지중해는 내 눈이나 머리에 언제나 현존의 형태로 나타났다. (⋯⋯) 사실상 공부에 몰두하지 않고 지내는 시간들, 바다와 하늘과 태양에 대한 무의식적인 숭배에 전념한 그 시간들보다 더 나를 형성시키고, 나를 사로잡아서 나에게 가르침을 준―아니 나를 만들어준―것은 아무것도 없다."「해변의 묘지」는 이러한 체험에서 비롯된 작품이다. 이 시에서 시인은 묘지가 있는 산비탈에서 바다를 바라보고, 삶과 죽음, 시간과 영원, 현재의 삶과 죽음의 내세 등의 문제를 성찰한다. 시인의 명상 속에서 이러한 대립적 주제들은 자연스럽게 연속되면서도 지양과 극복의 역동적 흐름으로 전개된다. 여기서 주목해야 할 것은 바다와 영혼의 관계처럼, 시인의 시각이 외부세계를 출발점으로 하여 인간의 영혼 혹은 영혼의 현재적 인식으로 돌아온다는 점이다. 반복되면서 변주되는 이러한 사유의 전개방식은 여섯 번에 걸쳐서 되풀이된다. 이것을 도식화해서 정리하면 다음과 같다.

연	외부적 대상에 대한 사유의 출발	인간의 삶과 영혼에 대한 사유의 귀결
1 - 4	"비둘기들 거니는 저 조용한 지붕"(1연)	"영혼의 건축물"(3연) "바다를 바라보는 나의 시선"(4연)
5 - 6	"과일이 쾌락으로……"(5연) "아름다운 하늘이여,"(6연)	"변하는 나" "내 그림자는……"(6연)
7	"하지점의 횃불"(7연)	"노출된 영혼" "너를 지켜본다"(7연) "너를 순수한 본래의 자리로……"(7연)
9 - 12	"일들에 갇힌 듯한 가짜 포로"(9연) "금빛과 동과 거무튀튀한 나무들로 구성된 이곳"(10연)	"정신은 맑아진다"(12연)
13 - 17	"숨어 있는 주검들"(13연)	"위대한 영혼이여"(17연)
22 - 24	"바람의 탄생" "바다에서 뿜어나오는……" (22연)	"살려고 애써야 한다"(24연)

이처럼 시인의 사유가 구체적 현실에서 출발하여 전개되
다가 인간의 의식으로 돌아오는 반복적 움직임은 언어의 차
원에서 다채로운 은유와 상징의 표현으로 풍성한 시적 울림
을 자아낸다. 발레리의 시 중에서 가장 유명하고, 가장 아름
다운 시로 꼽히는 이 시는 모두 24연으로 구성된다. 대부분의
연구자들이 동의하듯이, 이 시는 네 단락으로 구분지을 수 있

다. 첫째는 1연에서 4연까지로서, 시인이 정오의 태양 아래에서 정지된 상태로 반짝이는 바다를 바라보는 장면이다. 둘째는 인간이 고요한 바다를 바라보면서 절대적 존재 속에 함몰되고 싶은 유혹을 받지만, 인간은 변화하는 것을 아는 의식의 존재임을 보여주는 5연에서 8연까지이다. 셋째는 9연에서 18연까지로서 죽음과 인간 조건에 대한 명상을 담은 부분이다. 여기서 시인은 영생에 대한 믿음을 부정한다. 모든 죽음은 무無로 돌아갈 뿐이기 때문이다. 끝으로 넷째는 살아 있는 인간, 의식하는 존재인 인간이 보편적인 생성에 참여하여 바람과 바다의 부름을 따른다는 끝부분이다. "비둘기를 거니는 저 조용한 지붕"(비둘기는 고기잡이 배들의 흰 돛에 대한 은유이고, 조용한 지붕은 바다의 표면에 대한 은유이다)에서 출발한 이 시는 "삼각돛들이 모이 쪼던 저 조용한 지붕"으로 끝남으로써 마지막 행이 첫 행의 "지붕과 비둘기의 이미지"로 되돌아가는 순환적 형태로 구성된다.

시인은 첫째 연에서 "올바른 자 정오는 거기서 불꽃들로/바다를 구성한다, 언제나 다시 시작하는 바다"이라고 정오의 바다를 표현한다. 정오가 '올바른 자'인 것은 천정점에 있는 이 시간에 태양이 하루를 똑같은 2부분으로 나누기 때문이다. 이런 점에서 정오는 완전한 존재L'Etre parfait를 상징한다. 또한 여섯 번째 행에서 "명상 후에 얻은 보상"은 명상이 하나의 지적인 작업이자 휴식임을 나타낸다. 두 번째 연의 "영원한 원인의 순수한 작품들로서 / 시간은 반짝이고, 꿈은 앎이다."에서 '시간'과 '꿈'은 영원한 원인의 순수한 '작품들'과 동격이다. 천지창조의 하느님을 연상시키는 이 구절은 시인이 바다 위에서 잠들어 있는 듯한 정지된 태양을 보고 절대적 존재인 창조주를 생각한 것으로 추론된다. 여기서 '시간'은 인간의 일상적 시간이 아니라, 초월적 존재의 시간이고, 영원한 현재이다. 시인은 바다를 보면서 영원한 현재의 시간을 생각할 수 있다. '꿈'도 마찬가지다. "꿈이 앎이라는 것은, 정오의 태양 아래 시인의 의식이 꿈의 상태에 가까워짐으로써 인간의 과학적 지식을 넘어서서 만물의 이치를 알고, 만물과 교감할 수 있는 의식의 높은 단계를 상징한 것으로 볼 수 있다.

두 번째 단락은 절대적 존재의 부동성과 불변성과는 다르게 변화하는 존재인 인간의 삶과 죽음을 명상의 주제로 삼는다. 다섯 번째 연에서 "미래의 내 연기를 들이마신다"는 것은 인간의 시신이 화장터의 재로 변하는 것을 뜻하는 표현이다. 일곱 번째 연에서 "그림자의 어두운 반쪽도 따른다"는 것은 햇빛을 받는 모든 물체에 그늘진 면이 있듯이, 인간의 영혼에도 무의식이 있다는 것을 암시한다. 시인은 이제 바다를 바라보지 않고, 무덤을 바라본다. 그는 묘지의 주변을 거닐면서 자신의 그림자를 보고 변화하는 존재의 "허약한 움직임"을 연상하기도 한다. 또한 "하지점의 횃불에 소출된 영혼"을 의식하고 "영혼 속에서 언제나 미래인 공백의 울림"을 상상한다. 시인에게 영혼의 내면세계는 영원한 탐구의 대상이다. 내면세계는 "어둡고 소리 잘 나는 저수탱크"로 표현된다. 시인은 마치 사막에서 오아시스의 물웅덩이를 찾는 심정으로 내면을 들여다보지만, 그의 시도는 늘 실패로 끝난다. 그러므로 발견의 기쁨은 늘 미루어짐으로써 "언제나 미래인 공백의 울림"은 좌절보다 새로운 시도를 의미하는 것으로 볼 수 있다.

죽음과 인간 조건에 대한 성찰을 담은 세 번째 단락(9~18연)의 시작은 시인의 위치에서 눈부신 바다를 배경으로 무덤들의 철책이 마치 바닷물에 의해 "갉아" 먹히는 것처럼 묘사하는 대목에서이다. "내 눈 위에 눈부신 비밀"들은 바다의 깊은 곳에 있는 신비와 의식의 은밀하고 신비로운 세계가 겹쳐서 떠오른 이미지들이다. 시인이 이런 이미지들을 구사한 것은 명상 속에서 바다의 눈부신 빛과 어두운 깊이를 의식의 표면과 무의식의 내부로 대응되도록 하기 위해서이다.

또한 11연에서 시인은 무덤들을 양떼에 비유하고, 자신을 목동으로 나타낸다. 그가 자신을 "목동의 미소 짓는 외로운 나"로 말한 것은 자신의 외롭고 은밀한 명상을 나타내기 위해서이다. 12연에서 "미래는 나태함"이라는 것은 죽음은 의식의 소멸이고 움직임이 필요 없는 상태이기 때문이다.

이런 점에서 "부재에 도취하면 삶은 광활하고 / 쓰라림은 감미롭고, 정신은 맑아진다"는 시구는 죽음의 상태를 가정하고 씌어진 표현이다. 의식이 있을 때 인간은 괴롭지만, 의식이 없을 때 "쓰라림"은 감미롭게 느껴질 수 있다 그러나 이것을 인식하는 한, 파스칼의 말처럼, 인간의 정신은 '생각하는' 이성의 존재임을 반영한다. 14연의 첫 행이 "네 안에서 너에 대한 두려움을 감당할 자는 나밖에 없다"는 구절은 순수한 시간의 완전함을 파괴하면서 절대적 존재의 권위에 손상을 입히는 작용이야말로 '생각하는' 존재인 인간의 의식이 할 수 있는 역할이라는 것을 말한다. 15연이 죽음 혹은 주검에 대한 명상이라면, 16연은 삶의 기쁨을 노래한다.

끝으로 네 번째 단락에서 시인은 살아 있는 인간으로서 '살아 있음'을 깨닫고, 우주의 생성에 참여해야 한다는 생각을 표현한다. 삶과 죽음에 대한 오랜 명상 끝에 이 시에서 가장 유명한 구절, "바람이 인다! 어쨌든 살아야 한다"[1]가 등장하는 이 단락에서 중요시해야 할 부분은 21연에서 고대 그리스의 철학자 제논이 등장하는 구절이다. 잘 알려져 있듯이 제논은 '날아가는 화살은 움직이지 않는다'는 궤변을 주장한다. 그의 논리에 의하면, 공간과 시간을 무한히 나눌 수 있는 것으로 가정할 때, 화살은 시간의 모든 순간에서는 움직이지 않고, 마찬가지로 빠른 걸음의 아킬레스는 느린 거북이를 따라갈 수가 없다는 것이다. 시인은 이 궤변을 반박한 디오게네스의 논리를 빌려 이렇게 표현한다. "진동하고 날면서도 날아가지 않는 / 날개 달린 화살로 너는 나를 관통했구나! / 그 소리는 나를 낳고, 화살은 나를 죽이는구나! / 아! 태양은…… 성큼성큼 달려도 움직이지 않는 아킬레스, 이 영혼에게는 이 무슨 거북의 그림자인가!" 절대자의 상징인 태양은 아킬레스인 영혼에게 거북으로 비유될 수 있음을 나타낸다. 그렇다면 영혼은 순수인식을 상징하는 정오의 태양과 경쟁하는 논리에서 패배할 수밖에 없을 것인가? 그러나 시인은 이러한 연상 속에서 좌절과 절망을 부정한다. 시인이 제논의 역설을 끌어온 것은 패배를 인정하지 않기 위해서이다. 그러므로 22연에서 "아니다, 아니다!- 일어서라!"는 것은 시인이 절대자의 순수시간이 아닌, 인간적 시간, 즉 과거와 현재와 미래로 연속되는 시간을 긍정하고 변화하는 삶의 기쁨을 노래하는 역동적 사유의 계기가 된다.

이 시의 앞에서 시인은 "내 영혼이여, 영생을 바라지 말고 / 가능성의 세계를 천착하라"는 핀다로스의 시구를 시의 제사題詞로 인용했다. 이것은 인간에게 '가능성의 세계'인 현재의 삶을 긍정하고, 가능한 한 열심히 살기를 권고하는 말이다. 이 말처럼 이제 바람이 불고, 파도는 일렁이는 흐름 속에서 시인의 영혼은 명상의 단계를 지나 행동의 단계로 전환한다. 이것은 끊임없는 사유의 전개 과정에서 온갖 유혹을 무릅쓰고 이룩한 정신의 승리이자, 인간의 유한성을 극복할 수 있는 인간의 승리이기도 하다.

* 이 시를 번역하는 것을 알고서 황동규 시인은, "바람이 인다…… 살려고 애써야 한다"라는 일반적인 번역보다 이 구절의 의미가 분명히 전달되는 번역이 되었으면 좋겠다고 말했다. 그의 조언으로 "살려고 애써야 한다"는 처음의 번역을 "어쨌든 살아야 한다"로 번역했다.

아폴리네르

Guillaume Apollinaire

미라보 다리

미라보 다리 아래 센 강은 흐르고
우리의 사랑도
기억해야 하는가
기쁨은 늘 괴로움 뒤에 왔는데

밤이여 오라 종이여 울려라
세월은 가도 나는 머물러 있네

손에 손 잡고 얼굴을 마주하고 있어보자
우리의 팔로 이어진 다리 아래로
강물은 하염없는 시선에
지쳐서 흘러가는데

밤이여 오라 종이여 울려라
세월은 가도 나는 머물러 있네

사랑은 떠나가네 저 흐르는 물처럼
사랑은 떠나가네
인생은 얼마나 느린가

'희망'은 얼마나 격렬한가

밤이여 오라 종이여 울려라

세월은 가도 나는 머물러 있네

하루 이틀이 지나고 한 주 두 주가 지나가는데

지나간 시간도

사랑도 돌아오지 않네

미라보 다리 아래 센 강은 흐르고

밤이여 오라 종이여 울려라

세월은 가도 나는 머물러 있네

Le Pont Mirabeau

Sous le pont Mirabeau coule la Seine

Et nos amours

Faut-il qu'il m'en souvienne

La joie venait toujours après la peine

Vienne la nuit sonne l'heure

Les jours s'en vont je demeure

Les mains dans les mains restons face à face

Tandis que sous

Le pont de nos bras passe

Des éternels regards l'onde si lasse

Vienne la nuit sonne l'heure

Les jours s'en vont je demeure

L'amour s'en va comme cette eau courante

L'amour s'en va

Comme la vie est lente

Et comme l'Espérance est violente

Vienne la nuit sonne l'heure
Les jours s'en vont je demeure

Passent les jours et passent les semaines
Ni temps passé
Ni les amours reviennent
Sous le pont Mirabeau coule la Seine

Vienne la nuit sonne l'heure
Les jours s'en vont je demeure

❖

아폴리네르의 대표작이라고 할 수 있는 이 시는 1912년 2월 「레 수와레 드 파리Les soirées de paris」 창간호에 발표된 작품이다. 화가 마리 로랑생과의 이별이 시인에게 영감을 주었다는 이 시는 많은 사람들에게 시인의 이름보다 시의 제목이 더 유명한 것으로 알려져 있기도 하다. 흔히 사랑을 주제로 한 시는 사랑의 기쁨보다 사랑의 슬픔을 노래한다. 시인은 사랑이 끝났을 때 비로소 자신의 슬픔과 고통을 시의 언어로 표현하고 싶은 욕구를 갖기 때문이다. 그러나 아폴리네르의 이 시를 마리와의 결별 이후에 쓴 작품이라고 생각하면 잘못일 것이다. 마리 로랑생의 전기를 쓴 플로라 그루에 의하면, 이들이 결정적으로 헤어진 때는 1914년이다. 그러니까 이 시가 발표된 이후에도, "이들의 관계는 이 빠진 톱니바퀴처럼 듬성듬성 이어지면서 간간이 파란 많은 격정을 치르기도 했고, 서로 헤어지자고 말하고 각자 자유를 주장하면서도 여전히 계속되고 있었다"는 것이다.

어쨌든 「미라보 다리」는 두 사람의 사랑을 환기시키는 시이자 이별을 예감하는 모든 연인들에게 희망을 주는 시라고 말할 수 있다. 이처럼 희망의 메시지를 중요시하는 까닭은 '미라보'나 '센' 같은 고유명사가 아닌데도 이 시에서 대문자로 시작하는 명사는 오직 '희망L'Espérance'뿐이기 때문이다. 여기서 희망이 무엇을 의미하는지는 '독자의 몫'이다. 그것은 새로운 사랑일 수도 있고 새로운 출발일 수도 있다.

이 시의 처음 두 행은 "미라보 다리 아래 센 강은 흐르고 / 우리의 사랑을"로 구성된다. 그러나 두 번째 행의 '우리의 사랑을'은 세 번째 행의 "기억해야 하는가"의 목적어로 해석해야 하기 때문에 '을'이라고 한 것이지만, 원문의 뜻은 '우리의 사랑도'이다. 구두점이 없는 시의 장점은 문법의 제약을 벗어날 수 있기 때문에 "센 강은 흐르고" "우리의 사랑도" 흐른다고 해석할 수 있는 것이다. 이렇게 해석해야만 세 번째 행의 "기억해야 하는가"의 의문문이 이해될 수 있다. 왜냐하면 시인은 '흐른다'는 말이 '변화한다'는 뜻을 내포한다는 점에서 사랑도 변화하는 것임을 말하면서도 그것을 그대로 인정하려고 하지는 않기 때문이다. 또한 "기억해야 하는가"는 "기쁨은 늘 괴로움 뒤에 오는 것이었다"와 대립된다. 이것은 시인이 기쁨을 기대하고 있다는 의미를 보여준다는 점에서 가능한 해석이다. 후렴으로 반복되는 "밤이여 오라 종이여 울려라 / 세월은 가도 나는 머물러 있네"는 밤이 되어서 자신의 괴로움을 잠재우고 싶어 하는 시인의 체념을 표현한다. 또한 "나는 머물러 있네"는 강이 흐르고, 세월도 흐르고, 사랑도 변하는 것이지만, 그 흐름과 변화에 적응하지 못하는 '나'의 부적응을 인정하는 것으로 볼 수 있다.

두 번째 연에서 시인은 지난날의 기억 속에서 사랑하는 여인과 손을 잡고 얼굴을 맞대며 있었던 순간을 현재화한다. 두 사람은 서로 포옹하는 자세로 있다가 양팔을 상대편의 어깨 위에 얹어서 '다리'를 만들 수도 있었을 것이고, 그런 자세로 아무 말 없이 다리 아래의 강물만 바라보았을지도 모른다. 그러나 포옹하는 자세라고 하더라도, 두 사람의 침묵을 암시하는 이 순간은 행복해 보이지 않는다. "강물은 하염없는 시선에 지쳐서 흘러가는데"에서 '지쳐서'라는 표현이 두 사람의 권태롭고 불편한 감정을 드러내기 때문이다.

세 번째 연에서 시인은 결국 사랑이 떠나고 있음을 확인한다. 그러나 "인생은 얼마나 느린가"와 "희망은 얼마나 격렬한가"는 대립적이다. '인생이 느리고' '희망도 느리다면' 얼마나 절망적일까? 그러나 '희망'이 예기치 않게 빠른 속도로 격렬하게 솟구쳐 오를 수 있다는 생각으로 모든 절망의 순간은 '희망적'이 될 수 있는 것이다. 그 희망이 무엇인지는 중요한 문제가 아닐지 모른다. 희망의 얼굴이 무엇이건, 그것이 슬픔과 절망을 극복할 수 있다는 것이 중요하기 때문이다.

이러한 희망을 대문자로 표시할 수 있다는 점에서 이 시는 우울한 사랑의 노래와 구별된다. 네 번째 연에서 "하루 이틀이 지나고 한 주 두 주가 지나간다"는 것과 "지나간 시간도 / 사랑도 돌아오지 않는다"는 것은 결국 '희망'에 대한 믿음 때문에 더 이상 떠나간 "사랑이 돌아오지 않는다"는 진실을 솔직히 인정하는 것으로 볼 수도 있다.

마지막 행의 '미라보 다리 아래 센 강이 흐르고'가 첫 행과 일치한다는 점에서 이 시는 원형적인 순환 구조로 이루어졌음을 보여준다. "센 강이 흐르"듯이 인생도 흐른다. 인생의 흐름을 끊임없는 반복의 순환이라고 한다면, "나는 머물러 있다"는 것도 한순간으로 볼 수 있지 않을까? 인생을 길게 보면, 모든 슬픔과 절망의 시간은 한순간일지 모른다.

아듀

히드 잎을 땄다

가을은 죽었다 잊지 말기를

우리는 더 이상 지상에서는 만날 수 없겠지

시간의 향기여 히드 잎이여

그래도 잊지 말기를 나는 너를 기다린다는 것을

L'Adieu

J'ai cueilli ce brin de bruyère

L'automne est morte souviens-t'en

Nous ne nous verrons plus sur terre

Odeur du temps brin de bruyère

Et souviens-toi que je t'attends

'아듀'로 번역한 이 시의 제목 'L'Adieu'는 글자 그대로 영원한 이별을 할 때 쓰는 작별인사의 말이다. 시인은 헤어지는 연인에게 L'Adieu를 말하면서도 이별이 영원한 이별이 아니라, 다시 만날 것을 기약하고 싶은 생각으로 "나는 너를 기다린다"는 것을 잊지 말라고 말한다. 그렇다면 두 번째 행에서 '잊지 말기를'의 목적어는 무엇일까? 문법적으로 해석하자면 그것은 가을이다. 그러나 독자는 무엇 때문에 이 시의 화자가 가을을 기억해달라고 한 것인지는 알 수 없다.

형용사나 부사가 없고 간단히 명사와 동사들로 구성된 이 짧은 시의 특징적인 것은 논리적인 접속사가 전혀 없다는 점이다. 그러므로 독자는 "히드 잎을 땄다"와 "가을은 죽었다"의 연결 관계를 알지 못하고, "우리는 더 이상 지상에서는 만날 수 없게" 된 까닭이 무엇인지를 알지도 못한다. 다만 짐작할 수 있는 것은 "히드 잎을 땄다"와 같은 사소한 행위를 통해서 조락의 계절인 가을이 저물면서 우리의 사랑도 끝났다는 것이다. 네 번째 행에서 '시간'은 가을과 관련이 있고, '향기'는 히드 잎을 연상시킨다. 또한 첫 번째 행과 두 번째 행에서 사용된 동사가 과거 시제이고 세 번째 행의 동사는 미래형이며, 마지막 행의 동사는 명령형이라는 점에서 시인의 관점이 과거에 머물지 않고 미래로 전환되고 있다는 점이 주목된다. 이런 점에서 두 번째 행의 '잊지 말기를'은 시인이 막연히 우리의 사랑을 잊지 말아달라고 말하고 싶었거나 마지막 행의 "그래도 잊지 말기를" 같은 의미로, "나는 너를 기다린다는 것"의 목적절과 관련되어 기원과 소망을 표현한 것일지 모른다. 명령형으로 되어 있는 '잊지 말기를souviens-t'en'의 명사형은 기억이나 추억souvenir이다. 그러나 우리 말에서 기억과 추억은 얼마나 다른가? 사랑을 기억한다는 것과 추억한다는 것의 차이는 얼마나 큰 것일까? 이런 점에서 이 시의 화자가 말하고 싶은 것은 기억이 아니라 추억일 것이다. 사랑이 추억으로 남아 있는 한, 사랑은 죽은 것이 아니기 때문이다.

병든 가을

병들고 사랑스런 가을이여
장미밭에 폭우가 몰아치고
과수원에 눈이 내려 쌓이면
너는 세상을 떠나겠지

불쌍한 가을이여
쌓인 눈과 무르익은 과일의
하얀 빛과 풍요로움 속에서
먼 하늘나라로 잘 가거라
사랑을 한 번도 해본 적 없는
푸른 머리카락의 키 작은 순진한 물의 요정 위로
새떼들 날아가는데

먼 곳의 숲 어느 변두리에서
사슴들 우는 소리 들려왔지

얼마나 사랑스러운가 오 사랑하는 계절이여 너의 속삭이는
소리
사람이 따지 않아도 떨어지는 열매들
눈물 흘리는 바람과 숲

가을날 한 잎 두 잎 떨어지는 그 모든

눈물들

밟히는

낙엽

달리는

기차

인생은

흘러간다.

Automne malade

Automne malade et adoré
Tu mourras quand l'ouragan soufflera dans les roseraies
Quand il aura neigé
Dans les vergers

Pauvre automne
Meurs en blancheur et en richesse
De neige et de fruits mûrs
Au fond du ciel
Des éperviers planent
Sur les nixes nicettes aux cheveux verts et naines
Qui n'ont jamais aimé

Aux lisières lointaines
Les cerfs ont bramé

Et que j'aime ô saison que j'aime tes rumeurs
Les fruits tombant sans qu'on les cueille
Le vent et la forêt qui pleurent

Toutes leurs larmes en automne feuille à feuille

Les feuilles

Qu'on foule

Un train

Qui roule

La vie

S'écoule.

아폴리네르는 계절 중에서 가을을 가장 좋아한다. 그는 「별자리Signe」라는 시에서 "나의 영원한 가을이여 오 내 정신의 계절이여"라고 가을을 찬미한 바 있다. 그가 이렇게 가을을 변심하지 않는 영원한 애인처럼 노래하는 것은 가을이 양면성을 가진 계절이기 때문이다. 누구나 알 수 있듯이, 가을은 나무의 열매가 무르익어 풍성한 수확을 기대할 수 있는 계절이면서 동시에 죽음의 겨울이 예감되는 계절이다.

많은 시인들이 가을을 주제로 시를 썼다. 보들레르는 「가을의 노래chant d'antomme」에서 "머지않아 우리는 차가운 어둠 속에 잠기리; 잘 가거라, 너무나 짧았던 여름날의 찬란한 빛이여!"를 시작으로 가을의 어느 날 겨울의 땔감을 위해 장작 패는 소리를 듣고 관에 못 박는 소리를 연상하면서 죽음의 강박관념에 사로잡히는 불안한 마음을 이야기한다. 또한 베를렌은 「가을의 샹송chanson d'antomne」에서 "가을날 바이올린의 / 긴 흐느낌 / 단조로운 우울로 / 내 마음 괴롭히네"라고 노래하면서 지난날의 고통스런 기억 때문에 "거센 바람에 / 휩쓸려서" 낙엽처럼 사라지고 싶은 심정을 노래한다. 이들에게 가을은 양면성의 계절이 아니라 허무와 슬픔, 소멸과 죽음만을 일깨울 뿐이다.

이들과는 다른 시선으로 가을을 노래한 아폴리네르의 이 시에서 가을의 양면성은 거의 동시적으로 표현된다. 이것을 두 계열로 나누어보면 다음과 같다.

원문의 행	가을의 풍성함	겨울의 예감
3	사랑스런adoré	병든malade
3-4	과수원vergers	눈이 내려 쌓인aura neigé
6	풍요로운richesse	하얀 빛blan cheur
7	무르익은 과일fruits mûrs	눈neige
15	열매들fruits	떨어지는tombant

시인은 이 시의 전반부에서 이처럼 가을의 이중성을 한 행 혹은 두 행 속에서 병치시키는 절묘한 표현법을 사용하다가 후반부에서 가을이 실연과 이별, 슬픔과 눈물의 계절임을 환기시킨다. 전반부가 끝나는 대목에서 '푸른 머리카락의 키 작은 순진한 물의 요정'은 비극적인 사랑을 상징하는 신화적 인물에 근거를 둔 표현이다. 또한 후반부에서 나뭇잎이 떨어지는 모양을 가을의 "눈물"이라고 묘사한 것에 주목할 필요가 있다. 이것은 다른 어느 시인들에게서도 보이지 않는 새로운 표

현 방식이기 때문이다. 마지막 부분에서 "밟히는 / 낙엽 / 달리는 / 기차 / 인생은 / 흘러간다"로 끝나는 간결한 수직적 서술은 계절의 변화와 시간의 빠른 흐름을 통해 시인의 압축되고 절제된 감정을 보여준다.

특히 "인생은 / 흘러간다"의 짧고 객관적인 서술의 문장은 더 이상 「미라보 다리」에서 "세월은 가도 나는 머물러 있네"처럼 실연의 아픔을 떨치지 못하는 시인의 모습이 아님을 짐작케 한다.

엘뤼아르

Paul Eluard

여기에 살기 위해서

하늘의 버림을 받고, 불을 만들었지,
친구로 지내기 위한 불을,
겨울밤을 지내기 위한 불을
보다 나은 삶을 위한 불을.

빛이 나에게 준 것을 그 불에 주었지.
큰 숲, 작은 숲, 밀밭과 포도밭을
새집과 새들을, 집과 열쇠들을
벌레, 꽃, 모피, 축제를.

나는 불꽃이 파닥거리며 튀는 소리만으로
그 불꽃이 타오르는 열기의 냄새만으로 살았지.
나는 흐르지 않는 물속에서 침몰하는 배와 같았으니까
죽은 사람처럼 나에게는 하나의 원소밖에 없었으니까.

PUOUR VIVRE ICI

Je fis un feu, l'azur m'ayant abandonné,
Un feu pour être son ami,
Un feu pour m'introduire dans la nuit d'hiver,
Un feu pour vivre mieux.

Je lui donnai ce que le jour m'avait donné :
Les forêts, les buissons, les champs de blé, les vignes,
Les nids et leurs oiseaux, les maisons et leurs clés,
Les insectes, les fleurs, les fourrures, les fêtes.

Je vécus au seul bruit des flammes crépitantes,
Au seul parfum de leur chaleur;
J'étais comme un bateau coulant dans l'eau fermée,
Comme un mort je n'avais qu'un unique élément.

❖

　이 시는 '불'에서 시작하고, '불'로 끝나는 시라고 말할 수 있을 만큼 불의 이미지가 지배적이다. 끝의 두 행에서 불과 대립되는 물의 이미지가 나타나지만, 이것은 불을 만들고 불꽃처럼 살고 싶다는 화자의 의지가 절망적인 상황에서 비롯된 것임을 보여준다. 불어의 과거시제인 단순과거와 반과거를 점點과 선線에 비유한다면, 반과거는 과거의 어느 시점에 완료되지 않고 계속되는 상태라고 할 수 있다. 이런 점에서 '나는 흐르지 않는 물속에서 침몰하는 배와 같았다'의 동사가 반과거인 것은 화자의 절망적인 상황이 지속적이었음을 나타낸다. 그러므로 불의 의지는 흐르지 않는 물의 상황에서 나온 것임을 알 수 있다.

　이 시를 처음 읽게 된 것은 엘뤼아르의 「자유」를 읽은 후 얼마 지나지 않아서였다. 나는 이 시에 나타난 불의 이미지에 매혹되기도 했지만, 무엇보다 이 시의 제목을 좋아했다. 제목에 담긴 '여기'와 '삶'과 '위해서'는 어느 하나라도 소홀히 할 수 없는 단어처럼 보였다. 사실 그 당시 나는 '여기에' 살기보다 '다른 곳'에 살고 싶었고, '다른 곳'이 어디인지는 알 수 없었지만 언제라도 떠나고 싶었다. 그러니까 "여기에 살기 위해서"라는 말은 "여기에 살고 싶다"라기보다 "이대로 살고 싶지 않다"는 의미로 이해되었고, 나의 감성적인 욕구를 자극하기보다 이성적인 판단을 유도하는 표현으로 생각되었다. 여하간 이 시의 제목뿐 아니라, 이 시를 관통하는 불의 이미지 때문에, 이 시는 언제라도 젊은 독자의 내면에 강한 울림을 줄 수 있을 것이다.

바슐라르의 「불의 정신분석」에 의하면, 불은 어린이에게 금지의 대상이다. 어른들은 어린이들이 불장난을 하지 못하게 할 뿐 아니라, 불길이 위험하게 퍼져나갈 것 같은 장소에 접근하지 못하게 한다. 그러나 어린이는 커가면서 당연히 프로메테우스처럼 어른들이 금지하는 것을 모험적으로 시도해보거나 경험해보려는 욕망을 갖는다. 바슐라르는 아이들이 성장하면서 어른들이 금지하는 것을 위반하려는 반항적 의지에서 프로메테우스콤플렉스와 외디푸스콤플렉스가 유사성을 갖는 것이라고 설명한다. 또한 물과 불의 통합된 형태가 술이라는 점에서 E.T.A. 호프만과 에드거 포를 비교하고 호프만의 술은 열정적으로 불타는 술이고, 포의 술은 망각과 죽음을 가져오는 것으로 해석한다.

스페인에는 "물과 불이 싸우면, 언제나 불이 지게 마련이다"라는 속담이 있다고 한다. 나는 이 속담을 들으면서 '불같이 화를 내는 남자와 물처럼 냉정한 여자'의 싸움을 떠올렸다. 물과 불은 이렇게 대비된다. 불길이 위로 올라가는 것이라면,

물은 아래로 흘러가는 것이다. 또한 불이 젊은이의 도전정신과 열정적인 사랑을 상징한다면, 물은 모성과 생명의 근원, 변함없는 진리를 상징한다고 볼 수도 있다. 물과 불의 또 다른 차이를 생각해본다면, 물은 자급자족으로 존재할 수 있는 반면, 불은 땔감이 계속 공급되지 않으면 소멸된다는 것이다. 나는 불의 이러한 속성을 「여기에 살기 위해서」의 한 대목에 적용시켜서 풀리지 않았던 의문을 해소할 수 있었다.

이 시에서 내가 제일 이해하기 어려웠던 부분은 중간쯤에 나오는 "빛이 나에게 준 것을 그 불에 주었다"라는 구절이다. 시인은 왜 평범한 의미의 '준다donner'라는 동사를 두 번이나 사용한 것일까? 이 시에서 "빛이 나에게 주었다는 것"에는 숲과 새들과 '집'과 '축제'에 이르기까지 시인이 좋아하는 모든 자연과 풍경과 사물과 집이 포함되어 있다. 빛은 어둠과 대립된다. 빛은 생명을 뜻하고, 어둠은 죽음을 의미한다. 이런 점에서 우리의 삶은 빛의 은혜로 이루어진다고 말할 수 있다. 그렇다면 우리가 살아오면서 사랑하게 된 모든 것은 빛이 나에게 준 선물이 아닐까? 나는 이 시에서 처음에 이해되지 않는 부분을 여러 번 읽다가 어느 순간 '준다donner'라는 동사에 증여와 기부를 뜻하는 'don'이라는 명사가 들어 있고, 이 명사에 하느님과 자연이 준 '선물'의 의미가 담겨 있음을 알게 되었다. 그 순간 '불'이 나의 친구라면, 그 '불'에게 내가 받은 최고의 선물을 줄 수 있을 것이라고 이해할 수 있었다. 또한 불의 생명을 유지시키려면 불에게 끊임없이 풍성하게 땔감을 공급해야 한다는 영감이 떠오르기도 했다. '나'의 불을 위해서 또는 불의 의지를 지속시키기 위해 빛이 나에게 준 선물을 불의 '땔감'으로 제공해야 한다는 것을 알 수 있었다. 사실 꺼지지 않는 불의 열정으로 산다는 것은 불꽃이 파닥거리며 튀는 소리만으로 "그 불꽃이 타오르는 열기의 냄새만으로" 사는 것과 다름없다. 이런 점에서 이 시는 불의 열정을 가르쳐줄 뿐 아니라, 우리가 살면서 사랑하는 것들을 많이 갖고 그 사랑하는 것들을 소중하게 지키는 일이 바로 행복임을 일깨워준다. [2019]

자유

초등학생 때 나의 노트 위에
책상과 나무 위에
모래 위에 눈 위에
나는 너의 이름을 쓴다

내가 읽은 모든 책갈피 위에
모든 백지 위에
돌과 피와 종이와 재 위에
나는 너의 이름을 쓴다

황금빛 형상 위에
병사들의 총칼 위에
제왕들의 왕관 위에
나는 너의 이름을 쓴다

밀림과 사막 위에
둥지 위에 금작화 위에
어린 시절 메아리 위에
나는 너의 이름을 쓴다

밤의 경이로움 위에
일상의 흰 빵 위에
약혼의 계절 위에
나는 너의 이름을 쓴다

나의 모든 푸른색 헌옷 위에
태양이 곰팡 슨 연못 위에
달빛이 영롱한 호수 위에
나는 너의 이름을 쓴다

들판 위에 지평선 위에
새들의 날개 위에
그리고 그늘진 방앗간 위에
나는 너의 이름을 쓴다

새벽의 모든 입김 위에
바다 위에 배 위에
광란의 산 위에
나는 너의 이름을 쓴다

구름의 거품 위에

폭풍의 땀방울 위에
굵고 흐릿한 빗방울 위에
나는 너의 이름을 쓴다

반짝이는 모든 것 위에
여러 색깔의 종들 위에
구체적 진실 위에
나는 너의 이름을 쓴다

깨어난 오솔길 위에
뻗어 있는 도로 위에
넘치는 광장 위에
나는 너의 이름을 쓴다

불 켜진 램프 위에
불 꺼진 램프 위에
모여 앉은 가족들 위에
나는 너의 이름을 쓴다

둘로 쪼갠 과일 위에
거울과 내 방 위에

빈 조개껍데기 내 침대 위에
나는 너의 이름을 쓴다

잘 먹고 착한 우리 집 개 위에
그 곤두선 양쪽 귀 위에
그 뒤뚱거리는 발걸음 위에
나는 너의 이름을 쓴다

내 문의 발판 위에
친숙한 물건 위에
축성의 불길 위에
나는 너의 이름을 쓴다

화합한 모든 육체 위에
내 친구들의 얼굴 위에
건네는 모든 손길 위에
나는 너의 이름을 쓴다

놀라운 소식의 유리창 위에
긴장된 입술 위에
침묵을 넘어서서

나는 너의 이름을 쓴다

파괴된 내 안식처 위에

무너진 내 등대불 위에

권태의 벽 위에

나는 너의 이름을 쓴다

욕망 없는 부재 위에

벌거벗은 고독 위에

죽음의 계단 위에

나는 너의 이름을 쓴다

되찾은 건강 위에

사라진 위험 위에

추억 없는 희망 위에

나는 너의 이름을 쓴다

그 한마디 말의 힘으로

나는 삶을 다시 시작한다

나는 태어났다 너를 알기 위해서

너의 이름을 부르기 위해서

자유여.

Liberté

Sur mes cahiers d'écolier
Sur mon pupitre et les arbres
Sur le sable sur la neige
J'écris ton nom

Sur toutes les pages lues
Sur toutes les pages blanches
Pierre sang papier ou cendre
J'écris ton nom

Sur les images dorées
Sur les armes des guerriers
Sur la couronne des rois
J'écris ton nom

Sur la jungle et le désert
Sur les nids sur les genêts
Sur l'écho de mon enfance
J'écris ton nom

Sur les merveilles des nuits

Sur le pain blanc des journées

Sur les saisons fiancées

J'écris ton nom

Sur tous mes chiffons d'azur

Sur l'étang soleil moisi

Sur le lac lune vivante

J'écris ton nom

Sur les champs sur l'horizon

Sur les ailes des oiseaux

Et sur le moulin des ombres

J'écris ton nom

Sur chaque bouffée d'aurore

Sur la mer sur les bateaux

Sur la montagne démente

J'écris ton nom

Sur la mousse des nuages

Sur les sueurs de l'orage

Sur la pluie épaisse et fade

J'écris ton nom

Sur les formes scintillantes

Sur les cloches des couleurs

Sur la vérité physique

J'écris ton nom

Sur les sentiers éveillés

Sur les routes déployées

Sur les places qui débordent

J'écris ton nom

Sur la lampe qui s'allume

Sur la lampe qui s'éteint

Sur mes maisons réunies

J'écris ton nom

Sur le fruit coupé en deux

Du miroir et de ma chambre

Sur mon lit coquille vide

J'écris ton nom

Sur mon chien gourmand et tendre

Sur ses oreilles dressées

Sur sa patte maladroite

J'écris ton nom

Sur le tremplin de ma porte

Sur les objets familiers

Sur le flot du feu béni

J'écris ton nom

Sur toute chair accordée

Sur le front de mes amis

Sur chaque main qui se tend

J'écris ton nom

Sur la vitre des surprises

Sur les lèvres attentives

Bien au-dessus du silence

J'écris ton nom

Sur mes refuges détruits
Sur mes phares écroulés
Sur les murs de mon ennui
J'écris ton nom

Sur l'absence sans désir
Sur la solitude nue
Sur les marches de la mort
J'écris ton nom

Sur la santé revenue
Sur le risque disparu
Sur l'espoir sans souvenir
J'écris ton nom

Et par le pouvoir d'un mot
Je recommence ma vie
Je suis né pour te connaître
Pour te nommer

Liberté.

＊

　엘뤼아르의 시들 중에서 가장 유명한 이 시는 나치의 독일군이 프랑스를 점령했을 때 씌어졌다. 처음의 제목이 '자유'가 아니라, '단 하나의 생각une seule pensée'이었던 것은 그 당시 극심한 검열을 피하기 위해서였을 것이다. 1942년에 쓴 이 시는 1943년 4월에 「자유세계지La Revne du monde libre」에 발표되어, 프랑스 전역에 배포되었다. 이 시를 몇천 부로 복사했는지는 모르지만, 그 당시 영국군 비행기가 프랑스인들에게 자유를 위한 투쟁을 고취시키기 위해 이 시를 점령지 하늘에서 살포했다고 한다. 또한 이 시가 프랑스 밖의 여러 나라에 즉각적으로 번역되었다는 것은 이 시의 영향력이 얼마나 강력했는지를 보여준다. 이 시의 힘은 간단히 말해서 말의 힘이다. 엘뤼아르는 말의 힘을 믿는 시인이다. 이 시의 끝부분에서 "그 한마디 말의 힘으로 / 나는 삶을 다시 시작한다"는 구절은 그가 얼마나 '말의 힘'을 믿고 있는 시인인지를 증명한다.

　모두 85행으로 구성된 이 장시의 출발은 "초등학생 때 나의 노트 위에"이다. 이것은 자유의 의미와 소중함을 알게 된 것이 어린 시절 학교에 입학하여 노트에 글쓰기를 배우면서부터임을 암시한다. 어떤 의미에서 모든 교육의 본질이나 배움의 목적은 자유의 의미를 알고 깨닫는 데 있는 것이 아닐까? 시인은 첫 번째 연에서 해변가의 모래밭, 겨울의 눈 내리는 풍경을 회상한다.

　두 번째 연에서 "내가 읽은 책갈피"와 "모든 백지"는 책을 통해서 자유를 배웠고, 백지 위에 써야 할 글에서도 자유를 생각했거나 자유의 의미가 중요하다는 것을 말한다. 이어서 "돌과 피와 종이와 재"는 자유를 위한 투쟁의 역사를 연상시킨다. 민중은 돌을 던지고, 피를 흘리고, 선언문에 진실을 담고, 권력자를 향해 불을 지르는 저항을 했을 것이다. 이러한 역사적 상상력은 세 번째 연에서 '황금빛 형상'으로 그려진 역사적 인물들의 초상화나 동상의 "병사들의 총칼", "제왕들의 왕관"으로 연결된다.

　네 번째 연부터 아홉 번째 연까지는 어린 시절부터 현재에 이르기까지 논리적 연관성 없이 자유롭게 떠오르는 기억들을 이미지로 옮겨놓은 것처럼 보인다.

　열 번째 연에서 중요한 단어는 '구체적 진실'이다. 그 이유는 "시는 구체적 진실을 목표로 해야 한다"는 것이 그의 시론이자 한결같은 주장이기 때문이다. 또한 열한 번째 연에서 중요한 것은 "넘치는 광장"이다. 레이몽 장이 말한 것처럼, 엘뤼아르의 시에서 반복적으로 등장하는 이미지들(광장, 배, 창, 돌, 눈 혹은 눈빛, 웃음, 나뭇가지 등) 중에서 '광장'은 첫 번째 자리에 놓일 만한 상징적 의미를 갖는다. '광장'은 언제나 자유를 열망하는 사람들로 붐비고 넘쳐야 하는 장소이다. 다른 시에서 '광장'이 사막처럼 비어 있는 공간으로 묘사되는 것은 시인이 불안과 절망을 표현할 때이다.

열두 번째부터 열여섯 번째까지는 평화로운 가정, 사랑과 우정을 연상할 수 있는 이미지들로 이어진다. 그러나 열일곱 번째부터 스무 번째까지는 전쟁과 점령, 자유의 상실과 회복의 과정이 긴장된 어조로 전개된다. 특히 열아홉 번째 연에서 "욕망 없는 부재", "벌거벗은 고독", "죽음의 계단"은 자유가 박탈된 상황이 얼마나 절망적인지를 가르쳐준다. 죽음의 계단이 지난 후에 이제 불안에서 벗어나 건강을 되찾은 사람들은 희망을 갖고 삶을 다시 시작할 수 있을 것이다.

나는 한 10년쯤 전에 『초현실주의 시와 문학의 혁명』의 서문에서 「자유」를 통해 초현실주의를 공부하게 되었다는 것을 이렇게 말했다.

"초현실주의와의 인연이 시작된 것은 대학 4학년 1학기, 사회학을 전공한 젊은 프랑스인 교수의 강의를 듣던 때였다. 그는 매시간 프랑스 문화와 사회의 다양성을 이야기하곤 했는데, 어느 날 문득 자기가 좋아하는 시라고 하면서 엘뤼아르의 「자유」를 읽어주었다. 그 당시만 하더라도 학과에서는 20세기 프랑스 시를 전공한 교수가 없었기 때문에, 우리가 들을 수 있는 강의는 19세기 낭만주의 시나, 보들레르에서 시작하여 발레리로 끝나는 상징주의 시뿐이었다. 관념적이고 난해한 상징주의 시에만 머물다가 「자유」를 처음 알게 된 느낌은 거의 충격이나 다름없었다. 프랑스인 교수는 제목을 알려주지 않은 채 시를 낭송했기 때문에 '나는 너의 이름을 쓴다'라는 구절이 스무 번쯤 반복되는 중에 나타난 '너'가 누구인지가 제일 궁금했다. 결국 마지막 연의 "한마디 말의 힘으로 / 나는 나의 삶을 다시 시작한다 / 나는 너를 알기 위해서 / 너의 이름을 부르기 위해서 태어났다 / 자유여"라는 구절에 이르러 '너'가 바로 자유라는 것을 알고 전율에 가까운 감동을 느낄 수 있었다. 특히 '한마디 말의 힘으로' '나의 삶을 다시 시작한다'는 구절은 발레리의 '언제나 다시 시작하는 바다'(「해변의 묘지」)와 비슷하여 친숙감이 느껴지기도 했다. '안다connaître'라는 동사를 '함께 태어난다'는 의미로 해석한 클로델의 재담으로 말한다면, 엘뤼아르의 「자유」를 알게 된 순간 나는 새롭게 태어났다고 말할 수 있을 것이다.

르네 샤르

René Char

바람이 머물기를

마을의 작은 언덕 비탈에 미모사꽃밭이 야영하듯 펼쳐져 있
네요. 꽃을 따는 계절이 오면, 멀리서도 여린 나뭇가지 사이에서
하루 온종일 일하던 여자아이의 지극히 향기로운 모습을 만나
게 되는 일이 있지요. 빛의 후광이 향기를 품은 램프처럼, 여자
아이는 석양을 등지고 사라집니다.

그녀에게 말을 건네면, 그건 신성 모독일지 몰라요.

운동화를 신고, 풀을 밟고 지나가는 그녀를 보면 그냥 길을 비
켜주세요. 어쩌면 당신은 운 좋게도 그녀의 입술 위에 번지는 밤
의 습기 찬 공기와 몽상의 어떤 차이를 보게 될지 모르지요.

Congé au vent

À flancs de coteau du village bivouaquent des champs fournis de mimosas. À l'époque de la cueillette, il arrive que, loin de leur endroit, on fasse la rencontre extrêmement odorante d'une fille dont les bras se sont occupés durant la journée aux fragiles branches. Pareille à une lampe dont l'auréole de clarté serait de parfum, elle s'en va, le dos tourné au soleil couchant.

Il serait sacrilège de lui adresser la parole.

L'espadrille foulant l'herbe, cédez-lui le pas du chemin. Peut-être aurez-vous la chance de distinguer sur ses lèvres la chimère de l'humidité de la Nuit ?

❖

초현실주의 시인이면서 저항과 투쟁의 삶을 살기도 했던 르네 샤르(1907~1988)는 1950년부터 어떤 문학운동이나 사회참여 활동을 멀리하고 남프랑스의 프로방스 지역, 아비뇽에서 멀지 않은 고향에서 칩거하며 지냈다. 말년에 쓴 그의 시들은 대부분 고향의 풍경을 주제로 한다. 황혼이 질 무렵 들판을 산책하던 시인이 한 소녀와 마주친 장면을 묘사한 이 시는 남프랑스의 어느 곳에서나 볼 수 있는 한 풍경을 연상시킨다.

세 문단으로 구성된 이 시의 첫 문단은 "마을의 작은 언덕 비탈에 미모사꽃밭이 야영하듯 펼쳐져 있"다로 시작한다. 이 문장에서 중요한 단어는 "야영하다bivouaquer"는 동사이다. 야영을 할 수 있는 사람들은 대체로 목동들과 군인들과 캠핑하는 사람들일 것이다. 그들은 자연 속에서 불을 피우고 밤샘할 준비로 야영을 하는 것이다. 시인은 '미모사꽃들'을 의인화하여, 그들을 밤샘을 준비하는 사람들처럼 묘사한다. 그만큼 생생한 미모사꽃들은 은은하고 신선하고 독특한 향기를 품고 있어서 향수나 오일의 재료로 많이 쓰인다고 한다.

"꽃을 따는 계절"에 하루 온종일 꽃을 따는 일을 하던 여자아이가 저녁 시간에 일을 마치고 집으로 돌아갈 때, 들판을 산책하던 시인이 그녀와 마주치는 장면을 떠올려보자. 하루가 저물 무렵의 시간은 낮과 밤이 교차되고, 빛과 어둠이 모호하게 뒤섞이는 때이다. 그러한 시간의 배경 속에서 그녀의 몸은 꽃향기가 가득하고, 그 향기는 바람결에 증폭되다가 서서히 멀어져간다. 시인은 그녀의 모습에서 신성한 종교적 분위기를 환기시키기 위해 '빛의 후광'이나 '신성 모독'이란 단어를 사용한다. 주변에서는 어떤 소리도 들리지 않는다. 그처럼 고요함과 어울리게 '운동화를 신고' 가는 소녀의 모습에서 경쾌한 발걸음과 동시에 조용한 발걸음이 연상되는 것도 종교적인 분위기와 무관하지 않다.

시인은 이렇게 삶의 평범한 일상과 풍경을 시적으로 변용시킨다. 시인의 꿈과 명상 속에서 세속적인 현실은 초월적인 세계처럼 떠오를 수 있을 것이다.

소르그 강

너무 이른 시간에 동반자 없이, 쉬지 않고 길을 떠난 강이여,
우리 마을 아이들에게 그대 열정의 얼굴 보여주오.

번개가 끝나고 우리 집이 시작하는 곳에서
망각의 계단에 이성의 조약돌을 굴리는 강이여.

강이여, 그대 품에서 대지는 전율이고, 태양은 불안이지.
어둠 속 모든 가난한 사람들이 강의 수확으로 양식을 만들지.

때로는 벌을 받기도 한 강이여, 버림받기도 한 강이여,

척박한 조건에 처한 견습공들의 강이여,
그대 물결의 밭고랑 정점에서 굴복하지 않는 바람은 없었지.

공허한 영혼과 남루한 옷, 의심의 강이여,
감기며 돌아가는 오랜 불행과 어린 느릅나무, 연민의 강이여.

광인들과 열병 환자, 각목공들의 강이여,
사기꾼과 어울려 놀기 위해 쟁기를 던져버린 태양의 강이여.

누구보다 더 좋은 사람들의 강이여, 피어오른 안개와
자기가 쓴 모자 주변에 불안을 가라앉히는 램프의 강이여.

꿈을 배려하는 강이여, 쇠를 녹슬게 하는 강이여,
바다에서 별들이 거부하는 어둠을 품은 별들의 강이여.

물려받은 권력의 강이여, 물속으로 들어가는 비명의 강이여,
포도밭을 물어뜯고 새로운 포도주를 예고하는 태풍의 강이여.

미친 감옥의 세계에서 전혀 훼손되지 않는 마음의 강이여,
우리를 격렬하게 지켜주오, 지평선의 꿀벌들의 친구여.

La Sorgue

Rivière trop tôt partie, d'une traite, sans compagnon,

Donne aux enfants de mon pays le visage de ta passion.

Rivière où l'éclair finit et où commence ma maison,

Qui roule aux marches d'oubli la rocaille de ma raison.

Rivière, en toi terre est frisson, soleil anxiété.

Que chaque pauvre dans sa nuit fasse son pain de ta moisson.

Rivière souvent punie, rivière à l'abandon.

Rivière des apprentis à la calleuse condition,

Il n'est vent qui ne fléchisse à la crête de tes sillons.

Rivière de l'âme vide, de la guenille et du soupçon,

Du vieux malheur qui se dévide, de l'ormeau, de la

compassion.

Rivière des farfelus, des fiévreux, des équarrisseurs,

Du soleil lâchant sa charrue pour s'acoquiner au menteur.

Rivière des meilleurs que soi, rivière des brouillards éclos,
De la lampe qui désaltère l'angoisse autour de son chapeau.

Rivière des égards au songe, rivière qui rouille le fer,
Où les étoiles ont cette ombre qu'elles refusent à la mer.

Rivière des pouvoirs transmis et du cri embouquant les eaux,
De l'ouragan qui mord la vigne et annonce le vin nouveau.

Rivière au coeur jamais détruit dans ce monde fou de prison,
Garde-nous violent et ami des abeilles de l'horizon.

❖

소르그 강은 샤르의 고향 릴르-쉬르-소르그L'Isle-sur-Sorgue에 흐르는 작은 강이다. 어린 시절부터 강을 보고 자라면서, 인생의 많은 시간을 강과 함께 보낸 시인에게 강은 특별한 의미를 갖는다. 이 시에서 시인은 인생의 동반자이자 믿음과 존경의 대상으로 강을 생각하는 듯, 친근하게 '돈호법Paostrophe'을 반복하면서 말한다. 모두 스물 한 개의 행으로 구성된 이 시는 7번째 행 "때로는 벌을 받기도 한 강이여, 버림받기도 한 강이여"를 제외하고는 모두 2행시distique로 전개된다. 그러므로 모두 10편의 2행시가 연속되었다고 할 수 있다.

첫 번째 2행시에서 시인은 강을 외로운 방랑자처럼 단호한 의지를 품고 여행을 떠나는 사람으로 묘사한다. 강은 고독을 겁내지 않는 용기 있고 결단력 있는 자유로운 존재와 같다. 이런 점에서 시인은 고향의 젊은이들이 모두 그의 모습을 본받기를 바라는 의미에서 "그대 열정의 얼굴 보여주"라고 말했을 것이다.

두 번째 2행시에서 "번개가 끝나고 시인의 집이 시작하는 곳"은 두려움이 느껴지는 번개가 멈추는 곳, 우리 집을 부각시키는 표현으로 해석될 수 있고, "망각의 계단에 이성의 조약돌을 굴리는 강"은 개인의 작은 이성을 잊고, 큰 이성을 생각하게 하는 강으로 해석될 수 있다.

　세 번째의 "대지는 전율이고 태양은 불안"이라는 구절은 땅이 보이는 하상河床에서 시인이 전율을 느끼고, 물에 비치는 태양의 모습에서 불안을 느낀다는 것을 의미한다. 또한 "어둠 속의 모든 가난한 사람들이 그대의 수확으로 양식을 만들기를" 바란다는 것은 강이 물질적인 양식을 제공하는 원천이 될 수 있다는 의미가 아니라, 정신적으로 가난한 사람에게 정신적인 양식을 가져다 줄 수 있다는 의미로 이해된다. 그 다음에 나오는 "때로는 벌을 받기도 한 강이여, 버림받기도 한 강이여"는 인간이 강과 같은 자연의 소중한 가치를 잊고, 자연을 착취하거나 훼손한 행위를 비판한 것이라고 볼 수 있다.

　네 번째의 "척박한 조건에 처한 견습공들의 강"은 소르그 강의 소박하고 검소한 모습에서 부유한 사람들의 친구가 아니라 가난한 사람들의 친구를 연상시킨다. 또한 "물결의 밭고랑 정점에서 굴복하지 않는 바람은 없었다"는 것은 소박한 옷차림 속에서 기개가 높고 담대한 정신이 느껴지는 사람을 떠올리게 한다. 여기서 "물결의 밭고랑"은 부지런한 농부가 밭고랑을 잘 일구듯이, 한결같이 긴장된 정신으로 열심히 일하는 사람과 다름없는 강의 모습을 말해준다.

　다섯 번째와 여섯 번째에서 '공허한 영혼', '남루한 옷', '의심', '불행', '광인들', '열병환자', '각목공들'은 사회의 하층민들,

의심이 많은 불행한 사람들, '공허한 영혼'의 소유자들이라는 공통점으로 연결된다. 이들에게 강은 의지가 되고 위로가 되는 존재일 수 있다. 그러나 "사기꾼과 어울려 놀기 위해 쟁기를 던져버린 태양의 강"이란 무엇일까? 이것은 '공허한 영혼'의 소유자가 "사기꾼과 어울려 놀기 위해 쟁기를 던져버린 태양"처럼 유혹에 빠질 수 있는 위험에 노출된다는 것을 의미하지 않을까?

일곱 번째의 "누구보다 더 좋은 사람들"이란 '공허한 영혼'이 아니라 이웃을 위해서 일하는 사람이고, 이웃의 "불안을 가라앉히는 램프"의 역할을 하는 사람들일 수 있다. 또한 여덟 번째의 강은 "꿈을 배려"할 만큼 상상력을 길러주는 강이자 일하는 사람들의 "쇠를 녹슬게" 할 만큼 휴식을 제공하는 강일 수 있고, 위험한 "어둠"과 희망의 빛 혹은 별을 동시에 품은 강일 수 있다. 아홉 번째의 강은 인간의 삶에 도움을 주는 힘과 권력의 존재로서, 태풍의 피해에도 '새로운 포도주'를 생산하는 데 기여하는 존재로 묘사된다.

열 번째 2행시에서 시인은 자유로운 영혼의 의지를 보이며, 강에게 적극적으로 자기와 공동체의 삶을 지켜달라고 호소하면서 공동체를 위해서 부지런히 일하는 꿀벌들이 자기와 같은 존재임을 말한다. 여기서 '지평선'은 자유의 정신을 상징한다. 그러므로 강이 자유를 억압하는 권력에 저항하는 사람들

편에서 '감옥'을 두려워하지 않는 자유로운 영혼을 지켜줄 것임은 분명해 보인다.

퐁주

Francis Ponge

굴

굵기가 보통의 조약돌만한 굴은 표면이 아주 꺼칠꺼칠하고, 색깔은 고르지 않으며 유난히도 희끄무레하다. 그건 고집스럽게 폐쇄적인 세계이다. 그렇지만 그것의 문을 열 수는 없다. 우선 굴을 행주의 오목한 곳에 쥐어서 이가 빠지고 좀 순수하지 못한 칼을 사용해서 여러 번 시도를 해야 한다. 호기심 많은 손가락은 베이거나 손톱이 부러질 수 있다. 그 일은 거친 작업이다. 여러 번 공격을 시도하다 보면 굴의 외관에 후광 같은 흔적을 남긴다.

굴의 내부에는 마실 수 있고, 먹을 수 있는 하나의 세계가 있다. (정확히 말하자면) 진주모의 창공 아래 우주의 상층부는 하층부 위에 내려앉아서 늪의 모양이 되거나 가장자리의 거무스레한 레이스의 술장식이 달린 부분에서 냄새와 시각을 자극하고 흘러나오다가 역류하기도 하는 끈적끈적하고 푸르스름한 작은 봉지의 모양을 이룬다.

때때로 아주 드물겠지만 진줏빛의 우주의 목구멍에 하나의 경구가 방울방울 맺히면 그것은 곧 아름다운 장식이 될 수도 있다.

L'huître

L'huitre, de la grosseur d'un galet moyen, est d'une apparence plus rugueuse, d'une couleur moins unie, brillamment blanchâtre. C'est un monde opiniâtrement clos. Portant on peut l'ouvrir : il faut alors la tenir au creux d'un torchon, se servir d'un couteau ébréché et peu franc, s'y reprendre à plusieurs fois. Les doigts curieux s'y coupent, s'y cassent les ongles : c'est un travail grossier. Les coups qu'on lui porte marquent son enveloppe de ronds blancs, d'une sorte de halos.

À l'intérieur l'on trouve tout un monde, à boire et à manger : sous un firmament (à proprement parler) de nacre, les cieux d'en dessus s'affaissent sur les cieux d'en dessous, pour ne plus former qu'une mare, un sachet visqueux et verdâtre, qui flue et reflue à l'odeur et à la vue, frangé d'une dentelle noirâtresur les bords.

Parfois très rarement une formule perle à leur gossier de nacre, d'où l'on trouve aussitôt à s'orner.

❖

퐁주는 사물의 시인으로 알려져 있다. 그의 유명한 시집 『사물의 편에서Parti pris des choses』는 사물에 대한 인간의 편견이나 고정관념을 버린 관점에서 씌어진 시들로 구성되어 있다. 그러나 시인이 사물의 편에서 사물을 관찰하거나 성찰한다고 해서, 인간의 삶을 외면하고 있지는 않다. 오히려 시인은 사물을 통해서 인간의 삶을 돌아본다고 할 수 있다.

이 시는 세 문단으로 구성된다. 첫 번째는 굳게 입을 닫은 굴의 외면을 묘사하고, 굴의 입을 여는 방법을 그린다. 두 번째는 굴을 열어서, 그것의 내부를 보여주고 세 번째는 굴의 내부에서 아주 드물게 발견되는 진주를 주제로 결론 같은 서술 방식을 취한다.

첫 문단에서 굴의 외양은 "고집스럽게 폐쇄적인 세계"로 묘사된다. 그것은 쇄국정책을 쓰는 나라처럼, 외부의 정보를 철저히 차단하고, 외국과의 교류에도 무관심한 것 같다. 그러나 주변의 강대국에서 먹잇감이 될 수 있는 그런 나라를 내버려둘 리 없다. '손가락이 베이고, 손톱이 부러지는' 위험을 무릅쓰고, 끊임없이 공격을 시도해서 결국 자기의 먹이로 만드는 것이다.

두 번째 문단에 나타난 굴의 내부는 하나의 우주와 같아서 하늘과 땅과 늪과 바다가 보인다. "흘러나오다가 역류하기도 하는 끈적끈적한" 액체는 밀물과 썰물이 반복되는 해안의 풍경을 연상시킨다.

세 번째 문단에서 특이한 것은 '경구formule'라는 명사이다. 이러한 표현이 특이한 것은 이것이 진주에 대한 비유이면서 인간에게 교훈을 주는 압축된 글쓰기의 표현 방식으로 이해되기 때문이다. 이런 점에서 경구는 글쓰기의 힘든 작업 끝에 거둘 수 있는 '진주'와 같은 성과를 암시한 것일 수 있다. 그렇다면 이 시는 시인의 글쓰기일 뿐 아니라 모든 예술가들의 끈질긴 탐구와 힘든 작업에 대한 알레고리로 해석될 수 있을 것이다.

빵

빵의 표현은 우선 거기에 나타난 거의 파노라마 같은 인상 때문에 경이롭다. 마치 누군가 자유롭게 손으로 알프스 산, 터키의 토루스 산, 안데스 산맥을 빚어놓은 것 같다.

그렇기 때문에 트림이 계속 나오고 있는 어떤 무정형의 덩어리가 우리를 위해서 별이 총총한 화덕 속으로 미끄러지듯 들어간 후에 단단해지면서 골짜기와 능선과 물결과 크레바스로 가공된다. 그때부터 나타난 매우 조밀하게 연결된 이 모든 평면의 형태들, 빛이 열심히 불길을 잠재운 이 얇은 판板들 속에 감춰진 비겁한 무기력에는 눈길 한 번 주지 않은 채.

우리가 빵의 속살이라고 부르는 이 느슨하고 차가운 하층토는 해면海綿의 조직 같은 것으로 되어 있어서, 나뭇잎이나 꽃들은 모든 팔꿈치가 동시에 맞대어 붙어 있는 기형 쌍생아 자매들과 같다. 빵이 눅눅해질 때 이 꽃들은 시들고 줄어든다. 그러면 꽃들은 분리되고, 덩어리는 부서지기 쉽게 되어……

그러나 이것을 부숴버리자. 왜냐하면 빵은 우리의 입에서 존경의 대상이 아니라 소비의 대상이 되어야 하기 때문이다.

Le pain

La surface du pain est merveilleuse d'abord à cause de cette impression quasi panoramique qu''elle donne : comme si l'on avait à sa disposition sous la main les Alpes, le Taurus ou la Cordillère des Andes.

Ainsi donc une masse amorphe en train d'éructer fut glissée pour nous dans le four stellaire, où durcissant elle s'est façonnée en vallées, crêtes, ondulations, crevasses... Et tous ces plans dès lors si nettement articulés, ces dalles minces où la lumière avec application couche ses feux, - sans un regard pour la mollesse ignoble sous-jacente.

Ce lâche et froid sous-sol que l'on nomme la mie a son tissu pareil à celui des éponges : feuilles ou fleurs y sont comme des sœurs siamoises soudées par tous les coudes à la fois. Lorsque le pain rassit ces fleurs fanent et se rétrécissent : elles se détachent alors les unes des autres, et la masse en devient friable...

Mais brisons-la : car le pain doit être dans notre bouche moins objet de respect que de consommation.

오늘날 서양이나 동양이나 빵은 인간에게 주식으로 자리잡은 것처럼 되었다. 이 빵을 시인은 처음 본다는 듯이 순진하면서도 시각으로 세밀히 묘사한다. 객관적이라기보다 몽상적이라고 할 수 있는 이러한 묘사를 통해 일상의 빵은 평범한 사물에서 경이로운 대상으로 변모하는 느낌을 준다. 네 문단으로 구성된 이 시는, 첫 문단에서 빵의 표면을, 두 번째에서는 빵이 구워지는 형태를, 그리고 세 번째에서는 껍질 속에 감춰 있는 속살을 비유적으로 그린다. 그러나 마지막 문단의 짧은 글을 마치 몽상의 흐름 속에서 깨어난 것처럼 대상의 묘사를 멈추고 "빵은 우리의 입에서 존경의 대상이 아니라 소비의 대상"임을 일깨워준다.

인간의 관점이 아니라 사물의 편에서 대상을 바라보는 퐁주는 모든 사물을 순진한 어린이의 시각에서 바라보거나 현미경으로 확대시켜놓은 것처럼 세밀하게 그린다. 그의 이러한 시적 의도는 사물을 이용하는 사람들의 습관이나 상투적인 시각을 벗어나기 위한 것이다. 그러므로 이 시의 첫 문장에서 '빵의 표면'이 '경이롭다'로 표현되는 것은, 우리 주변의 모든 사물이나 세계를 새롭게 바라보고 경탄하는 마음을 가져야 한다는 시인의 주장이 반영되어 있기 때문이다. 이런 점에서 시인은 상상력을 중요시하는 초현실주의의 주장에 공감하는 것처럼 보인다. 빵의 "파노라마 같은 인상"에서 "알프스 산, 터키의 토루스 산, 안데스 산맥"을 연상할 수 있는 것은 상상력을 가진 사람만이 누릴 수 있는 즐거움이다.

이 시의 두 번째 문단은 빵을 만드는 사람이 밀가루를 반죽해서 덩어리로 만들어 화덕에 집어넣고, 화덕에서 빵이 만들어지는 과정을 보여준다. 또한 "트림이 계속 나오고 있는 어떤 무정형의 덩어리"는 화덕의 열기와 효모의 작용으로 빵이 부풀어 오르는 장면을 나타낸다. "별이 총총한 화덕"은 천지창조의 우주와 같다. "골짜기와 능선과 물결과 크레바스" 등이 만들어지기 때문이다. 시인의 시선은 이제 빵의 표면에서 내면으로, 껍질에서 속살로 이동한다. 이 과정에서 빛은 "속에" 감춰진 비겁한 무기력에는 눈길 한 번 주지 않은 채, "열심히 불길을 잠재운" 것으로 찬미의 대상이 되는 반면, '빵의 속살'은 무기력하면서 "느슨하고 차가운" 것으로 폄하된다. 이것은 또한 해면의 조직과 같은 것을 갖고 있는 것으로 비유되고, 꽃과 나뭇잎처럼 식물적 세계의 요소로 표현된다.

마지막 연에서 시인은 "빵이 우리의 입에서 존경의 대상이 아니라 소비의 대상이 되어야 한다"는 것을 강조한다. 잘 알려져 있듯이, 오랜 기독교 문화에서 빵은 '미사용 빵'이나 '성체의 빵'처럼 신성시되었고, '생명의 빵'은 그리스도의 가르침을 의미하는 것이었다. 시인은 이러한 빵의 정신적 양식의 의미를 이해한 듯, 빵에 대한 편견을 배제하고 의식적으로 빵이 소비의 대상임을 일깨운다.

미쇼

Henri Michaux

태평한 사람

침대 밖으로 손을 뻗다가, 플룸은 벽이 만져지지 않는 것을 보고 깜짝 놀랐다. "이런, 개미들이 벽을 파먹었나……" 이렇게 생각하면서 그는 다시 잠들었다.

얼마 후에, 그의 아내가 그를 붙잡고 흔들었다. "이것 봐요, 게으름뱅이야! 당신이 잠에 빠져 있는 동안, 누가 우리 집을 훔쳐가 버렸어." 실제로 사방에 노천이 그대로 드러나 있었다. "말도 안 돼, 하지만 이미 끝나버린 일인걸." 그는 이렇게 생각했다.

얼마 후에, 소리가 들려왔다. 그들을 향해 전속력으로 기차가 달려오는 것이었다. "저렇게 빠른 속도로 오면, 분명히 우리가 움직이기도 전에 지나가버리겠지" 하면서 그는 다시 잠들었다.

그리고 나서 추위 때문에 그는 잠에서 깨어났다. 온몸이 피에 젖어 있었다. 여러 토막으로 절단된 아내의 몸이 그의 옆에 누워 있었다. "불쾌한 일들이 계속 피범벅으로 일어나다니. 기차가 지나가지만 않았다면 나는 아주 행복했을 텐데. 그렇지만 이미 기차가 지나간 이상……" 이렇게 생각하면서 그는 다시 잠들었다.

— 재판관이 물었다. "아니 피고의 아내가 옆에서 누워 자다가 여덟 토막으로 절단되어 죽었는데, 아무런 예방 조처도 취하지 않고, 사건의 심각성도 모르고 있었다는 것을 어떻게 설명할 수 있겠소. 참 알 수 없는 일이군. 사건의 핵심은 바로 그 점이요."

— 그 와중에 내가 아내를 도울 수가 없지. 플륨은 이렇게 생각하며 다시 잠들었다.

— 내일 사형 집행이 있을 것이오. 피고는 덧붙여 말할 것이 있습니까?

— "미안하지만, 저는 이 사건에 관심을 갖지 않았습니다." 그는 이렇게 말하고, 다시 잠들었다.

UN HOMME PAISIBLE

Etendant les mains hors du lit, Plume fut étonné de ne pas rencontrer le mur. « Tiens, pensa-t-il, les fourmis l'auront mangé... » et il se rendormit.

Peu après, sa femme l'attrapa et le secoua : « Regarde, dit-elle, fainéant! Pendant que tu étais occupé à dormir, on nous a volé notre maison. » En effet, un ciel intact s'étendait de tous côtés. « Bah, la chose est faite », pensa-t-il.

Peu après, un bruit se fit entendre. C'était un train qui arrivait sur eux à toute allure. « De l'air pressé qu'il a, pensa-t-il, il arrivera sûrement avant nous » et il se rendormit.

Ensuite, le froid le réveilla. Il était tout trempé de sang. Quelques morceaux de sa femme gisaient près de lui. « Avec le sang, pensa-t-il, surgissent toujours quantité de désagréments ; si ce train pouvait n'être pas passé, j'en serais fort heureux. Mais puisqu'il est déjà passé... » et il se rendormit.

— Voyons, disait le juge, comment expliquez-vous que votre ferrime se soit blessée au point qi'on l'ait trouvée partagée en huit morceaux, sans que vous, qui étiez à côté, ayez pu faire un geste pour l'en empêcher, sans même vous en être aperçu. Voilà *le mystére. Toute l'affaire est là-dedans.*

— Sur ce chemin, je ne peux pas l'aider, pensa Plume, et il se rendormit.

— L'exécution aura lieu demain. Accusé, avez-vous quelque chose à ajouter?

— Excusez-moi, dit-il, je n'ai pas suivi l'affaire. Et il se rendormit.

❖

앙리 미쇼는 20세기의 모든 폭력적 현실에 대해서 시의 언어로 저항한 시인이다. 그에게 언어는 자신을 방어하고, 인간의 자존심을 지켜주면서, 비인간적 세계를 공격할 수 있는 최상의 무기이다. 그렇기 때문에 그의 언어는 현실을 모방하는 순응적 언어가 아니라, 현실과 맞서 싸우는 공격적 언어이다. 그것은 그의 특이한 시적 언어로 나타나기도 하고, 현실의 논리를 파괴하는 이야기로 표현되기도 한다.

「태평한 사람」은 그의 산문 시집 『플륌이라는 사람un certain Plume』에 실린 첫 번째 시이다. 이 시집은 플륌이라는 인물이 겪는 온갖 이상한 사건들의 에피소드를 연작의 형태로 모은 것이다. 가령 「플륌은 손가락이 아팠다」에서는 플륌이 손가락이 아파서 병원에 갔는데, 의사는 치료하려고 하지 않고, 10개의 손가락이 모두 필요한 것은 아닐 테니까 손가락 하나쯤 절단해버리자고 말한다. 또한 「천장 위의 플륌」은 땅 위를 걸어다니지 않고 천장 위를 거꾸로 걸어다니는 플륌의 이야기이다.

이처럼 기이하고 황당무계한 사건의 주인공인 플륌은 어떤 인물일까? 플륌은 깃털을 의미한다. 우리는 흔히 어떤 사건의 핵심 인물을 '몸통'이라고 말하고, 그의 하수인을 '깃털'이라고 표현한다. 입으로 불어도 날아갈 것처럼 가볍고 유동적인 '깃털'의 이미지는 시인에게 현대 사회에서 주체성을 상실한 비주체적 인간이자, 하나의 부속품으로 전락한 인간을 상징한다.

「태평한 사람」의 플륨은 아내가 옆에 누워 자다가 기차에 치여 여덟 토막으로 절단되어 죽었는데도 아무 일 없었다는 듯이 잠만 잔다. 그는 잠자는 일이 유일하게 자신이 할 수 있는 가치 있는 일처럼 생각하는 듯하다.

그는 아내의 존재에도 관심 없고, 자신의 삶에도 주체적인 입장을 취하지 않는다. 아내를 돌보지 않았다는 이유로 사형을 받게 되었어도 그는 재판장에게 "미안하지만, 저는 이 사건에 관심을 기울이지 않았습니다"라고 말할 뿐, 계속 잠을 자려고 한다. 이러한 그의 잠은 누적된 피로의 상태에서 자신의 원기를 회복하려는 잠도 아니고, 내일을 준비하기 위한 잠도 아니다. 그의 잠은 오직 삶을 부정하기 위한 잠이다. 그렇기 때문에 그것은 꿈이 없는 잠이고, 인간이기를 거부한 잠이다. 그는 잠을 자면서 세계를 외면하고 세계로부터 도피하려는 것이다.

『이방인』의 주인공 뫼르소가 사회의 관습을 어긴 이방인처럼 행동했기 때문에 사형을 받고 죽음을 수락함으로써 사회에 반항했듯이, 플륨은 잠을 통해서 사회에 저항했다고 해석할 수 있다. 이런 관점에서 본다면 그는 나약한 사람이 아니라 오히려 강인한 사람일 수 있고, 부조리한 상황의 희생자이자, 비인간적 사회에 대한 고발자의 역할을 수행한 사람일지 모른다. 잠에서 깨어난 순간, 그의 눈에 보이는 현실은 끔찍한 재난이거나 그를 이해하지 못하는 사람들의 비난과 야유밖에 없다. 플륨의 이처럼 불쌍하고 비인간적인 모습을 통해, 시인은 삶의 의미를 알지 못하고, 삶에 대한 진정한 의식 없이 깨어 있는 삶은 죽음이라는 것, 그리고 그 죽음의 현실에 저항하는 방법은 적극적인 삶의 의지가 아니라 죽음의 수락이라는 것을 역설적으로 표현한다.

프레베르

Jacques Prévert

내 사랑 너를 위해

새 시장에 갔네
그리고 새를 샀지
내 사랑
너를 위해

꽃 시장에 갔네
그리고 꽃을 샀지
내 사랑
너를 위해

철물시장에 갔네
그리고 쇠사슬을 샀지
무거운 쇠사슬을
내 사랑
너를 위해

그 다음 노예시장에 갔네
그리고 너를 찾아 헤맸지만
너를 찾지 못했네
내 사랑아

POUR TOI MON AMOUR

Je suis allé au marché aux oiseaux

Et j'ai acheté des oiseaux

Pour toi

mon amour

Je suis allé au marché aux fleurs

Et j'ai acheté des fleurs

Pour toi

mon amour

Je suis allé au marché à la ferraille

Et j'ai acheté des chaînes

De lourdes chaînes

Pour toi

mon amour

Et puis je suis allé au marché aux esclaves

Et je t'ai cherchée

Mais je ne t'ai pas trouvée

mon amour

프레베르의 『장례식에 가는 달팽이들의 노래』에서 나는 이 시에 대한 해설을 이렇게 썼다. "프레베르의 시에서 사랑은 자유와 동의어이다. 연인들이 서로가 상대편의 자유를 인정하고, 자유의 권리를 존중해야만 사랑이 지속될 수 있다. 사랑하는 사람들이 서로의 자유를 인정하지 않을 때, 혹은 상대편의 자유를 속박하고, 사랑이란 이름으로 상대편을 소유하려는 욕망에 사로잡힐 때, 사랑은 떠나기 마련이다. 그러나 사람들은 종종 이러한 사랑의 진실을 잊어버린다. 사랑의 관계에서 사랑하는 사람을 새가 아닌 꽃으로, 꽃이 아닌 쇠사슬로, 쇠사슬이 아닌 노예로 소유하려는 욕망의 변화는 시간이 갈수록 변질되어버리는 사랑의 추악한 모습일 것이다."

그러나 언제부터인지는 모르겠지만, 이러한 해석에 덧붙여서, 나는 이 시를 권력의 본질과 권력의 접근법이라는 관점에서 읽게 되었다. 권력의 본질은 대상이 되는 사람들을 사물처럼 이용하거나 노예처럼 소유하려는 것이며, 그러한 목적을 위해서 권력은 자신의 의도를 감추고 부드러운 손길과 사랑의 언어로 위장한 채 대상에 접근하기 때문이다. 권력은 자기의 제안과 권유가 아무리 이기적인 욕망에서 비롯된 것이라도 절대로 '나를 위해서'라고 말하지 않고 '내 사랑 너를 위해서'라는 화법을 사용한다. 이 시를 이처럼 권력의 주제로 이해한다면, 마지막 연聯에서 '노예시장'에 가서 너를 찾았지만, 찾지 못했다는 것을 어떻게 해석할 수 있을까? '너'를 찾지 못했다는 것은 권력의 의도가 성공할 수 없었다는 의미일 것이다. 이런 점에서 권력의 의도가 실패한 것이라면 권력의 의도를 실패하게 만든 원인은 무엇일까? 권력에 대항할 수 있는 것은 사랑의 힘일까? 아니면 주체의 힘일까?

푸코는 "권력은 도처에 있다"고 말한다. 그만큼 현대인은 권력으로부터 자유로울 수 없는 것이 사실이다. 그렇다면 권력의 그물망으로부터 벗어날 수 있는 방법은 어떻게 가능할까? 푸코는 무엇보다 권력관계에 종속되지 않는 주체적 삶의 의지를 갖출 것을 제안한다. 물론 이것은 쉽게 이루어질 수 없다. 주체적 삶의 의지를 갖기 위해서는 강인한 노력과 연습의 과정이 필요하다. 그러한 의지를 갖는 사람은 권력관계에 놓여 있더라도 주체적으로 자신의 상황을 의식하고 정신적인 자유와 독립을 추구할 수 있다. 또한 권력에 대한 올바른 판단력이 요구되기도 한다. 이런 점에서 우선 정당한 권력과 부정한 권력을 구분하는 안목이 있어야 할 것이다. 어떤 입장이라도 부정한 권력을 거부해야 함은 물론 정당한 권력 혹은 착한 권력이라도 어느 순간 나쁜 권력이 될 수 있다는 것을 알아야 한다. 그것은 권력의 속성이기도 하고, 권력의 조건이 권력을 그렇게 만들기 때문이다. 그러므로 우리는 잠시라도 권력을 이용하려는 생각을 품어서도 안 되고, 권력에 예속되어서 안일함을 즐겨서도 안 된다.

권력의 유혹에 굴복할 경우, 얻는 것보다 잃는 것이 훨씬 많다는 것을 나는 프레베르의 「절망은 벤치 위에 앉아 있다」의 마지막 구절을 인용해서 말하고 싶다. 이 시의 앞부분은 절망을 걸인이나 노숙자처럼 의인화시켜서, 벤치 위에 앉아 있는 절망이 아무리 손짓을 해서 부를지라도, 그를 쳐다보고, 그의 말에 귀를 기울여서는 안 된다는 것을 강조한다. 만일 마음이 약해지거나 방심한 상태에서 그의 부름에 응하고, 그의 자리에 앉아 있게 되면, 어떤 일이 발생할까? "이제 다시는 저 아이들처럼 / 뛰어놀 수 없고", "이제 다시는 저 행인들처럼 / 아무 일도 없이 / 지나갈 수 없다는 것을", "이제 다시는 저 새들처럼 / 이 나무에서 저 나무로 / 날아다닐 수 없다는 것을". 이 시구처럼 절망은 결국 자유를 잃어버리게 하고, 인간을 타락하게 만든다. 나는 절망의 자리에 권력을 앉혀서, "권력은 벤치 위에 앉아 있다"라고 읽어본다. 권력은 절망과 마찬가지로 인간의 자유를 잃게 하는 것이기 때문이다. 인간과 자유는 동의어이다. 자유를 잃고, 인간성을 상실하면, 인간은 결국 인간이기를 포기한 상태이므로 죽음이나 다름없는 것이다. [2019]

열등생

그는 머리로는 아니라고 말하지만

가슴으로는 그렇다고 말한다

그는 자기가 좋아하는 것에는 그렇다고 말하지만

선생님에게는 아니라고 말한다

그가 자리에서 일어서자

선생님이 질문을 한다

온갖 질문이 쏟아졌지만

갑자기 그는 폭소를 터뜨린다

그러고는 모든 것을 지워버린다

숫자도 단어도

날짜도 이름도

문장도 질문의 함정도

교사의 위협에도 불구하고

우등생 아이들의 야유를 받으면서도

온갖 색깔의 분필을 들고

불행의 검은색 칠판 위에

행복의 얼굴을 그린다.

LE CANCRE

Il dit non avec la tête

mais il dit oui avec le coeur

il dit oui à ce qu'il aime

il dit non au professeur

il est debout

on le questionne

et tous les problèmes sont posés

soudain le fou rire le prend

et il efface tout

les chiffres et les mots

les dates et les noms

les phrases et les pièges

et malgré les menaces du maître

sous les huées des enfants prodiges

avec les craies de toutes les couleurs

sur le tableau noir du malheur

il dessine le visage du bonheur.

이 시의 첫 행에서 "머리로는 아니라고 말한다"는 것은 선생님의 질문에 동의하는 것이 아니라 부정하는 대답을 하기 위해 학생이 머리를 흔드는 것을 의미한다. 머리는 환유적인 의미에서 가슴이나 마음과는 대립적이다. 그러나 머리로 말하는 '아니다non'의 뜻은 모호하다. 교사의 질문에 대한 대답으로서의 '아니다'일 수 있고, 대답을 거부하는 의미에서 '아니다'일 수도 있기 때문이다. 프레베르는 학교와 교사를 긍정적으로 표현하지 않는다. 학생들의 자유를 인정하지 않는 학교는 대체로 억압적 사회의 상징으로 나타나고, 교사는 존경받는 인물이 아니다. 이 시의 여섯 번째 행에서 선생님이라고 번역한 단어가 원문에서 존경하는 선생님이 아닌 일반적인 사람들을 뜻하는 on으로 표현되는 것은 그런 의미에서이다. 또한 교실의 칠판은 불행을 의미하는 '검은색'으로 되어 있다. 그 위에 '온갖 색깔의 분필을 들고' '행복의 얼굴을 그림'으로써 화자가 열등생의 시각으로 어린아이다운 반항심을 표현하는 반전의 화법은 매우 유쾌하다. 그런데 언제부터인지는 모르지만, 프랑스의 초등학교 선생님들이 이 시를 포함하여 학교를 비판적으로 그린 프레베르의 시를 학생들에게 많이 읽게 하는 이유는 무엇일까?

깨어진 거울

쉬지 않고 노래 부르던 키 작은 남자

내 머릿속에서 춤추던 키 작은 남자

청춘의 키 작은 남자의

구두끈이 끊어졌네

축제의 모든 가건물이

갑자기 무너졌네

그 축제의 침묵 속에서

그 머리의 사막 속에서

그대의 행복한 목소리

그대의 아프고 연약한

순진하고 비통한 목소리가

멀리서 나를 부르며 다가왔네

나는 가슴에 손을 얹었네

가슴에는 별이 반짝이는 그대의 웃음이

일곱 조각으로 깨어져 피투성이가 되어 흔들리고 있었네.

LE MIROIR BRISÉ

Le petit homme qui chantait sans cesse

le petit homme qui dansait dans ma tête

le petit homme de la jeunesse

a cassé son lacet de soulier

et toutes les baraques de la fête

tout d'un coup se sont écroulées

et dans le silence de cette fête

dans le désert de cette fête

j'ai entendu ta voix heureuse

ta voix déchirée et fragile

enfantine et désolée

venant de loin et qui m'appelait

et j'ai mis ma main sur mon coeur

où remuaient

ensanglantés

les septs éclats de glace de ton rire étoilé.

❖

　프레베르의 시에서 어린이가 긍정과 희망의 존재로 그려지
듯이 어린 시절l'enfance은 대체로 축복과 찬미의 주제로 나타난
다. 사람은 누구나 어린 시절이 하나의 왕국이고, 자신이 어린
왕자였던 추억을 갖기 마련이다. 그러나 성장 과정에서 어느
순간 그 행복했던 어린 시절을 잃어버린다. 이 시에서 잃어버
린 어린 시절은 "청춘의 키 작은 남자"로 은유되고, 어린 시절
이 끝나는 때는 웃음의 거울이 깨어진 순간으로 표현된다. 일
반적으로 '어린 시절'은 유년 시절이나 소년 시절을 의미한다.
그 시절의 나이를 정신적인 나이로 이해한다면, 사람마다 그
나이의 시간은 다를 것이다. 19세기의 프랑스 시인 보들레르
는 자신의 '어린 시절'이 자신과 일체감을 갖고 있었던 어머니
가 그를 기숙학교에 보내고 어떤 군인과 재혼하면서 견딜 수
없는 배반감을 갖게 되었을 때라고 말한다. 그때 그의 나이는
일곱 살이었다.

　비평가 롤랑 바르트의 예를 들어보자. 그는 해군 장교였던
아버지가 1차 세계대전 때 독일군의 폭격으로 전사한 이후 어
머니와 둘이서 남프랑스의 베욘느Bayonne에 있는 조부모 집에
서 살다가 아홉 살 때쯤 어머니를 따라서 파리로 이사했다고
한다. 혼자서 살림을 꾸려가느라 어머니는 파리 교외의 작업

실에서 미술책 제본 일을 한다. 친구도 없이 외톨이로 지내던 어린 바르트는 어머니가 시외버스를 타고 직장에서 돌아올 때쯤, 버스정류장에서 어머니를 기다리곤 했다. 그러던 어머니가 직장에서 어떤 유부남과 사랑에 빠져 재혼을 하지도 않은 채 동생을 갖게 되었다. 그것을 알게 된 어린 바르트의 충격은 어떤 것이었을까? 바르트의 유년 혹은 어린 시절은 그때까지였다고 한다. 이제 그는 혼자서 자신의 일에 대해 전적으로 책임을 져야 하는 청년으로 살아가야 했기 때문이다.(티파인 사마요, 『롤랑 바르트』, 쇠이유 출판사, 2015 참조)

그렇다면 가족관계가 원만했던 프레베르의 어린 시절은 행복했을까? 분명한 것은 「어린 시절」이라는 시에서 알 수 있듯이 "어린 시절의 시간에 지구는 돌지 않고 / 새들은 더 이상 노래 부르지 않고 / 태양은 빛나지 않으며 / 모든 풍경은 얼어붙은" 슬픈 시간들뿐이라는 사실이다. 물론 프레베르에게도 행복한 어린 시절이 있었을 것이다. 그러나 그가 자신의 어린 시절을 추억하거나 그리워한 적은 별로 없다.

바르바라

기억하라 바르바라여

그날 브레스트에는 끊임없이 비가 내리고 있었지

그리고 너는 미소를 지으며

환한 얼굴로 비에 젖은 채

기쁨에 가득 차 빗속을 걷고 있었지

기억하라 바르바라여

브레스트에는 끊임없이 비가 내리고 있었지

시암로에서 너와 마주쳤을 때

너는 웃고 있었지

그래서 나도 웃었지

기억하라 바르바라여

내가 알지 못했던 너

나를 알지 못했던 너

기억하라 바르바라여

그래도 그날을

기억하라 바르바라여

잊지 않겠지

어느 집 처마 밑에서 비를 피하던 한 남자를

그가 너의 이름을 불렀지

바르바라

그러자 너는 비를 맞으며 그를 향해 달려갔지

비에 젖은 채 밝은 빛으로 기쁨에 가득 차

그리고 너는 그의 품에 뛰어들었지

기억하라 그것을 바르바라여

내가 너에게 반말을 한다고 기분 나빠 하지는 않겠지

나는 내가 사랑하는 모든 사람을 '너'라고 부른다

내가 그들을 한 번밖에 본 적이 없다 해도

나는 서로 사랑하는 모든 애인들을 '너'라고 부른다

내가 그들을 모른다고 해도

기억하라 바르바라여

잊지 않겠지

너의 행복한 얼굴 위에

행복한 그 도시 위에 내리던

얌전하고 행복한 비를

바다 위에

해군기지 위에

웨상의 선박 위에 내리던 비를

오 바르바라

전쟁이란 얼마나 어리석은 짓인가

그 무쇠의 빗속에서

피의 강철의 불의 빗속에서

지금 너는 어떻게 되었니

그리고 사랑스럽게

두 팔로 너를 끌어안던 그 사람은

그는 죽었을까 실종되었을까 아직 살아 있을까

오 바르바라

지금도 브레스트에는 옛날처럼 끊임없이

비가 내리지만

이제는 옛날 같지 않고 모든 것이 망가졌지

이 비는 무섭고도 황량한 죽음의 비

이 비는 이제 피의 강철의 무쇠의

폭풍우의 비도 아니지

다만 브레스트에 내리는 빗물을 따라

사라지는 개들처럼 죽는 구름일 뿐

브레스트에서 아주 멀리 떠나

죽어 썩으면 아무것도 남지 않는 개들처럼.

BARBARA

Rappelle-toi Barbara

Il pleuvait sans cesse sur Brest ce jour-là

Et tu marchais souriante

Épanouie ravie ruisselante

Sous la pluie

Rappelle-toi Barbara

Il pleuvait sans cesse sur Brest

Et je t'ai croisée rue de Siam

Tu souriais

Et moi je souriais de même

Rappelle-toi Barbara

Toi que je ne connaissais pas

Toi qui ne me connaissais pas

Rappelle-toi

Rappelle-toi quand même ce jour-là

N'oublie pas

Un homme sous un porche s'abritait

Et il a crié ton nom

Barbara

Et tu as couru vers lui sous la pluie

Ruisselante ravie épanouie

Et tu t'es jetée dans ses bras

Rappelle-toi cela Barbara

Et ne m'en veux pas si je te tutoie

Je dis tu à tous ceux que j'aime

Même si je ne les ai vus qu'une seule fois

Je dis tu à tous ceux qui s'aiment

Même si je ne les connais pas

Rappelle-toi Barbara

N'oublie pas

Cette pluie sage et heureuse

Sur ton visage heureux

Sur cette ville heureuse

Cette pluie sur la mer

Sur l'arsenal

Sur le bateau d'Ouessant

Oh Barbara

Quelle connerie la guerre

Qu'es-tu devenue maintenant

Sous cette pluie de fer

De feu d'acier de sang

Et celui qui te serrait dans ses bras

Amoureusement

Est-il mort disparu ou bien encore vivant

Oh Barbara

Il pleut sans cesse sur Brest

Comme il pleuvait avant

Mais ce n'est plus pareil et tout est abimé

C'est une pluie de deuil terrible et désolée

Ce n'est même plus l'orage

De fer d'acier de sang

Tout simplement des nuages

Qui crèvent comme des chiens

Des chiens qui disparaissent

Au fil de l'eau sur Brest

Et vont pourrir au loin

Au loin très loin de Brest

Dont il ne reste rien.

❖

전쟁에 대한 분노의 외침을 담은 프레베르의 이 시는, 2차 세계대전이 끝나기 전 1944년 말에 쓴 것으로 알려져 있다. 그는 전쟁이 일어나기 전 1939년 가을, 브레스트에 머물고 있었다. 이 도시에 있는 해군기지의 전략적 중요성 때문에 독일군이 이 도시를 침공한 것은 1940년 6월 18일이다. 독일군이 이 항구도시를 점령한 4년 동안 이곳은 연합군의 끊임없는 폭격 대상이 되고, 도시의 많은 건물들이 파괴될 수밖에 없었다. 프레베르는 전쟁 이전이나 이후에도 브레스트와 웨상에 자주 갔고, 그곳에서 '바르바라'라는 이름을 자주 들었다고 말한다. '바르바라'는 시인이 알고 있는 어떤 특정한 여자의 이름이 아니라, 프랑스의 어느 곳에서라도 볼 수 있고, 물을 수 있는 이름이라는 것이다.

이 시의 서두에서 "브레스트에 끊임없이 내리던" 비는 후반부에서 야만적인 전쟁의 폭탄 투하의 비로 바뀌고, 결국 모든 것을 썩게 만드는 비로 끝난다. 그러니까 비는 먼 과거의 행복한 비에서 가까운 과거의 야만적인 비를 거쳐, 글 쓰는 화자의 현재 시점과 일치하는 황량한 죽음의 비로 변주되는 것이다. 초반부의 '행복한 비'가 내리는 장면에서 사랑하는 연인들이 "환한 얼굴로 비에 젖은 채 기쁨에 가득 찬" 모습으로 걷는 모습이 매우 인상적이다. 시인은 모든 연인들을 '너'라고 부른다면서, 사랑하는 사람들과의 동지애적 연대감을 표명하는데, 이것은 「절망은 벤치 위에 앉아 있다」에 나오는, 고통스럽고 절망하는 사람들과의 공감의식과 일치한다.

스승, 선배,
친구에 관하여

김붕구 선생님과 '연구실 귀신'

    김붕구 선생님을 생각하면 1960년대 후반과 1970년대 전반, 동숭동 서울대학교 시절의 고색창연한 동부 연구실 건물과 그 건물의 중앙문을 들어설 때 오른쪽으로 길게 뻗어 있는 복도의 끝 방, 선생님의 연구실이 먼저 떠오른다. 천장이 높고 조명등이 밝지 않았을 뿐 아니라 그을린 흔적의 벽과 짙은 밤색 책장, 빛바랜 책들 때문에 창이 여러 개 있어도 대체로 어두운 느낌을 주던 그 연구실에서 선생님은 '연구실 귀신'처럼 늘 책상 앞에 앉아 책을 읽거나 글을 쓰셨다. 선생님은 당신처럼 매일같이 연구실에 나오는 동료 교수들을 '전우戰友'라고 생각한다면서 '연구실 귀신들'이라고 자조 섞인 농담을 하셨다. 명절이건, 일요일이건 상관하지 않고, 거의 매일같이 연구실에 출근하셨던 선생님은 연구실을 집처럼 생각하며 지내신 분이다. 이처럼 선생님의 '연구실 귀신' 같은 생활은 매우 기이하고 신비로워 보이기도 한다. 그때와 달리 시대가 바뀌고 생활 방식도 변화한 요즈음 세상에서 만일 어떤 교수가 선생님처럼 그렇게 지낸다면, 그가 아무리 연구에 대한 열정이 많더라도 그는 이혼을 당하거나 집에서 쫓겨났을 것이다.

선생님은 스스로를 "못나고 못된 가장"이라고 하시면서도 그 동부 연구실을 집이나 가족보다 더 아끼고 지내시는 것처럼 보였다. 그곳이 구식 건물이라 복도는 땅굴처럼 어둡고 실내도 침침하고 습기가 느껴진다 해도 선생님은 연구실에 들어서면 마음이 가라앉아 이 세상 어느 곳보다도 편안하고 아늑하다는 말씀을 자주 하셨다. 선풍기도 제대로 없던 한여름에는 가끔 부채질을 하면서 러닝셔츠 바람으로 책상 앞에 앉아 계시기도 했고, 한겨울에는 스팀이 들어오지 않아 조개탄을 때는 난로에 의존하면서도, 엉성한 창틈으로 스며드는 추위나 냉기에도 불구하고 선생님은 아랑곳하지 않고 일에 몰두하셨다. 그러한 선생님의 한결같은 연구자의 모습은 제자들에게 학문하는 자세의 올곧음과 결연함을 일깨워준다.

저녁때는 대체로 적지 않은 양의 술을 드시면서 세속적이고 이해타산적인 현실을 잠시나마 잊으려 했지만 다음 날 아침에는 9시 이전에 어김없이 출근하셨다. 서울대학교가 관악산으로 이전한다고 했을 때, 선생님은 무엇보다 동숭동 연구실과 그 연구실을 중심으로 형성된 삶의 리듬이 깨어지는 것을 염려하셨다. 그 당시 관악산의 새로운 캠퍼스가 아무리 웅활하고 쾌적하거나 건물이 현대적이고 편리해질 수 있다 하더라도, 왠지 그곳이 낯설고 살벌하게 느껴진다고 말씀하셨던 것은 바로 동숭동 연구실에 대한 애정의 다른 표현일 뿐이었다. 결국 관악산으로 이사한 다음에는 그 현실을 받아들이면서 선생님은 곧 그 관악산 캠퍼스와 사귀고 정을 트는 일에 남다른 노력을 기울이셨다. 사람과 사람 사이 혹은 사람과 사물 사이의 참된 관계란 오래 사귀면서 정이 들고 서로 '길들여'져야 한다는 것이 선생님의 지론이다.

나와 남 사이에 교감이 이루어지려면, 오래 두고두고 사귀어야 한다. 우정의 녹음이란 결코 하루이틀에 우거지지 않는 법이다. 우선 서로 길들여야apprivoiser한다. 서로 낯을 익히고, 서로 무명無名의 마스크를 벗고, 딴 '뭇' 사람의 무더기 속에서 상대방이 나를 구별해주도록 서로 접근하며 내 가슴을 열어 보여야 한다. 새나 짐승을 길들이는 경우와 마찬가지다. 길들이면 호랑이도 양이 될 수 있다. 너무나 평범한 얘기지만, 생각하면 이것도 기적의 하나다.

—『현실과 문학의 비원』

선생님은 인간관계에서건 사물과의 관계에서건 이처럼 '길들이는' 정성과 세심함을 보이셨는데, 그것은 겉으로 보이는 선생님의 엄정하고 대범한 풍모와는 다른 모습이었다. 평소에 별로 말씀이 없으셨던 선생님은 다른 교수들과의 대화에서도 일상적이고 세속적인 화제에는 별로 관심을 보이지 않았다. 그만큼 고고하면서도 강직하고 무뚝뚝해 보이는 선생님이지만 특유의 인간적 풍모와 남성적인 애정의 표현은 남다른 바가 있었다. 워낙 좋고 싫음이 분명하고, 주관적 열정이 강하면서 가치 판단에는 엄격한 분이었지만, 일단 좋아하는 대상에 대해서 기울이는 애정이나 '길들이는' 정성은 넉넉하면서 지속적이었다. 필자가 선생님의 제자로서 입은 은혜를 돌아보면, 그것은 자상하거나 섬세한 배려와는 달리 크고 넓으면서도 확실한 것이었다고 생각된다.

선생님은 1922년 황해도 옹진에서 태어나서 해주에서 중학교를 다녔고 일본에 잠시 유학하였다가 8·15해방과 더불어 귀국하여 해주중학교에서 첫 교편을 잡던 중, 월남하여 서울대에 편입하였다. 처음에는 국문학과에 들어갔다가 곧 불문학의 크고 넓은 세계에 매료되어 전공을 바꾸게 되었다. 또한 일본 유학 때에는 넉넉하지 못한 학자금으로 고생을 하면서 야간에 노동을 하는 고학생으로 온갖 역경 속에서 공부를 했다고 한다.

오직 불문학에 대한 열정만으로 건강을 돌보지 않고 공부에 몰두하여 그때 얻은 만성 위장병은 선생님의 오랜 지병이 되어 1960년대 말 강의실에서 위장 출혈로 쓰러져 위의 반 이상을 절단하는 수술을 받기도 했다. 선생님은 체구가 마르고 강단이 있어 보이긴 했지만, 해주중학교 교사 시절만 하더라도 '로댕의 발자크 상을 연상시키는 황소 같은 체구' 때문에 그때의 교장선생님에게서 '발자크'라는 별명을 얻을 정도였다. 그런데 "서울대 1년을 연명하고 보니 발자크는 간데없고 빼빼 마른 프루스트가 살아남게 되었다"는 것이다. 그 후 전쟁의 소용돌이 속에서 삼팔선을 두세 번이나 넘나드는 고초를 겪으면서도 문학에 대한 열정은 오히려 더 증폭되었다고 한다. 그만큼 문학은 선생님께 가난과 불행 같은 모든 악조건을 이겨낼 수 있는 힘이었고, 삶을 더 깊이 있게 아는 방법이기도 했다.

선생님의 학문적 태도에 대해서는 오랜 친구인 영문학과 황찬호 선생님이 『불문학 산고』에 쓴 다음과 같은 발문에 잘 표현되어 있다.

"적어도 내 소견으로 문학을 살고 있다고 서슴지 않고 내세울 수 있는 친구가 있다. 바로 김붕구 형이다. 남다른 파란곡절과 유달리 모진 고비를 겪어가면서, 그래도 중학교 때는 퉁

소를 끼고 다니며 시만 쓰고 있다가 대학에서는 처음에 국문학을 파고들더니 암만해도 무슨 갈증을 느꼈던지, 불문학으로 옮겨가고 말았다. 지드에 미치더니 말로, 랭보, 사르트르, 카뮈…… 하나하나 미쳐 들어갔다. 사나운 독수리같이 그 심장을 쪼아 피를 보지 않고는 물러서지 않는 가혹하리만한 생세리테(성실성), 형은 문학을 산보하고 있는 것이 아니다. 실은 강박관념obsession에 끌려 미쳐 있다."

이처럼 문학을 '살고' 불문학에 '미쳐 있는' 열정으로 선생님이 본격적으로 업적을 이룩한 것은 1970년대에 접어들어 사르트르와 생텍쥐페리, 이광수와 심훈을 그들의 인간관·대지관·사회관·대사회관·외계관 등의 여러 가지 측면에서 입체적으로 분석한 『작가와 사회』(1973)와 시인의 생애와 시세계의 특징을 치밀하게 조명한 『보들레르: 평전·미학과 시세계』(1977)이다. 대상에 대한 평가가 분명했던 만큼 주관적인 입장을 보였던 선생님의 성향 때문에 『작가와 사회』에서 사르트르에 대한 논문은 대상을 냉정히 객관화한 분석이라기보다 주관적 시각으로 논의했다는 비판을 받기도 했다. 그러나 연구자가 아닌 독자로서 생텍쥐페리를 좋아하고, 사르트르를 별로 좋아하지 않던 선생님은 그러한 비판에 초연하신 듯했다.

선생님은 불문학 연구뿐 아니라 많은 에세이를 써서, 『불문학 산고』, 『현실과 문학의 비원』등의 에세이집을 남기셨다. 그중 『현실과 문학의 비원』권두 에세이는 문학을 공부하려는 젊은이에게 불문학의 매력을 요령 있게 설명한다는 점에서 매우 인상적인 글이다.

　　어느 나라 문학이건 전반적인 특징을 간단히 요약해서 말할 수는 없는 노릇이다. 처음부터 말해둔 바와 같이 불문학은 여성적인 것도 남성적인 것도 아니며, 과격한 것도 혁명적인 것도 아니고, 병적이고 퇴폐적인 것은 더군다나 아니다. 그저 다채 다양하고 무궁무진할 뿐이다. 다만 세계 어느 나라 문학보다도 다채로운 데다가 색채가 좀더 강렬하다는 것만은 누구나 인정하는 바이다. 기왕 문학을 공부하는 바에는 불문학을 한 것이 나의 행운이었다는 것이 솔직한 필자의 심경이다. 불문학은 어느 풍경보다도 형형색색의 진기한 변화로 마치 세계공원과 같다. 기암괴석이 있고, 맑은 시내가 있고, 절벽이 있고, 폭포가 있는가 하면, 아늑하고 양지바른 푸른 언덕도 있다. 물론 썩은 낙엽이 쌓인 웅덩인들 없겠는가? 허나 명심하라! 그 썩은 낙엽 밑을 감히 헤치고 파본다면…… 어느 시냇물보다도 맑고 싸늘한 샘물이 골수까지 스며드는 희귀한 석간수를 그 밑에서 발견할 수 있으리라. 가령 보들레르의 『악의 꽃』은 어떨까?

　　　　　　　　　　　　　　　　　　　—『젊은 독자에게』에서

이 글을 읽고 감명을 받아서 내가 불문학을 전공하게 되었다고 말해도 과장이 아닐 만큼, 선생님의 불문학 소개는 그 당시 막연히 문학 혹은 외국문학을 공부하고 싶다는 생각을 갖고 있는 젊은이들에게 불문학이 매력적인 학문이라는 확신을 갖게 했다.

필자는 1973년 봄에 군복무를 마치고 동숭동 캠퍼스에서 2년간 조교 생활을 보냈다. 그 당시 선생님은 일주일에 두 번 이상 걷기 운동을 하셨다. 정문 앞에서 택시를 타고 성균관대학교 뒷산 초입까지 가서는 그곳에서부터 삼청공원에 있는 산장 매점까지 도보로 걷는 것이 선생님의 산책 코스였다. 산장 매점에서 커피를 마시고 잠시 쉬었다가 오던 길로 돌아가서 저녁 시간이 가까워지면 명륜동이나 혜화동 쪽에서 택시를 타고 미아리 길음동 시장 골목에 있는 단골 술집에 가시곤 했다. 길음동 시장을 지나면서 마주치는 순박한 행상인들을 선생님은 이렇게 묘사한 바 있다.

바로 그 시장길 통닭 장수들 틈에 야채, 조개 따위 찬거리를 노상에 벌여놓은 초라한 옷차림의 아주머니가 있다. 산채와 어패류의 구미에 약한 나는 가끔 이에 끌려 거기서 술안주를 마련해간다. 그런데 충청도 사투리의 이 아주머니, 터무니없이 순박하고 정직하다. 살 때마다 이쪽이 불안스러워질 정도로 듬뿍 덤을 주는가 하면, 어떤 물건은 너무 오래 묵었다면서 아예 못 팔겠노라고 한다. 그래서인지 이 아주머니가 차지한 길바닥의 면적이 차츰 넓어진다. 나도 그녀의 노상성업路上成業에 자주 충심으로 성원을 보낸다.

우리 대폿집 아주머닌 또 어떤가? 냉장시설까지 해놓고, 그 골고루 갖춘 솜씨와 정성, 며칠에 한 번씩 들어오는 내가 즐기는 안주(소등골)가 있는 날이면 으레 귀띔을 해주어, 소 1마리에 2인분 정도밖에 나지 않는 이 안주는 대개 내 차지가 된다. 근처에 좀 더 번듯이 차려놓은 대폿집이 여럿 있지만, 모두 파리를 날릴 정도의 불경기인데, 이 집만은 단골손님만으로도 그리 불황을 겪지 않는 모양이다. 여기서도 정직과 성실이 이기고 있지 않은가?

—『사랑과 만남의 기적』에서

필자는 가끔 선생님과 동행해서 삼청공원을 걷고, 길음동의 '대폿집'에 가기도 했다. 무뚝뚝하고 과묵한 분이셨지만, 선생님은 동행자인 어린 나를 가까운 친구로 여기는 듯 많은 이야기를 해주셨다. 어떤 때는 선생님의 속내 이야기를 들으면서 선생님이 무척 외로운 분이라는 생각을 하기도 했다. 나는 그러한 선생님의 비밀스런 사적인 이야기를 지금까지 그 누

구에게도 누설한 적이 없다. 그것이 선생님에 대한 나의 도리
이자, 의리(?)라고 생각했기 때문이다. [2004]

홍승오 선생님의 겸손함

2017년 3월 29일, 서울대학교 인문대 불어불문학과와 한국 불어불문학계는 큰 스승을 잃었다. 홍승오 선생님의 뜻밖의 영면 소식은 많은 제자들과 후배 교수들을 깊은 충격과 슬픔 속으로 빠지게 했다. 선생님의 영정을 본 순간, 나는 지난날 학생 때나 교수 시절 가장 힘들어했을 때마다 늘 따뜻한 위로와 격려를 해주시던 선생님의 음성이 들리는 듯했고, 그런 선생님을 다시는 뵐 수 없다는 생각에 갑자기 슬퍼져서 나도 모르게 많은 눈물을 흘렸다. 아마 선생님의 은덕을 입고, 선생님을 존경하는 수많은 제자들이 모두 그러한 심정이었을 것이다.

선생님은 늘 인자하고 단아한 모습을 보이셨다. 평교수로 계실 때나 인문대학장, 대학원장 같은 보직을 맡고 계셨을 때나 선생님의 태도는 한결같았다. 늘 대중교통을 이용하셨고,

시간이 나는 대로 걸어다니셨다. 퇴임 후에도 선생님의 모습에는 변함이 없었다. 제자들이 선생님께 어떻게 건강을 유지하시는지 여쭈면, 선생님은 많이 걷는 일뿐이라고 대답하셨다. 언젠가 나에게 하신 말씀은 모든 약속시간에 30분 정도 일찍 도착하셔서 그 주변을 걸어다니거나, 약속을 마치고 집으로 돌아오는 길에도 웬만하면 적당한 시간을 걷는다는 것이었다. 선생님의 걸음걸이는 빠르면서도 반듯하고 절도가 느껴졌다. 나는 주변에서 걸음걸이가 반듯하지 못하다는 말을 들으면, 홍승오 선생님의 바른 자세를 떠올리며 선생님처럼 걸으면 되겠지 하던 때가 있었다.

나는 5년 전 퇴임할 무렵에 "노년에 하지 말아야 할 것 열 가지" 혹은 "노년에 주의해야 할 다섯 가지" 따위의 글들을 읽은 적이 있다. 나도 노년에 접어들었으니 그런 글들을 읽고 참고하기 위해서였다. 대부분 그런 글에서 강조하는 것은 노년이 되면 자기중심적이 될 수 있으니 남에게 관대해져야 한다거나, 사람들이 많이 모이는 자리에서는 말을 지나치게 할 수 있으니까 말조심을 해야 한다는 것, 그리고 자기중심적인 무용담으로 허송세월하지 말라는 것 등이었다. 이런 글을 읽을 때 문득 선생님을 떠올리게 되었다. 선생님은 노년에 조심해야 할 문제와는 상관없이 당신에게는 엄격하시면서, 남들에게는 무한히 관대하신 분이었고, 많은 것을 알고 기억하셨지만, 늘 말씀을 해야 할 때와 하지 말아야 할 때를 잘 구분하셨으며, 누구보다 무용담의 일화를 많이 갖고 계셨음에도 불구하고 한 번도 그런 내색을 하지 않으셨기 때문이다. 그러니까 노년에 어떻게 해야 한다는 것을 새삼스럽게 좌우명처럼 삼으려 하기보다 홍승오 선생님처럼 노년을 살면 된다는 희망을 가질 수 있었다.

장례식이 끝난 다음 날, 학교에서 후배 교수들과 담소를 나누던 중 내가 모르던 선생님의 다른 면을 알게 되었다. 유호식 교수는 대학원 학생이었을 때, TA로 근무하던 중 중앙도서관 앞 광장에서 벌어진 시위현장을 잘 보려고 선생님의 연구실에 몰래 들어가 창밖의 풍경을 내다보고 있었다고 한다. 그런데 퇴근하신 줄 알았던 선생님이 갑자기 연구실에 들어오셨다는 것이다. 당연히 선생님도 놀라고 학생도 놀라는 장면이 연출되었는데, 선생님은 곧 놀라움을 감추면서 무슨 일 때문에 여기에 들어왔느냐고 묻지도 않으시고 당신은 단지 책 한 권 꺼내 가려고 왔을 뿐이니 하던 일을 계속 하라고 하셨다고 한다. 선생님과의 그런 일화 때문인지는 몰라도, 그는 나중에 조교 일을 하면서 억울하고 감당하기 어려운 일이 있을 때마다 학장실이나 연구실을 찾아가 선생님의 따뜻한 위안을 받았다고 한다. 또한 이성헌 교수는 1980년대의 엄혹한 군사정권 시절, 학생들의 수업 거부 결의가 있었던 때의 두 가지 경험을 말했다. 첫 번째 수업 거부에는 선생님이 빈 교실에 들어가 교탁 앞에서 조용히 50분 동안 서 계시다가 나가셨다는 것, 두 번째 수업 거부에는 수업 거부 이유를 동의할 수 없다고 하여 과사무실에 모여 있는 학생들을 찾아와 몇 명이라도 데리고 교실에 들어가서 수업을 강행하셨다는 것이다. 선생님의 이런 일화들은 나에게 많은 것을 생각하게 한다.

홍승오 선생님은 학생들의 무례함을 나무란 적도 없으셨고, 젊은 세대의 버릇없음을 개탄하지도 않으셨다. 선생님은 학생들에게 예의를 갖추도록 요구하기보다 당신이 먼저 예의를 지키려 하셨다. 학생들에게 늘 존댓말을 사용하시는 선생님은 강의실 교탁 앞에서 출석을 부르기 전에 아무 말씀 없이 먼저 머리를 숙여 인사를 하셨다. 학생들은 처음에 그것이 선생님의 인사법인지 몰랐다고 한다. 서양 사람들 같으면 교수건 학생이건 '굿 모닝'이라는 말로 간단히 인사하겠지만, 한국 대학의 교수가 먼저 학생들에게 무슨 말로 인사를 하겠는가? 나중에 학생들은 그것이 선생님의 조용한 인사법인 줄 알고 선생님께 동시에 인사를 하기 시작했다는 것이다. 선생님의 강의는 공부를 잘하는 학생들이건 아니건 간에 누구에게나 인기가 있었다. 강의 준비가 철저한 선생님은 꼼꼼한 책읽기와 텍스트 분석 및 문법적 설명을 곁들여서 50분 수업이건 100분 수업이건 완전하게 꽉 찬 수업을 하셨기 때문에 공부

잘하는 학생들은 빈틈없이 많은 것을 배울 수 있어 좋아했고, 잘 못하는 학생들은 선생님이 학생들을 난처하게 만드는 질문을 하시지 않아서 좋았기 때문이다.

프루스트의 방대한 소설 『잃어버린 시간을 찾아서』에 대한 연구를 가장 많이 하셨던 선생님은 프루스트에 관심을 갖게 된 동기를 이렇게 설명하셨다. "대학에 들어와서 불문과 연구실에 꽂혀 있던 원서 중에 『잃어버린 시간을 찾아서』 전 14권을 보았는데 그것을 보고 무슨 책인지 물어도 아무도 몰랐다. 그런데 14권이나 있는 저 책은 무엇일까? 궁금했다. 1학년은 과 도서를 꺼내 보지도 못하는 분위기였다. 그러던 어느 날 명동의 중앙우체국 근처 책방 골목에서 일본어 번역본 『잃어버린 시간을 찾아서』 3권을 구입하여 하룻밤을 열심히 밤새워 읽었는데 고작 3페이지밖에 읽지 못했다. 그해 겨울방학에 박이문 교수가 4학년 졸업반으로 이휘영 교수 방에서 조교를 하고 있었다. 박이문에게 한 권 빌려달라고 하여 밤에 집에서 노트에 베껴 쓰고 그것을 보고 단어를 찾아가며 해석을 시도하다 보니 재미있었다. 그것이 계기가 되어 프루스트에 관심을 가지게 되었다." (한국불어불문학회 50년사 간행준비위원들과의 인터뷰에서) 선생님은 프루스트에 대한 논문을 많이 쓰셨지만, 1985년 서울대학에서 박사학위 논문으로 제출한 것은 우리에게 잘 알려져 있지 않은 20세기 작가 조르주 뒤아멜의 소설 주인공인 '살라뱅'에 대한 연구였다. 선생님의 관심 분야는 다양했다. 선생님은 코르네유와 라신 같은 17세기 극작가들의 작품 연구를 비롯하여 19세기 사실주의 소설의 이론적 기반이 된 실증주의 철학자 생 시몽에 대한 연구, 불문학과 휴머니즘, 그리고 20세기의 상징주의 시인 발레리의 작품 『매혹Charmes』 연구 등 어느 한 시대나 한 작가에 집중된 연구가 아닌 다양한 작가들과 작품들을 폭넓게 연구하셨다. 선생님의 연구 방법은 실증적이었다. 선생님은 늘 치밀한 자료조사를 근거로 한 정확하고 논리적인 논문을 쓰신 것이다. 또한 선생님은 루소의 『고백록』을 비롯하여 플로베르, 모파상, 카뮈 등 많은 작가들의 주요 작품들을 번역하셨다.

선생님은 1998년 2월 정년퇴임을 하셨다. 그때 정년퇴임의 소감을 말씀하시는 자리에서 후학들에게 남기고 싶은 말은 무엇보다 "공부하는 사람은 겸손해야 하고, 작은 것을 안다고 자만하면 안 된다"는 것이었다. 겸손함으로 요약될 수 있는 선생님의 삶과 학문은 후학들에게 학문하는 사람의 본분을 분명하게 일깨워준다. 후학들이 삶의 어려운 길목에서 방황하거나 괴로운 일을 겪을 때, 선생님을 생각하고 위안을 받으며 선생님처럼 살고 싶은 희망을 말한 것은 진정한 사표를 우러르는 마음을 가질 수 있도록 불민한 제자를 늘 지켜봐 주셨던 선생님의 제자들에 대한 사랑의 결과일 것이다.

김현 선생과 '정원의 혹'

　나는 대학 시절에 김현 선생과 한 2년쯤 나란히 책상을 옆에 두고 공부하는 행운을 누렸다. 당시 불문과 조교였던 그가 조교 일을 보좌하는 학생으로 나에게 그 자리를 마련해준 것이다. 그의 옆에 앉아 학과 일을 도와주면서 나는 그로부터 많은 것을 배우고, 많은 도움을 받았다. 그는 매우 부지런하고, 능력이 많은 사람이어서, 책을 빨리 읽고, 글도 빨리 썼지만, 누구에게나 정이 많고 관대했으며 많은 사람들을 도와주었다. 그에게는 늘 찾아오는 사람도 많았고, 친구들과의 약속도 많았다. 그의 주변에 많은 친구들이 모여든 것은 그의 포용력 때문이기도 했지만, 그가 무엇보다도 상대편의 말을 경청하는 사람이었기 때문이다. 그는 자기에게 도움을 요청하는 사람이 있으면 선선히 도와주었고, 자기가 적극적으로 도와주고 싶은 사람이라고 생각하면, 아무런 내색도 하지 않고 친절하게 도움을 주었다. 나는 그렇게 그의 도움을 받은 사람 중의 하나이다. 그는 나에게 공부하는 방법을 가르쳐주었을 뿐 아니라, 인생의 선배로서 모든 것의 모범을 보여주었다. 그를 알게 된 다음부터 나도 모르게 그를 닮고 그처럼 살고 싶다는 생각을 갖게 되었다.

그는 어느 날 내가 보들레르의 시에 관심이 있는 것을 알고 나에게 보들레르의 산문시 「창들」을 읽어보고, 「악의 꽃」에 실린 서너 편의 시를 분석해서 창의 이미지를 공부해보도록 했다. 그는 이렇게 학생들에게 공부를 도와주고, 공부의 주제를 가르쳐주는 조교였다. 나는 그의 조언으로 보들레르의 창의 이미지에 관해 짧은 논문을 써서 다른 대학 불문과 학생들과 모인 자리에서 발표를 한 적이 있었다. 그 모임에 보들레르 연구자인 고대의 강성욱 교수가 촌평을 해주었던 기억이 난다. 그 얼마 후에 대학신문사에서 주관하는 대학문학상에 평론 장르가 추가된 것을 알고 평론을 써서 응모하고 싶었다. 대학생 때 내가 가장 좋아한 한국작가는 최인훈이었다. 그런 연유로 "최인훈의 소설에 나타난 창의 이미지 분석"이란 글을 썼다. 나는 이런 식으로 그가 나에게 준 '창'의 주제를 두 번이나 이용했다. 그는 나의 글을 읽고 꼼꼼히 고쳐주었다. 그의 도움은 그 정도에 그치지 않았다. 대학문학상의 수상작이 대학신문에 발표된 이후 어느 날 그는 최인훈 선생이 너의 글을 읽고 너를 보고 싶어 한다고 말했다. 그 다음 날 최인훈 선생이 고은 시인과 함께 학교로 찾아왔다. 네 사람이 '진아춘'이라는 중국집에서 식사를 했다. 그때 나는 흥분한 나머지 제대로 말도 못하고, 독한 중국 술을 몇 잔 마셨던 기억만 떠오른다. 나중에 알게 된 것이지만, 최인훈 선생이 나를 만나고 싶어 했다기보다 그가 나를 기쁘게 하기 위해 최인훈 선생을 학교로 부른 것이다. 그는 그런 식으로 후배나 친구를 도와주면서도 자기의 역할은 아무것도 아닌 듯이 행동했다. 이러한 그의 감동적인 많은 도움을 생각하면, 나는 늘 마음이 아프다. 그렇게 많은 도움을 받고도 나는 그를 위해 한 일이 없기 때문이다.

어느 날 밤, 학과 사무실에 앉아 있다가 우연히 그가 책상 위에 놓아둔 번역 원고를 읽게 되었다. 그것은 「정원의 혹」이라는 제목의 글이었다. 콩트인지 에세이인지 장르의 성격이 분명하지 않았던 그 글은 이탈리아의 현대작가가 쓴 글이었다. 그것은 다음과 같다.

"별이 총총히 뜨는 밤이면 나는 언제나 정원에서 산책하길 좋아한다. 산책할 정원이 있다고 해서 여러분은 나를 큰 부자라고 생각하지 말기를 바란다. 내가 산책할 수 있는 정원이라면 여러분 누구라도 갖고 있을 것이기 때문이다." 이러한 서두로 시작되는 이 글은 어느 날 밤 산책을 하던 중 편편하던 땅에서 솟아올라 있던 큰 혹에 걸려 하마터면 크게 넘어질 뻔했다는 문장으로 이어진다. 그 글의 화자는 정원사를 불러 정원을 어떻게 손질했기에 이런 혹이 생겨났느냐고 질책을 하는데, 그 정원사는 "주인님과 가까웠던 이웃의 어른이 세상을 떠나시지 않았느냐"고 오히려 반문한다. 그래서 이 혹이 무덤이냐고 되묻자, 정원사는 모호하게 대답한다. 그날 밤의 사건은 그것으로 그치지 않고, 세월과 함께 빈도수가 높아져가면서 그의 정원은 여러 가지 형태의 크고 작은 혹들로 가득 차게 되었다는 것이다. 그래서 정원의 주인은 정원사를 부르고, 그때마다 정원사는 어떤 사람의 죽음이나, 혹은 가까웠던 사람과의 이별을 그 혹이 생긴 원인이라고 말한다. 오랜 세월이 지나 그 정원의 주인이 노인이 되어 산책하기도 힘든 나이가 되었을 때, 그 정원은 편편한 땅이라곤 한구석도 없이 온통 여러 가지의 혹들로 가득 차, 큰 것은 작은 산을 이룰 정도가 되기도 한다. 그 글은 노인이 이렇게 독백하는 것으로 끝난다. "언젠가 나도 이 세상을 떠나게 되리라. 그때 그 어느 누군가의 정원에선가 큰 혹이 될지 작은 혹이 될지 모르지만 하나의 혹이 솟아오르리라. 그러면 그 정원의 주인은 기억하리라. 디노 푸자티라는 한 초라한 사람이 이 세상을 살다가 떠나게 되었다는 것을."

이 글을 나는 이렇게 정리할 수 있었다. 사람이란 살아가면서 만남의 기쁨만큼이나 이별의 고통을 겪는다. 이런 점에서 삶이란 김승옥의 소설 제목인 '생명 연습'이기보다 '이별 연습'이라고 말할 수 있는지 모른다. 나이가 들고 성숙해진다는 것은 어떤 의미에서 이별의 아픔을 어떻게 극복할 수 있는가로 측정될 수 있을지 모른다. 젊은이는 작은 이별이라도 큰 상처를 받고 많이 괴로워하지만, 나이가 들고 성숙한 사람은 이별의 슬픔과 고통을 슬기롭게 극복할 수 있기 때문이다. 나는 이별과 혹의 관계가 인간관계에 대한 상징적 비유라고 생각한다. 그렇기 때문에 인간관계로 인한 내면의 상처가 많거나 인간에 대한 이해가 깊은 사람의 마음의 정원은 그렇게 주름이 지고 울퉁불퉁해진다는 것으로 해석했다. 물론 생물학적으로 나이가 든다고 해서 누구나 그렇게 굴곡 있는 정원을 갖게 되지는 않을 것이다. 사람은 자기의 체험만큼 혹은 내면의 크기와 생각의 깊이만큼 남과 다른 정원을 가질 수 있다. 그러므로 많이 사랑하고 열심히 살고, 주위의 사람들에게 관심을 기울이며 정을 베풀던 사람의 내면은 나이가 들수록 깊고, 신비로운 정원이 될 것이다. 때때로 나무가 많고 풍성한 느낌을 주는 정원을 보게 되면 그 안에서 쉬고 싶다고 생각하듯이, 우리는 그런 마음의 정원을 갖는 사람에 대해서는 편안하게 의지하는 느낌을 가질 수 있다. 외적인 육체의 노화와는 상관없이, 깊고 그윽한 혹은 울퉁불퉁한 정원의 소유자는 풍부한 인간관계를 갖고 살아온 사람일 수 있다.

김현 선생은 48세의 비교적 젊고 한창 일할 나이에 타계했지만, 일찍부터 깊고 넓은 정원을 간직하고 있는 사람처럼 보였다. 그는 나이가 들고 정신이 경직되어가는 대부분의 사람들과는 달리 유연하고 자유로운 정신의 소유자였다. 남에게 관대하고 포용력이 있는 사람이었지만, 공부하지 않거나 변화하지 않는 사람에 대해서는 비판의 눈길을 보냈다. 그는 부지런히 책을 읽고 열심히 글을 쓰면서 삶의 무의미성과 싸우고 자유로운 삶과 억압이 없는 사회를 꿈꾸었으며, 늘 긴장된 정신으로 살았다.

김현 선생의 삶은 우리의 주변에서 그 예를 찾기가 힘들 정도로 깊고 두터운 삶이다. 그는 많은 제자들을 기르고, 그들에게 깊은 영향을 주었다. 많은 제자들이 증언하듯이, 그는 학생들을 꾸짖어서 가르치는 스승이 아니라 편하게 이야기를 나누는 선배 선생님이었다. 어떤 의미에서 그의 죽음은 주위의 많은 동료와 제자들에게 참되고 가치 있는 삶의 의미를 새롭게 일깨워줌으로써 많은 사람들의 정원에 커다란 혹을 남기고 떠난 것을 깨닫게 했다. 「정원의 혹」이라는 글과 더불어 50대 중반에 이른 나는 자신을 돌아본다. 내 정원은 지금 어떤 모양일까? 나는 훗날 누군가의 정원에서 어떤 혹으로 떠오를 것인가? 이런 생각과 함께 지금의 나이에서는 어떻게 사는가보다 어떻게 늙어가야 하는가 하는 문제가 훨씬 중요한 것처럼 생각되었다. 어떻게 늙는가의 문제는 어떻게 죽는가의 문제와 다른 것이 아니기 때문이다. [1990]

그의 빈자리가 크게 느껴지는 이 가을에

— 문학평론가 김치수

김치수 선생의 인간적 면모를 그리기 위해 그와의 오랜 인연과 추억을 더듬어보다가, 문득 15년 전에 나온 『김치수 깊이 읽기』에 실린 김주영 선생의 글이 떠올랐다. "가을이 다가와 노랗게 물든 은행나무 잎들이 엽서들처럼 우수수 떨어져 스산한 바람에 흩날릴 때, 어떤 모임에서 1차가 대충 끝나고 간절하게 2차가 가고 싶어졌을 때, 남을 헐뜯기 즐겨 하고 계산 잘하는 사람과 만나 께름직한 점심을 먹은 그날 오후 해질 녘에, 오랜 시골생활에서 다시 도회로 돌아와 내 살고 있는 도시가 낯설고 거북하게 느껴질 때, 오래전 돌아가신 나의 외삼촌이 문득 생각날 때, 아니면 우연히 문지 동인들의 모임에 끼었는데 그 자리에 김치수의 얼굴이 보이지 않을 때, 그가 보고 싶어지고 안 보이면 섭섭하다." 김주영 선생의 말처럼, 김치수 선생은 가까운 사람들에게 외롭고 쓸쓸해질 때 만나서 술 한잔 나누고 싶은 '시골 형' 같은 친구였다. 그는 입이 무겁고 신의가 깊었을 뿐 아니라, 남의 약점을 비판하기보다 이해하려는 공감의 능력이 뛰어났다. 이런 점에서 그의 비평은 작가를 비판하고, 작품의 단점을 들춰내기보다, 작품에 숨어 있는 작가의 문제의식을 포착하는 균형감각의 비평이다. 또한 작가의 자아와 그의 비평의식을 진정한 소통의 관점에서 일치시키려 한다는 점에서 '공감의 비평'이라고 할 수 있다. 그는 김현 선생과 함께 불문과 후배인 나를 『문학과 지성』 1세대 동인으로 이끌어준 선배이지만, 나의 미숙한 행동이나 실수에 대해 한 번도 나무란 적이 없는 관대한 사람이었다.

중국 철학자 지셴린의 『인생』에는 다음과 같은 글이 있다. "60퍼센트쯤은 다른 사람을 위하고, 40퍼센트쯤은 자신을 생각하는 사람은 좋은 사람이다. 다른 사람을 생각하는 비율이 높을수록 도덕적 수준도 올라간다." 이런 기준에서 보면, 우리 사회에는 '좋은 사람'이 많지 않은 거 같다. 다른 사람을 생각하고 배려하기는커녕, 자신이 속한 집단의 이해관계에만 갇혀 있으면서 오직 자신의 이익을 추구하는 일에만 관심을 갖는 사람들이 대부분이다. 이런 사회에서 김치수 선생은 보기 드물게 '좋은 사람'이다. 그는 언제나 남을 생각하고 남을 도와주려고 했으며, 남에게 덕담 건네기를 즐겨 했다. 어떤 의미에

서 그는 함께 있는 남들이 편해야 자기가 편해질 수 있는 사람
이라고 할 수 있다.

타계하기 거의 10여 년 전부터 연례행사처럼 계속해온 '문
지' 친구들과의 여행에서 그는 모든 계획과 일정을 치밀하게
준비하는 리더였으면서도, 여행 팀의 앞자리에 있지 않고, 뒷
자리에서 궂은일을 도맡아 했고 일행을 모두 보살피는 총무
의 역할을 감당하려 했다. 국내여행이건 해외여행이건 그와
함께 혹은 그를 따라다니며 여행하는 데 길들여진 친구들은
이제 '우리들의 즐거운 여행'은 끝났다는 것을 안다. 그의 재치
있는 특유의 건배사인 '우리들의 남아 있는 청춘을 위하여'에
기대어 말하자면, 그가 떠난 후 '우리들의 즐거운 여행'만 끝난
것이 아니라, '우리들의 남아 있는 청춘'도 끝났기 때문이다.

그는 여행지에서 기념품이나 선물을 사지 않는 것으로 유
명했다. 외국에서 열리는 회의에 참석해야 할 공적인 여행이
건 아니면 자유로운 사적인 여행이건 간에, 자유시간에 모두
들 선물을 사러 돌아다닐 때, 그는 옆에서 구경만 하거나 근처
의 카페에서 커피를 마시며 시간을 보내곤 했다. 어떤 여행길
에서 김치수 선생의 그런 모습을 보고 궁금해하는 사람들에
게 누군가 "김 선생이 예전에 한 번 지지한 물건을 사가자고
갔다가 마나님한테 크게 혼이 난 다음부터 물건 안 사기 버릇
이 생긴 것"이라고 하여 모두들 한바탕 웃은 적이 있다. 그러

면 그는 아무 말 없이 웃기만 했다. 언젠가 한독문화 교류 행사로 독일의 어느 도시를 여행할 때였다. 행사가 끝난 후 일행이 그 도시를 산책하다가 우연히 어떤 상점에 들렀을 때, 김치수 선생이 보통때와는 다르게 그곳에서 어떤 옷을 집어들고 나에게 어떠냐고 물었다. 모처럼 그가 물건에 관심을 보이는구나 하는 반가운 생각이 들어서 그에게 그 옷을 사도록 적극 권장했다. 그래서 그가 옷을 산 줄 알았는데 나중에 알고 보니 그것은 나의 착각이었다. 그는 그때에도 물건을 사는 척만 했지, 사지는 않았다. 그럴 만큼 물건을 사지 않는 그의 습관을 알고, 어느 날 문득 그가 쇼핑하지 않는 것은 자신의 취향과 욕구를 남들 앞에서 드러내는 것에 대한 부끄러움이 원인일지 모른다는 생각을 해보았다. 물론 선물 사는 일과 부끄러움이 무슨 상관이 있느냐고 반문할 사람이 있을 것이다. 그러나 세상에는 사소한 일에도 특별히 민감한 반응을 보이는 사람이 있는 법이다. 홍성원 선생이 "김치수는 그 외모에서 풍기는 수더분한 인상과는 달리 감각적으로 매우 예민하고 섬세한 사람"(『김치수 깊이 읽기』)이라고 말한 것처럼, 그의 남자답고 씩씩한 모습 속에는 착하고 수줍어하는 소년의 여린 마음이 감춰져 있는 것으로 보인다.

그렇다면 그는 어떤 때에 부끄러워한 것일까? 몇 가지 예를 들어볼 수 있다. "마음 깊숙한 곳에서는 보수주의가 자리 잡고 있는데도 진보주의자인 척할 때"(김현, 『행복한 책읽기』), 자기가 참아야 할 일을 참지 못했다고 생각할 때, 다른 자리에서 들었던 썰렁한 유머를 옮기며 남들이 웃기 전에 자기가 먼저 웃을 때, 또한 『김치수 깊이 읽기』의 출판기념 행사에서 자신이 별로 깊이 읽을 만한 대상이 아닌데도 이런 책을 내게 되었다고 말하면서 겸연쩍어했을 때, 퇴임 후에 뒤늦게 받은 '대산문학상' 시상식에서 나이 든 자기가 수상자가 됨으로써 자기 때문에 상을 받지 못했을 어떤 후배 비평가를 의식하고 미안한 느낌을 말했을 때, 그리고 발병 초기에 기억력이 감퇴하여 친구와의 약속 시간을 착각하고 약속 장소에 나오지 않았을 때, 그가 지었을 법한 부끄러운 표정과 미안해하는 의미의 웃음소리가 들리는 듯하다.

그는 커피와 와인, 특히 에스프레소와 부르고뉴 와인을 좋아했고, 노래 부르기를 좋아했다. 나는 그가 잘 부른 많은 노래들 중에서 유심초의 「사랑이여」를 각별히 기억한다. 그에게서 그 노래를 처음 들었던 때는 1983년 봄이다. 그 무렵 나는 프랑스 유학 생활을 마치고 돌아오자마자, 대학에서 5개의 전공과목 강의를 1주일에 15시간이나 해야 했다. 낮에는 강의하느라고 바빴고, 밤에는 '문지' 사람들뿐 아니라 불문과 동료 및 후배들과의 술자리에 어울리느라고 정신이 없었다. 그러면 다음 날 강의 준비를 새벽에 일어나서 할 수밖에 없었는데,

강의 준비가 쉽지 않았던 것은 전공 강의이기 때문이 아니라, 숙취에서 깨어나지 못해 머리가 아팠기 때문이다. 어느 날 두통의 원인이 술자리에서 줄담배를 피워서라는 것을 알고 20년쯤 피운 담배를 하루아침에 끊는 거사를 감행하기도 했다.

어느 날 김치수 선생이 나에게 좋은 술집을 소개해주겠다고 하면서 지금의 강남 교화빌딩 근처에 있던 '고선'(그 당시에는 라임이었다)에서 약속을 하자고 했다. 나중에 도산공원 쪽으로 이사한 다음에 여러 사람들과 수없이 드나들기도 한 '고선'은 강남의 술꾼들에게 한 시대의 전설이 되기도 한 곳이다. 김치수 선생 덕분에 처음 가보게 된 그 '고선'은 아담하고 세련된 분위기와 정갈하면서 맛깔스런 안주가 일품이었다. 그 자리에서 김치수 선생은 어느 정도 취기가 오르자 자기가 요즈음 배운 노래라고 하면서 유심초의 「사랑이여」를 불렀다. 그때 그의 노래가 인상적이었던 것은 내가 유학 가기 전에 알고 있던 그의 옛날 가요 중심의 애창곡들과는 달리 그의 노래가 상당히 서정적이고 현대적인 느낌을 주었기 때문이다. 그날의 기억 때문에 지금도 유심초의 「사랑이여」를 들으면, 그의 넉넉한 웃음과 진정성이 담긴 목소리, 그리고 누구보다 먼저 내게 고선을 알려주고 싶어 했던 그의 '시골 형'다운 너그러운 모습이 떠오른다.

얼마 전 친구들과 우연히 서촌의 시장골목에 있는 오래된 건물 2층의 뮤직카페에서 그 노래를 들을 때도 그랬다. 그곳이 그가 퇴임할 무렵 마련했던 연구실과 가까워서였는지 그와의 추억이 주마등처럼 스쳐갔다. '주마등처럼'이라는 고색 창연한 표현이 자연스럽게 느껴질 정도였다. 나는 그와 함께 보냈던 지난날을 회상하며 그가 우리 시대에 보기 드문 '좋은 사람'이었음을 다시 생각했다. 그는 내게 학문적으로는 선배였고, 대인의 풍모에서는 스승이었으며, 인간적으로는 친구였다. 이 가을, 그가 그리워지면 스피커의 울림이 좋고, 한쪽 벽면에 놓인 푸짐한 강냉이 자루와 함께 '강냉이는 셀프입니다'라는 문구가 씌어 있는 그 카페에서 편안하게 웃음짓는 그의 모습을 떠올리고 이제하가 부른 「모란동백」을 신청해서 들을 것이다.

사람과 세상을 더 많이 알려는 열정

— 나의 친구 김인환

미셸 투르니에가 사랑과 우정의 차이를 설명한 바에 의하면, 사랑의 감정은 두 사람 사이에서 공유되는 것이 아닐 수 있지만, 우정은 대체로 공유되는 감정이다. 또한 사랑에는 존경이나 신뢰감이 전제가 되지 않는 반면에, 우정에는 믿음과 존중의 마음이 따른다는 것이다. 첫 번째의 설명이 분명하게 이해되지 않는다면, 짝사랑이라는 말은 있어도 짝우정이라는 말은 없다는 사실을 떠올리면 이해가 쉬울 것이다. 또한 두 번째 설명이 쉽게 수긍되지 않는다면, 사랑이 사람을 눈멀게 하는 반면에 우정의 관계는 어느 정도 이성적이라는 점을 구분해보면 될 것이다. 가령 사랑에 빠진 사람에게 그의 여인이 아무리 이기적이고 비열한 성격의 소유자라는 사실을 일깨우려 해도 그런 충고가 그의 사랑을 가로막을 수는 없다. 물론 도덕적으로 훌륭한 사람이 훌륭한 연인이 된다는 보장도 없다. 그러나 우정은 다르다. 우연히 친구가 되었더라도, '그'의 인생관이 '나'와 다르고, '그'의 태도에서 신뢰할 수 없는 점을 발견하게 되면, '그'와 '나'의 우정은 더 이상 지속될 수 없을 것이다. '그'를 믿고 '그'의 장점을 계속 발견하고, '그'가 '나'의 친구라는 것에 자부심을 가질 때, 우정의 농도는 사랑의 열정과는 달리 시간의 흐름 속에서 약화되지 않고, 오히려 더 두텁고 깊어지는 법이다.

김인환은 나에게 바로 그러한 친구이다. 그는 놀라운 기억력과 폭 넓은 박람강기의 지식, 세상과 인간을 이해하려는 지칠 줄 모르는 열정의 소유자이다. 나는 그처럼 자기의 전공 분야를 떠나서, 많은 지식과 지적 호기심을 가진 사람을 알지 못한다. 자신의 전공 분야에 대해서 깊이 있게 많은 것을 알고 있는 학자들은 많다. 그러나 전공 분야의 벽이 분명하지 않은 인문학의 분야에서도, 그렇게 다방면에 걸쳐서 폭넓은 관심을 계속 기울이는 사람은 흔하지 않다. 내 기억으로는 돌아가신 김현 선생이 그런 분이었다. 그는 엄청나게 많은 책을 빠른 속도로 읽었을 뿐 아니라 그 책의 핵심을 정리하고 자기의 머릿속에 명쾌하게 지식의 지형학을 그렸던 사람이다. 그러나 그는 그렇게 많은 책을 읽고, 글을 쓰면서도 서재나 연구실에 갇혀서 지낸 사람이 아니라, 삶과 인간에 대한 관심이 깊었다.

그는 전공 분야의 범위를 넘어서서 친구들이 많았다. 그는 자기가 좋아하는 사람들끼리 친밀해지기를 바라면서 서로 몰랐던 사람들을 가까운 친구처럼 지내게 하기를 좋아했다. 내가 인환을 알게 된 것도 바로 그러한 김현 선생의 소개를 통해서였다.

김현 선생이 김인환을 알게 된 것은 1970년대 초 계간『문학과지성』이 창간된 이후였다. 내 기억이 정확하다면, 김인환은『문학과지성』3호에 실린 김붕구 교수의『사르트르의 인간관』을 읽고 사르트르를 비판한 김 교수의 논리에서 뿌리 깊은 반공 의식의 문제점을 지적한 짧은 글이 계기가 되었다. 그는 이 글을 독자의 편지라는 형식으로 편집자에게 보낸다.『문학과지성』4호에 실린 이 편지가 인연이 되어 김현 선생은 김인환에게 한번 만나보고 싶다는 말을 전했다는 것이다. 김현 선생은 좋은 글과 나쁜 글을 누구보다 잘 가려내는 눈 밝은 비평가였을 뿐 아니라, 글을 통해서 글쓴이의 사람됨은 물론 앞으로의 가능성까지를 내다보는 통찰력을 갖고 있었다. 그렇기 때문에 그는 김인환의 사람됨과 앞으로의 가능성을 그 짧은 글 속에서 한눈에 알아볼 수 있었을지 모른다. 그 당시 나는 대학원을 휴학하고 전방에서 군 복무를 하고 있었다. 김현 선생은 그를 처음 만난 자리에서 그와 비슷한 나이였던 나를 생각하고, 두 사람이 나중에 만나면 좋은 친구가 될 것이라는 생각에서 그와 내가 만날 자리를 마련해주겠다고 말했다는 것이다.

그 후 내가 휴가를 나왔을 때인지, 제대 후였는지는 분명하지 않지만, 어느 날 김현 선생의 소개로 그를 만나게 되었다. 그에 대한 첫인상은 눈빛이 유난히 맑고 날카로우면서도 선이 굵고 솔직한 사람처럼 보였다고 할 수 있다. 그와 몇 마디 나누지 않아서 나는 호감과 함께 의기가 투합되는 것을 느꼈다. 그때부터 지금까지 그와 나는 한순간의 오해나 갈등도 겪지 않고 두터운 우정을 쌓아왔다. 대학 시절에 그는 소설을 썼다고 한다. 그러나 신춘문예에 서너 번 응모했다 떨어진 후 소설 쓰기를 포기했다는 것이다. 그런데 김현 선생이 그에게 비평가가 되기를 권유한 그 다음 해 그는 『현대문학』을 통해 등단한다. 나중에는 불발로 끝난 생각이지만, 김현 선생은 잡지 편집위원의 역할이란 대체로 5년이면 끝나는 것이니 자기 세대는 그 정도만 활동하고 그 이후에는 나와 김종철과 김인환이 『문학과지성』을 맡아주었으면 좋겠다는 것을 나에게 자주 이야기했다. 김현 선생은 김인환의 비평적 안목과 '능력'을 누구보다 신뢰했다. 그가 김윤식 선생과 공저로 쓴 『한국문학사』가 문단에 큰 파문을 일으키며 여기저기 많은 지면에 서평이 실렸을 때, 그 많은 서평 중에서 『한국문학사』의 의미를 제일 정확하게 포착한 글은 김인환의 서평뿐이라고 나에게 이야기했던 것이 기억난다.

나는 인환을 만날 때마다 그의 지식의 폭이 대단히 넓은 것에 대해 감탄하기도 하지만, 그 많은 지식의 내용을 대화의 흐름 속에서 적절하게 연결짓는 솜씨에 대해서도 놀라움을 느낀 적이 많다. 그는 재치 있는 말을 해서 좌중을 웃기는 사람이 아니라, 사리에 맞고 진지한 말의 열정을 통해서 주위의 분위기를 즐겁게 만들고, 대화의 차원을 승화시키는 사람이다. 또한 그는 사람들과 만난 자리에서 그 자리의 분위기를 앞장서 주도해가는 사람이라기보다 그 분위기에 어울리는 말을 잘하는 사람이다. 학생들에게 "공부를 잘하면 할수록 친구들과 넓고 깊게 사귈 줄 알게 되어야 실학"을 할 수 있음을 강조하고, "실학을 공부한 대학생은 이 세상의 어떤 사람하고라도 어울려 살 수 있을 것"임을 가르치기 좋아하는 그의 모습은 바로 그의 진면목을 보여준다고 할 수 있다.

그는 책상물림같지 않게 처음 만난 어느 누구와도 마음을 터놓고 이야기하고 남의 말에 귀 기울이는 진솔한 모습을 보인다. 물론 책과는 담을 쌓고 지내는 사람을 만난 자리에서 눈치 없이 책 이야기를 하지는 않는다. 그런 사람들과는 세상 돌아가는 이야기, 그들과 연결될 수 있는 아는 사람의 이야기를 하면 된다는 요령을 아는 것이다. 또한 어떤 자리에 어떤 이야기가 적절한지를 아는 그는 정확하고 풍부한 기억의 실타래에서 이야기를 끄집어내어 그 자리에 있는 사람들을 편안하게 만들어준다. 물론 책과 지식을 이야기할 수 있는 교수들과의 자리가 마련되면, 그의 입은 바빠진다. 그의 입에서 거침없이 튀어나오는 그 많은 사상가와 철학자들의 이름들은 종횡무진이다. 언젠가 나는 그가 서인석 신부의 『성서와 언어과학』을 이야기할 때 이 친구가 언제 그런 책까지 읽었는가 하며 놀란 적이 있다. 또한 어느 자리에선가, 최민순 신부가 번역한 후안 델 라 크루스의 『어두운 밤』을 읽은 후 기독교 서적을 불교의 주석으로 읽고, 불교 서적을 성서의 주석으로 읽는 버릇이 생겼다고 하는 말을 듣고는 그다운 독서법이라고 생각한 적도 있다.

그는 이처럼 서로 다르고 이질적인 책들을 엉뚱하게 교체적인 시각으로 읽을 뿐 아니라 상식적인 판단으로는 연결되지 않을 것 같은 방법을 독창적으로 생각해내면서 가령 『주역』 같은 책은 시로 읽어야 한다고 말하기도 한다. 그의 독창적인 논리는 무엇보다 상이한 책들을 체계 없는 다독의 습관으로 읽어낸 사람에게서 나올 수 있는 것이 아니다. 그의 독서 범위가 아무리 동서고금을 넘나들고 분야의 제한과 경계가 없이 펼쳐진 것이라도, 그의 논리는 그 책들의 지식을 끊임없이 연결하고 그것들의 전후 맥락을 고심하면서 짚어본 사람에게서만 가능한 일가견의 논리이다. 덧붙여 말할 수 있는 것은 그의 지식에 대한 엄청난 욕구는 무엇보다 사람과 세상을 더 잘 이해하고 더 많이 알려는 열정에 의해서 형성된 것이라는 점이다.

그의 이러한 열정은 대화가 붉게 무르익는 술자리에서 더욱 빛난다. 한때, 건강상의 이유로 그가 술을 끊고 지낸 적이 있었는데, 술 없이 그를 만난 자리는 너무나 삭막하여 나중에 잘 기억되지도 않을 정도이다. 집이나 연구실을 떠난 자리에서 그에게 잘 어울리는 모습은 역시 술자리이다. 그가 학생처장을 지냈을 때, 학교 근처의 술집들을 찾아다니며 학생들과 『자본론』에 대해서 밤을 새워 논쟁했다는 일화는 유명하다. 그만큼 학생들을 좋아하고, 사람들을 좋아하는 그를 나는 조지훈·정한숙 선생의 면모를 잇는 고대 국문과 교수의 한 전형으로 생각한다.

그를 자주 만나고 싶다는 생각으로, 내가 먼저 참여한 『외국문학』, 『사회비평』, 『현대 비평과 이론』 등의 편집위원으로 그를 끌어들였다. 그러면서 우리는 편집회의한다는 구실로 1980년대 중반부터 지금까지 자주 만나났지만, 그와 만난 시간들은 언제나 즐겁고, 빛나고, 풍성했다. 그는 어떤 문제에 대해서건 자기의 견해와 주장을 분명하게 드러내는 사람이지만, 그것을 주장하고 관철하기 위해 한 번도 무리한 방법을 쓴 적이 없다. 자기의 이야기를 하면서도 남의 이야기에 귀를 기울이는 사람, 올곧고 유연한 사람, 남의 단점을 감싸면서 그의 장점을 살려 그를 배려하는 사람, 나는 이러한 그의 많은 미덕을 발견하고, 그에 대한 우정과 믿음을 더욱 두텁게 갖는다.

[2001]

백암산 골짜기에서 맺어진 인연

— 나남출판사 조상호 대표

사람들과의 관계에서 특별히 인연因緣이라는 말이 새롭게 느껴지는 사람이 있다. 불교에서 '인연'이 정확히 어떤 의미를 갖고 쓰이는 것인지는 모르겠지만, 조상호 사장을 생각할 때, 나에게는 저절로 인연이란 말이 떠오른다.

그를 처음 만난 것은 1972년 초 강원도 백암산 골짜기에 주 둔해 있는 7사단 8연대 대기병 막사에서였다. 나는 제대를 1 년쯤 앞둔 병장이었고 그는 반정부 시위 주동자로 제적되고 강제 입영당하여 최전방에 소총수로 배치되기 직전의 이등병 이었다. 그가 나를 처음 보았을 때를 회고한 글에 의하면, 그 장면은 다음과 같다.

이 나라의 땅이 그렇게 넓은 것은 더플백을 메고 방척선 가는 길에서야 알았다. 동지섣달의 강원도 칼바람만 추운 것이 아니었다. 반정부 학생 세력이라 낙인찍고 감시를 게을리하지 않는 보안대원의 눈초리와 함께 어디까지 왔는지, 또 한참을 더 가야 하는지도 가늠하기 어려운 막막함이 더한 추위에 떨게 했다. 7사단 8연대 대기병 막사에서 처음으로 따뜻한 위로의 말을 듣는다. "그래, 고생이 많았겠습니다." 이등병에게 존댓말을 하는 사람의 얼굴이 처음 본 오생근 병장이었다. 우리의 관계는 그렇게 시작되었다.

— 「우리의 보스, 청년 오생근」에서

　내가 조 사장과의 관계를 인연이라고 말하는 것은 우리가 서울에서 멀리 떨어진 최전방 산골짜기에서 군복무 중에 만났다는 이유 때문이 아니다. 그 당시 대기병 막사에서 만난 그와 같은 케이스로 온 사람들 중에는 나중에 스타벅스 서울 사장이 된 장성규, 미국 변호사가 된 박원철, 노동부장관이 된 김대환, 농촌운동에 투신한 조희부 등이 있었는데, 그들 중에서, 제대 후에도 지금까지 지속적으로 친밀한 우정을 맺고 살아온 사람이 조상호뿐이라면, 어떻게 평생의 인연이라는 의미를 생각하지 않을 수 있겠는가?

　또한 나의 입장에서도, 처음에는 원주의 1군 사령부 감찰참

모 수행병으로 출발하여 화천의 7사단 부사단장 당번병으로 전출해서, 6개월도 지나지 않아 하루아침에 최전방의 소총수로 전락하는 등의 우여곡절을 거쳐 그들을 만나기 얼마 전에 연대장 당번병으로 근무하면서 그들을 만나게 되었다면, 우리의 관계에서 인연은 특별한 것이라고 말하지 않을 수 없다.

내가 그를 처음 보았을 때의 기억은 유난히 큰 머리 때문에 군모가 잘 맞지 않는 듯했고, 이등병 계급장이나 군복도 전혀 어울리지 않는 모습으로 남아 있다. 그는 자신의 군복이 어색하다는 듯 싱겁게 자주 웃거나 농담을 했는데, 그것은 그와 함께 온 대기병들의 겁먹고 경계하는 표정과는 사뭇 다른 것이었다. 그때 처음 인사를 나누고 하루 저녁을 함께 보낸 후 그는 곧 최전방으로 떠났고, 힘겹게 소총수 생활을 하면서도 자주 편지를 보내오곤 했다. 물론 외출이나 출장, 또는 휴가를 떠날 때에는 반드시 나의 근무처로 찾아왔다. 그의 편지를 통해서 인상적으로 기억되는 것은 그가 매우 글씨를 잘 쓰고, 그의 글이 상당히 문학적이었다는 점이다. 또한 나를 찾아왔을 때, 소총수 생활을 이야기하면서도 그는 분명히 힘들고 고통스런 시간이 많았을 터인데도 자신의 경험을 비장한 어조로 말하기보다 남의 이야기를 하듯이 유머를 담아서 재미있게 말했다. 그와의 대화에서 나는 대체로 말을 하는 쪽이기보다 듣는 쪽이었고, 그의 이야기가 무엇이건 내가 재미있다는 반응을 보임으로써 우리의 관계가 친밀한 사이로 발전하는 것은 당연했다.

제대 후에도 그와의 관계는 계속 이어졌다. 내가 군복무를 마친 후, 두 해쯤 더 지나서 그도 제대를 했다. 대체로 군대에서 알게 된 사람을 사회에서도 계속 만나게 되는 일은 드물다. 그러나 그는 제대 후에도 일정한 시간적 간격을 두고 나를 찾아왔다. 그를 여러 번 만나면서 나는 그가 사람들 사이의 인연을 소중히 생각하는 사람이라는 믿음을 갖게 되었다. 그는 본래 인간관계를 중시할 뿐 아니라 천성적으로 사람을 좋아하고, 사람과 사귀는 것을 즐겨 했다. 더욱이 자기가 좋아하고 호감을 갖는 사람에 대해서는 사귀게 된 시간의 길이와는 상관없이 남다른 친근감으로 우정을 맺는 재주를 가졌다. 언젠가 내가 오래전부터 가깝게 지내던 사람을 그에게 소개해준 후, 나중에 그들이 나보다 더 가깝게 지내는 듯한 모습을 보고는 깜짝 놀란 적도 있다.

그는 대학을 졸업하고 은행에 다녔는데, 어느 날 지나가는 말로 친구들과 함께 작은 출판사를 차렸노라고 말했다. 그런 말을 들은 나뿐 아니라 그를 알던 사람들 중 그 출판사가 오늘의 '나남'으로 성장하게 되리라는 것은 짐작도 못할 일이었다. 물론 그가 은행원으로 평생을 보낼 사람이 아니라는 것은 분명했기 때문에, 그의 마음속 깊은 곳에 '사람과 사회를 변화시키는' 출판의 길에 대한 '숭고한' 의지가 숨어 있는 것을 짐작하기는 어렵지 않았다.

내가 3년 반 동안 성심여대 교수로 지내다가 프랑스로 뒤늦은 유학길을 떠나 1983년 봄에 돌아왔을 때 그는 어느새 출판사 일에 깊숙이 관여하고 있었다. 출판에 대한 그의 의지와 진정성을 알고 난 다음에, 나는 그를 도울 수 있는 일을 생각했고, 현실적으로 가능한 일이라면 무엇이든지 도와주고 싶었다. 나남출판사에서 그러한 나의 의지가 의미 있는 결실로 나타난 것을 두 가지쯤 말한다면, 하나는 '나남문학선'을 꾸며준 일이고, 다른 하나는 미셸 푸코의 『감시와 처벌』, 『성의 역사』 3권, 『광기의 역사』 등을 나와 후배 불문학자들이 함께 나서서 번역해준 일이었다.

'나남문학선'을 만들 때의 조 사장은 언론과 방송 분야의 교수들만 알고 있었을 뿐, 문학계에서는 아는 인사가 별로 없었다. 나는 그에게 이청준 선생을 비롯하여 홍성원, 김원일, 황석영 등의 작가들을 소개했다. '나남문학선'에는 그들뿐 아니라 황동규, 정현종 등의 시인들과 김현, 김화영 등의 비평가들을 모두 포함시켰다. 명실공히 한국문학을 상징하는 문인들의 대표작을 선정해서 '나남문학선'을 만든다는 취지로 "우리 시대의 모순을 포착하여 문학으로 형상화시키는 고통스러운 작업을" "영원한 젊음의 정신과 깊이 있는 사색으로 치열하게 수행해온 작가들이 '나남문학선'의 주류를 이룬다"는 서문을 쓰기도 했다.

'나남문학선'은 그것 자체로 볼 때 크게 새로운 기획은 아니었지만, 나남출판사가 언론정보와 사회과학 등의 책만 만드는 출판사가 아니라, 괜찮은 문학책들도 펴내는 출판사라는 것을 독자들에게 각인시키는 계기는 되었다. 작년에 박경리 선생이 타계한 후에 더욱 주목을 받게 된 대하소설『토지』를 나남의 대표작으로 만든 공적은 순전히 조 사장의 개인적 판단과 뚝심에 의해서 이뤄진 것이지만, '나남문학선'을 통하여『토지』가 유입될 만한 출판사라는 문학적 이미지의 형성도 한 몫을 한 것이라면, 나는 그것만으로 큰 보람을 느낀다.

또한『감시와 처벌』을 비롯한 푸코의 책들을 번역한 것도 조 사장의 열정과 지원이 아니었다면 그 당시로서는 실현되기 어려운 일이었다. 내가 여러 자리에서 확인할 수 있었던 사실이지만, 나에게는 문학비평의 독자보다『감시와 처벌』의 독자가 많고, 그 독자들이 나를 통해 푸코를 알았다거나, 나를 푸코의 번역자로 기억한다는 말을 듣게 되면 보람과 함께 조 사장에 대한 고마움을 새삼 느끼게 된다.

이력저력 그와의 인연은 35년이 넘게 변함없는 우정으로 발전했다. 그는 한결같이 나를 형_兄으로 부르지만, 그의 남다른 배려와 우정, 속 깊은 생각을 돌아보면, 그가 오히려 형처럼 생각될 때가 있다. 작년 여름에 광릉에 있는 그의 별장에 놀러 갔을 때, 그가 밭에서 밀짚모자를 쓴 농사꾼 차림으로 일을 하는 것을 볼 수 있었다. 그는 밭의 농사뿐 아니라, 나무 심기를 좋아했다. 나로서는 엄두도 내지 못할 그처럼 힘든 농사일과 나무 심는 일을 능숙하고 자연스럽게 해내는 그의 모습에서 오늘날 나남의 그 넓고 비옥한 '책밭'을 일궈낸 저력이 짐작되었다.

조 사장을 오랫동안 가까운 자리에서 보아온 방순영 실장에 의하면, 조 사장은 그 나이가 되도록 "아직도 군대 이야기를 하는 희한한 사람"이다. 물론 나는 "아직도 군대 얘기를 하는 사람"은 아니지만, 군대에서 겪었던 일은 지금도 가끔 떠오른다. 남자들이 나이가 들어서도 군대 시절을 잊지 못하는 이유가 무엇일까? 그 이유는 군대에서의 경험이 성장기의 젊은 이에게 감당하기 어려운 힘들고 충격적인 일이 많았기 때문만이 아니라, 그때의 체험이 그 이후의 인생에 영향을 미칠 만큼 중요한 사건이기 때문이다.

나에게 군대 시절이 쉽게 잊혀지지 않는 이유는 그 시절이 어둡고 우울한 젊음의 터널이 연장된 시간이었기 때문이다. 우울에 대한 고전적인 정의라고 할 수 있겠지만, 아리스토텔레스는 우울의 시간들이 사람을 무기력하게 만들기도 하지만, 동시에 많은 것을 깊이 생각하게 만들고 현실과 자기를 돌아보게 한다는 것이다. 우울한 상태가 개인과 사회 사이의 불화와 불일치에서 비롯된 것이라고 할 때, 나에게 군대 시절은 그러한 불화가 끊임없이 이어지는 힘들었던 시간들이다. 특히 전방에서 근무하던 중, 폐결핵 환자로 판명되어 춘천까지 후송을 갔다가, 그 병원의 어느 중사에게 뇌물을 건네주어야 마산요양소로 후송을 가거나 의병제대를 할 수 있다는 것을 모르고, 순진하게 후송 명령이 떨어지기를 기다리며 한 달 간 지냈던 일, 제대로 치료를 받지도 못하고 원대복귀 명령을 받았을 때의 황당했던 일 등 그 시절을 전체적으로 돌아보면 모두 우울한 나날의 연속이었다.

조 사장 역시 남들이 알지 못하는 우울하고 고통스러웠던 시간이 많았을 것이다. 그렇지만 그러한 시간들이 그를 성장시켜서 그의 자아를 넓히는 데 기여했다고 말할 수 있다. 우울하고 고통스러웠던 젊음의 시간은 젊음의 나이를 넘긴 후에 기억될 수도 있고, 망각될 수도 있다. 사람에 따라서 기억과 망각의 농도는 다를지 모른다. 그러나 분명한 것은 젊음의 고통은 극복함으로써 의미 있는 경험이 되거나 행복한 추억이 된다는 것이다. 어떤 의미에서 힘들었던 젊음의 시간을 극복했다고 느낄수록, 그 시간은 아득하게 잊혀지기보다 오히려 선명하게 기억될 수도 있다. 왜냐하면 그 기억은 괴롭고 우울한 그 시간들이 자신을 변모시키고 성장시켰다는 확신과 함께 잊어버리고 싶지 않은 자신감으로 변모해서 떠오를 수 있기 때문이다. 정현종의 산문집 제목,『날자, 우울한 영혼이여』처럼, 우울한 시간을 넘어서 이제 날아오를 수 있게 된 영혼은 그 시절 날아오르지 않으면 안 될 만큼 절박했던 젊음의 힘든 시간들을 언제라도 기억할 것이다. 날지 못한 영혼에겐 기억도 추억도 없을 것이기 때문이다. [2004]

IV

시와 소설에 대한
비평

김주영의 유랑민 작가의식과 성장소설

1. 김주영과 유랑민 작가

　독일의 비평가 벤야민이 『이야기꾼』이란 글에서 이야기꾼의 두 가지 유형을 말한 바에 의하면, 하나는 한곳에 정착해서 땅을 경작하는 농부형 이야기꾼이고, 다른 하나는 여기저기 배를 옮겨 다니면서 장사를 하는 뱃사람형 이야기꾼이다.[1] 다시 말해서 한곳에 정착하고 살면서 그곳의 역사는 물론, 과거로부터 현재까지의 생활의 변화를 잘 알고 그것을 이야기하는 정착민형의 작가가 있다면, 여행을 좋아하건 직업적으로 여행하는 생활을 할 수밖에 없건 간에 여행지에서 보고 듣고 경험한 것을 이야기하기 좋아하는 유랑민형의 작가가 있다는 것이다. 벤야민의 이러한 분류법은 아마도 정보의 유통과 교통수단이 발달하지 못했던 시절에 근거를 둔, 이야기꾼의 원형을 설명하기 위한 방법일 것이다. 오늘날 대부분의 현대 작가들은 두 가지 성격을 확연히 구별짓기 어려울 만큼, 그것들을 겸비하고 있다. 물론 작품의 주제와 이야기의 성격에 따라 유랑민적 관점이 우세한 경우도 있고, 정착민적 시각이 특별히 집중적으로 부각되는 경우도 있을 것이다. 그럼에도 불구하고 작가 김주영과 그의 작품세계를 간단히 정리해서 말해야 할 때, 무엇보다 '유랑민 작가의 문학'이라는 표현이 걸맞다고 생각되는 이유는 무엇일까?

그것은 어느 한곳에 머물고 있기보다 끊임없이 떠나고 여행하기를 좋아하는 그의 유랑 기질 때문이기도 하고, 그의 많은 작중인물들이 대체로 유랑민의 속성을 갖고 있는 사람들이기 때문이기도 할 것이다. 김주영은 자신의 유랑민적 성격을 이렇게 말한다.

유년 시절부터 갑년에 이른 지금까지 제 삶의 외형들을 총체적으로 부감한다면 저는 비길 데 없는 떠돌이였습니다. 그것이 바람직한 현상이든 아니든 떠돌이에겐 떠돌이만이 가지는 근성이 있지 않겠습니까. 모름지기 한곳에 머물러 있기를 체질적으로 거부하는 부평초 같은 기질을 지칭하는 것이지요.[2]

이 대담의 자리에서 그는 이렇게 거침없이 자신의 지난 삶을 떠돌이라고 요약하고 자신의 성격을 "부평초 같은 기질"이라고 정의한다. 또한『떠돌이 머슴살이』라는 에세이에서는 어느 한 집에 머물러 살기를 거부하는 떠돌이 머슴들의 생활을 공감하는 듯이 이렇게 말한다.

유목민처럼 역마살을 끼고 태어나 운명부터 떠돌이 신세일 수밖에 없는 그들 머슴들은 객지에서 또 다른 낯선 객지로 옮겨가는 여정에 두려움을 두지 않았고, 불쑥 흘러들어 한 농가에 머물기로 작정하고 나면 그 마을의 고유한 풍속에 금방 익숙해졌다.

(……)

서로 초면이라 하더라도 부박한 삶의 무늬들 때문에 금방 한통속이 되어 웃고 떠들며 밤새우기를 예사로 안다. 몸에 지니고 다니는 살림살이는 단출하기 그지없지만, 가슴속에는 그 나이보다 몇 배나 많은 이야기 주머니를 달고 다닌다. 충청도, 강원도, 전라도, 경상도를 섭렵하면서 겪은 숱한 애환과 질곡들이 모두 옛날이야기로 둔갑하여 실꾸리를 풀듯 잘도 흘러나온다. 그것은 차라리 꼬리에 꼬리를 물고 끝없이 이어지는 천일야화다.[3]

여기서 떠돌이 머슴이란 한 집에 오래 머물면서 집안의 온갖 궂은일을 도맡아 하는 정착민 머슴이 아니라, 한겨울의 농한기가 끝날 무렵에 일손이 부족한 농가의 일을 도와주다가 한두 해가 지나면 다른 지역으로 떠나는 사람이다. 그런데 주목해야 할 것은 김주영의 관심이 그들의 고단한 일상보다 그들이 주막 방에 모여서 웃고 떠들며 끊임없이 나누는 이야기에 기울어져 있다는 점이다. 소설가의 눈에는 떠돌이 머슴으로 지낼 수밖에 없는 사람들의 가슴속에 품은 회한과 질곡의 사연들이 모두『천일야화』의 셰헤라자드의 이야기처럼 끊임없이 이어지는 풍성한 말들의 잔치로 보인 것이다.

그의 대표작이라고 말할 수 있는『객주』는 조선 말기에 전국 각지를 떠돌아다니는 보부상들의 이야기이다. 보부상들은 직업적으로 어느 한곳에 뿌리를 내리고 살지 못하고 떠도는 것이 일상화된 사람들이다. 떠돌이로 살 수밖에 없는 그들의 삶과 운명 자체가 이야깃거리로 될 수 있겠지만, 교통수단이 발달하지 못한 과거에는 그들만큼 다른 지역의 소식을 신속히 알려주고, 낯선 고장에서의 온갖 재미있는 이야기를 들려주는 사람도 없다는 점에서 보부상들은 물건을 파는 장사꾼일 뿐 아니라 누구보다 능숙한 이야기꾼들이라고 할 수 있다. 김주영은『객주』를 집필하는 동안, 조선시대 후기를 살았던 보부상들이 사용했음직한 언어와 풍속, 그리고 그들의 생활사에 대한 자료들을 발굴하기 위해 "자신이 흡사 조선시대의 보부상들과 같은 체질과 의식을 갖게 되었고, 그들처럼 생활하게 되기도 했다"[4]고 말한 바 있다. 이처럼 그 자신을 보부상들과 동일시하는 작가의 끈질긴 자료 수집 덕택으로『객주』의 독자들에게는 작중인물들의 말투와 대화가 낯설지 않고 생생하고 풍부하게 전달된다. 또한『객주』를 통해서 작가의 역사적 상상력이 유감없이 발휘될 수 있었던 것은 보부상들과 같은 체질과 의식뿐 아니라, 보부상들의 이야기꾼 기질이 작가의 그것과 일치될 수 있었기 때문으로 보인다. 역사소설에 대한 작가적 야심의 초점이 어디에 맞춰졌는지는 모르겠지만, 작가가 보부상들의 상행위와 유랑생활에 집중적 관심을 기울이면서 당대의 정치·사회적 현실이나 하층계급과 지배계급의 갈등, 상업의 발달 과정과 자본주의 체제의 진행 과정을 총체적으로 형상화하려 했던 것은 분명하다.

이러한 김주영의 유랑민적 작가의식은『객주』에서뿐 아니라『천둥소리』에서도 확연히 표출된다.『천둥소리』는 8·15해방에서부터 6·25전쟁에 이르는 역사적 격동기에 '신길녀'라는 여성이 겪는 고통과 수난의 삶을 그린 소설이다. 신길녀는 가부장적 남성지배사회에서 적극적이고 반항적인 의지를 구현하는 여성은 아니지만, 온갖 굴욕과 고난을 겪으면서도 자신의 불행한 운명을 탓하지 않고 자기가 처한 상황 안에서 최

선을 다해 삶을 개척하려는 지혜로운 여성이다. 그녀는 고난
과 질곡의 세월을 견디면서, 좌절하거나 절망에 빠지기는커
녕 오히려 강인하고 관대한 사람으로 변화한다.

『천둥소리』에서 작가의 유랑의식이 표출되고 있다고 보는
것은 신길녀의 끊임없는 이동과 임시적인 정착, 만남과 떠남
의 행위가 반복적으로 되풀이되고 있기 때문이다. 물론 소설
의 첫머리에 서술된 것처럼, 월전리 최씨 가문의 청상과부인
신길녀가 시어머니의 죽음으로 집을 떠나야 했고, 자신을 겁
탈한 차병조에 의해 장춘옥에 팔려간 신세가 되어 그곳을 탈
출해야만 했다는 것은 그 상황에서라면 누구라도 그럴 수밖
에 없을 것이기 때문에 특별히 작가의 유랑의식이 반영된 것
으로 해석하기는 어렵다. 그러나 그 이후에 그녀가 보여준 결
심과 떠남의 의지는, 정착민의 성향과는 판이하게 다른 유랑
민의 모습이다. 그녀는 한곳에 안주하려고 하지 않고 어떤 이
유를 내세워서라도 다른 곳으로 떠나려 하는데, 이것은 그녀
가 자신의 안일과 이익을 먼저 생각하기보다 다른 사람의 생
활과 소식을 더 궁금해하기 때문이다. 그녀는 자신을 도와주
고 사랑한 황점개의 감금 소식을 듣고 그를 구하기 위해 안동
으로 가기도 하고, 자기를 겁탈한 트럭 운전사 지상모의 아내
를 도와주며 살다가, 그 일이 어느 정도 정리가 되자 친정집으
로 가기도 한다. 그리고 친정집에 가서는 어려운 처지의 부모

를 도우려 하고, 특히 아버지를 구출하는 일에 적극적인 행동을 취한다. 또한 그 친정집을 떠나 지상모를 만나러 가는 길에서는 자신의 갑작스런 행동을 후회하기도 하고, 세상의 물리를 거슬러 오르며 살아가는 스스로의 모습을 돌아보기도 하는데, 독자에게는 그녀가 그 시점에서 왜 지상모를 만나러 가야 하는지의 이유가 충분히 전달되지 않는다. 그러나 떠남의 이유가 합리적이건 아니건 간에, 그녀는 자기가 있던 곳을 떠나야 한다고 생각하면 반드시 떠나고 만다. 그런 점에서 그녀의 떠남의 동기가 계획적이거나 이성적이라기보다, 우연적이고 본능적이며 또한 자신의 안일을 위해서가 아니라 남을 돕기 위해서라고 말할 수 있다.

이처럼 김주영이 유랑민적 작가의식으로 떠돌이처럼 살아가는 작중인물을 즐겨 그리는 것은 인간은 근본적으로 "떠돌이 동물"이라는 그의 인간관에서 비롯된 것으로 보인다. 김주영은 그의 작중인물들의 야생적 삶과 작가와 떠돌이 의식의 관련성을 묻는 질문에 대하여 "땅에서 살고 있는 모든 사람들은 원천적으로 떠돌이"이며, "환생이나 윤회라는 것도 인간이 떠돌이 동물이라는 것을 전제로"[5] 만들어진 개념이라고 대답한 바 있다. 그렇다면 '떠돌이 동물' 혹은 '원초적인 유목민'이라는 인간관과 그의 유랑민적 기질은 어떻게 형성된 것일까? 그리고 그의 이러한 문학적 특성의 의미는 무엇일까? 이 글의 목적은 이러한 문제들을 세 편의 성장소설(『고기잡이는 갈대를 꺾지 않는다』, 『홍어』, 『멸치』)과 어머니를 주제로 한 『잘 가요 엄마』를 통해서 탐구하는 데 있다.[6]

2. 『고기잡이는 갈대를 꺾지 않는다』와 성장소설

『고기잡이는 갈대를 꺾지 않는다』에 실린 네 편의 연작소설 중에서 첫 번째 작품인 『거울 위의 여행』은 김주영의 어린 시절에 큰 영향을 미친 장터거리의 묘사로부터 시작한다.

> 마을에서 면사무소로 올라가는 오르막길 들머리에 궁핍을 겪었던 시절의 집이 있었다. 닭 몇 마리를 놓아 기를 만한 협소한 뜰을 둘러친 울바자가 있었고, 그 울바자 너머로는 언제나 먼지와 허섭스레기가 흩날리는 장터거리가 있었고, 거기선 닷새마다 한 번씩 저자가 섰다.
>
> (……)
>
> 해가 뉘엿뉘엿 지고 저자가 파하기 시작하면, 소낙비 지나고 땡볕이 내리쬐는 장터 바닥에서 아귀다툼을 하던 노점상들과 장꾼들은 하나둘 길을 떠나고, 그대신 곡식전 머리에 떨어진 낟알을 쪼아 먹으려는 새떼가 무리지어 내려앉았다. 텅

빈 저잣거리에 냉기 품은 저녁 바람이 불어닥칠 때, 나는 공연히 울적해서 울고 싶어지곤 했다. 닷새마다 찾아오는 그 공허는 어머니가 집에 있지 않음으로 해서 더욱 결정적이었다.(『고기잡이는 갈대를 꺾지 않는다』, 7~8쪽)

이 장면은 주인공의 외롭고 궁핍했던 어린 시절 집 근처에서 닷새마다 한 번씩 열리는 장터의 풍경을 보여주는 한편, 그 장터 여기저기를 기웃거리고 놀면서 외로움과 배고픔을 잊을 수 있었다는 추억과 장이 파한 저녁 무렵에 찾아오는 깊은 공허감과 외로움의 내면적 풍경을 보여준다. 화자는 그것을 "닷새마다 찾아오는 그 공허"라고 말하고, 장날에도 밖에서 일을 할 수밖에 없었던 어머니의 부재 때문에 공허감은 더욱 건디기 어려운 감정이었음을 토로한다.

나는 정거장을 좋아했다. 하루에 한두 번씩 우리 고장을 지나가는 완행버스를 구경하려고 게딱지만한 매표소가 있는 정류장으로 뛰어가곤 하였다. (……) 여름이면 연변의 짙푸른 백양나무 그늘이 드리워지기도 하는 저 버스의 창가 자리에 턱을 처들고 오만하게 버티고 앉아서 타관으로 떠날 수 있을 날은 언제쯤일까.(같은 책, 26~27쪽)

화자는 완행버스와 창가 자리에 앉아 있을 자신의 여행자 모습을 꿈꾸면서 "턱을 쳐들고 오만하게 버티고 앉아" 있는 어떤 권력자의 자세를 떠올린다. 여행할 수 있는 사람은 그에게 여행할 자유와 권력을 갖는 사람 혹은 여행할 자유를 갖는 사람으로 생각되었기 때문이다. 소년은 버스에 앉아 있는 여행객을 바라보면서 "타관으로 떠날 수 있을 날"을 꿈꾸는데, 이것은 소년의 꿈이 다른 사람들 위에 군림하는 높은 지위의 권력자가 되는 것이 아니라, 오직 타관의 낯선 세계로 여행할 수 있는 자유인이 되는 것임을 분명히 보여주는 진술이다. 또한 『거울 위의 여행』의 서두에서 묘사된 '장터'와 '버스 정거장'의 풍경은 어린 시절의 '나'가 얼마나 장터의 떠들썩한 분위기를 좋아하고 여행하는 삶을 동경했는지를 짐작하게 만드는 장면들이다. 이처럼 화자가 장터를 좋아하고 학교를 싫어했던 것은 장터에는 억압하고 군림하는 교사가 없다는 점에서 자유로웠을 뿐 아니라 학교에서는 배울 것이 없었지만, 장터에서는 세상살이에 관해 많은 것을 배울 수 있었기 때문이다. 소년에게 장터는 그런 점에서 인생의 학교이고, 학교는 배움의 터전이 아닌 감옥이다. 학교의 선생님은 학생의 사소한 행위를 문제시하고, "수업시간 내내 의자를 머리 위로 쳐들고 버텨야 하는 혹독한 체벌"(같은 책, 33쪽)을 내리거나, "숙제검사, 청결검사, 체력검사, 학력검사, 청소검사, 심지어 혈액까지 검사하고 이와 손톱까지 검사"(같은 책, 157쪽)하면서 학생을 마치 죄수처럼 다룬다. 때때로 교사는 불심검문하는 경찰처럼 학생들의 소지품을 검사하기도 한다. "수많은 검색의 위기를 넘고 있는 아이들이 가장 두려워했던 일이 바로 주머니 속의 소지품검사였다."(같은 책, 204쪽) 이 소지품검사가 아이들에게 끔찍한 공포의 행위처럼 느껴진 것은 다른 검사들이 어느 정도 예고된 것이어서 아이들에게 예방하는 조처를 취할 수 있게 하는 데 반해서, 소지품검사는 언제나 기습적이었기 때문이다. 교사는 학생들의 소지품을 검사하면서 소지품을 근거 자료로 삼아 학생들을 잠재적 범죄자로 취급하고 "누명을 씌우는 것으로부터 시작"(같은 책, 206쪽)하는 질문을 던진다. 교사는 경찰이나 검찰과 같다. 이런 점에서 "감시와 힐책이 칭찬보다 많은 곳이 학교"(같은 책, 157쪽)라는 진술은 푸코의 『감시와 처벌』의 핵심적 주제를 연상시킨다. 교사는 학생을 늘 시험과 검사의 대상으로 삼고 학생이 그러한 검사에 합격하지 못하면 학생에게 수치심을 유발시키는 온갖 체벌과 견책을 부과할 뿐이다.

이상스러운 것은 선생님들은 병적이랄 정도로 짧은 것을 좋아한다는 사실이었다. 두발과 손톱, 산수의 해답과 자기변명을 위한 말, 바짓가랑이와 쉬는 시간의 길이가 그랬다. 길수

록 좋아하는 건 그들 자신이 꾸며대는 훈시의 말과 넓이뛰기
의 길이뿐이었다.(같은 책, 161쪽)

이 인용문은 작가가 소년의 관점을 통해서 교사를 희화화
시키는 풍자적 기법의 솜씨가 얼마나 탁월한지를 잘 보여준
다. 작가는 이러한 진술을 통해서 모든 지배자나 권력자는 획
일적이고 경직된 사고방식으로 피지배자 위에서 군림하려 하
기 때문에 '자기변명'을 길게 들으려 하지 않는다는 것을 통찰
력 있게 보여준다. 교사의 본분이 학생들의 개성을 존중하고
차이성을 이해하는 일이지만,『고기잡이는 갈대를 꺾지 않는
다』의 교사들은 한결같이 획일적이고 자기중심적인 생각에
갇혀서 학생들을 오직 훈육의 대상으로만 인식할 뿐이다. 또
한 작가는 짧은 것과 긴 것의 대비를 통해서 교사들이 "꾸며
대는 훈시의 말"이 얼마나 허위와 위선에 가득 찬 것인지를 예
리하게 부각시킨다. 화자이자 주인공인 소년에게 학교가 감
옥처럼 보이고, 교사가 경찰처럼 인지된 이유는 앞에서 인용
한 것처럼, 온갖 검사와 체벌의 집행자로 군림하는 교사의 존
재 때문이기도 하지만, 소년은 기성회비를 전혀 납부하지 않
고 학교를 다녔기 때문에 선생님이 자기를 특별히 미워한다
고 생각한다. 주인공이 학교에 기성회비를 납부하지 않는 것
은 가난했기 때문이기도 하지만, "어머니의 형편이 그 보잘것

없는 액수인 기성회비조차 변통하지 못할 지경은 아니었(같은 책, 165쪽)다는 점에서 어머니에게는 혹시 무상교육관이 자리 잡고 있지 않았을까 하는 짐작도 가능하다. 여하간 어머니는 자존심이 강하고 사리판단이 분명한 사람으로서 아이를 학교에 보내는 일에 누구보다 열성적이었지만, 아이가 학교에서 기성회비를 납부하지 않은 학생으로서 겪어야 했을 모욕과 굴욕감을 이해하지 못했거나 모르는 척했을 것이다.

『거울 위의 여행』에서 중요한 사건은 주인공이 거울을 처음으로 발견하였을 때 사로잡혔던 '매혹적'인 경험이다. 이것은 소설의 전개과정에서도 중요한 사건일 뿐 아니라 성장소설에서 주인공의 내면적 변화와 관련시켜 주목해야 할 장면이기도 하다.

> 굶주림이 내 뒷덜미를 뒤틀어잡고 간단없이 윽박질러대는 중에서도 어린 날의 나를 매혹적으로 끌어당겼던 것은 거울의 발견이었다. 우리 집에는 얼굴을 비춰주는 도구로서 충분한 역할을 할 수 있는 거울은 없었다.
>
> (……)
>
> 내가, 얼굴을 비춰주는 도구로서 충분한 역할을 할 수 있는 거울을 처음 발견한 것은 우리 집 길 건너편에 이발관이 들어서고부터였다.

(……)

나는 씽긋 웃어보았다. 거울 속으로 당장 씽긋 웃는 내 모습이 잡혔다. 화난 얼굴을 지어보았다. 거울 속의 나도 역시 그랬다.

(……)

거울과의 만남은 아우와 내게 커다란 변화를 안겨주었다. 거울과 만난 이후로, 아우와 나는 아무리 하찮은 화젯거리라 할지라도 서양 사람들처럼 다소 과장된 손짓을 하거나 몸을 꼬아가면서 얘기를 진행하게 되었다.(같은 책, 40~43쪽)

이 장면에 제목을 붙인다면, '거울의 발견'쯤 될 것이다. '거울의 발견'과 관련된 이 사건의 중요성을 이해하기 위해서는 라캉의 '거울단계' 개념을 이끌어올 필요가 있다.[7] 라캉은 거울단계 개념이 어린아이의 정신 발달에서 결정적인 전환을 일으키며 신체와의 본질적인 리비도 관계를 형성한다고 설명한다. 다시 말해서 어린아이의 발달과 성숙이라는 시각에서 보면, 거울에 비친 이미지와의 만남을 통해 자기 이미지에 대한 총체적인 관심을 갖게 됨으로써, 아이가 조금씩 자신의 결함들을 극복하고 자신을 둘러싼 현실에서 자기가 해야 할 주체의 역할을 막연하게나마 인식하게 된다는 것이다. 라캉은 거울 앞에서 어린아이와 침팬지의 반응이 다르다는 것을 통해 인간의 과정에서 거울단계의 중요성을 발견한다. 즉 어린 아이와 침팬지 모두 이미지의 허상성을 알아채면서도, 어린 아이는 계속해서 그것에 관심을 갖는데, 침팬지는 더 이상 관심을 갖지 않고 돌아선다는 것이다. 아이는 자신의 거울상을 통해 기쁨과 놀람을 표현하면서 자신의 몸짓과 자세를 다양하게 바꾸는 행동을 취한다. 여기서 라캉이 말하는 거울상이란, 거울에 비춰진 자신의 몸, 즉 자기 자신이면서 동시에 타자인 그 사람의 이미지를 가리키는 것으로서 성인이나 다른 아이의 모방된 몸짓에 반영된 자신의 행동을 보게 된다는 것을 의미한다. 중요한 것은 아이가 이미지의 본질을 얼마나 정확히 알게 되었는가에 있지 않고, 아이가 이미지를 통해서 본질을 알지는 못하더라도 무엇인가를 알고자 하고, 자기 자신의 정체성을 찾고자 하는 데 있다.

라캉의 이러한 거울단계 개념은『고기잡이는 갈대를 꺾지 않는다』와 같은 성장소설에서 주인공의 내면적 변화와 성장을 이해하는 데 있어서 매우 유익하다. 우선 "거울과의 만남은 아우와 내게 커다란 변화를 안겨주었다"는 진술 다음에 화자가 겪은 변화의 한 예로서 "서양 사람들처럼 다소 과장된 손짓을 하거나 몸을 꼬아가면서 얘기를" 할 수 있었다는 일은 타자의 행위를 모방하는 자아의 몸짓이자 자아 속에 타자가 수용된 결과를 표현한 것이라고 할 수 있다. 인간의 욕망은 타자의 욕망을 모방하려는 욕망과 다르지 않다. 인간은 남을 모방하면서 자신의 정체성을 찾기 때문이다. 주인공은 타자의 행동이나 태도를 모방하려 하는데, 이 대목에서 걸음걸이에 관한 것이 문제가 되는 것은 특별한 의미를 갖는다. 어머니는 어깨를 잔뜩 움츠리고 걷는 '나'의 걸음걸이를 나무라며 "언제 어디서나 어깨를 활짝 펴고 당당하게 걸으라는 것"(같은 책, 44쪽)을 요구하는데, 이것은 단순히 걷는 동작에 관한 것이 아니라 당당하고 넉넉한 대인 같은 모습으로 살아가기를 가르치기 위한 것이었다. '나'의 걸음걸이에 관한 어머니의 교육이 다른 형태로 표현되듯이, '나'의 거울 체험도 다양하게 나타난다. '나'는 거울에 매혹되기도 하고, 거울의 이미지와 갈등하기도 한다.

나는 거울 주인의 겨드랑이 사이로 비치는 내 얼굴을 훔쳐보았다. 두 줄기의 눈물이 볼따구니로 흘러내려서 인중을 적시고 있는 콧물과 잇닿아 있었다. 나 자신에게서 처음으로 발견하는 창피하고 어눌한 모습이었다. 그러한 모습은, 거울과 관련된 나 자신에 대한 아름다운 기대와 환상을 무자비하게 깔아뭉개기에 충분했다. 내 추억 속에서 짧은 순간이라고 이름해도 좋을 모든 순간들을 고리로 연결시킨다 하더라도 그때 겪었던 고통의 시간만큼 길고 길었던 순간은 없었다.(같은 책, 48~49쪽)

이 인용문에서 '거울 주인'은 이발의 경험이 없는 돌팔이 이발사를 가리킨다. 위의 장면은 그 이발사가 바리캉으로 '나'의 머리를 쥐어뜯듯이 깎았을 때에 겪은 고통의 기억과 함께 거울 속에 비친 '나'의 보기 싫은 얼굴에 대한 모멸감의 기억을 환기시키는 대목이다. 거울은 그것을 바라보는 사람에게 환상을 불러일으키기도 하지만, 그것에 비친 상像을 자기의 이미지로 받아들이지 못하게 할 만큼 거부감과 모멸감을 주기도 한다. 거울에 대한 어린이의 이러한 이중적 체험은 성장과정에서 누구나 겪는 보편적 경험일 것이다. 중요한 것은 이러한 거울단계를 거치면서 어린이는 이미지와 자아를 동일시하거나 자아에 대한 거부감을 갖기도 하면서 자신의 주체적 상을 만들어가는 과정에 놓이게 된다.『고기잡이는 갈대를 꺾지 않는다』의 어린 주인공은 성장과정에서 겪을 수 있는 온갖 기쁨과 슬픔, 환상과 좌절, 희망과 공포의 사건을 통해 성숙해진다. 그에게 성숙해진다는 것은 더 이상 어머니 앞에서 응석을 부릴 수 없음을 깨닫는 것이고, 어머니의 슬픔을 이해하고, "어머니의 가슴속에 숨어 있는 회한을 발견"(같은 책, 350쪽)할 수 있게 되었다는 것이기도 하다.

3. 『홍어』와 『멸치』, 성장소설의 두 유형

성장소설이란 대체로 소설의 주인공이 어린아이에서 성숙한 어른으로 변모하는 과정에서 겪는 정신적 위기와 온갖 다양한 경험을 통해 자신의 역할과 자아의 정체성을 깨닫고 자신과 타인, 자신과 세계 사이의 관계를 정립해가는 이야기라고 정의할 수 있다. 성장소설의 주제는 간단히 말해서 어떻게 살아갈 것인가의 문제이다. 주인공은 자신의 경험을 통해서나 사람을 통해서 인생의 진실과 올바른 삶의 태도를 배울 수 있다. 이런 점에 주목하면 그는 『홍어』에서는 어머니와 삼례를 통해서 삶을 배우고, 『멸치』에서는 아버지와 외삼촌을 통해서 살아가는 방법을 배운다고 말할 수 있다. 성장소설로서 두 작품의 두드러진 차이점은 '나'의 인생의 교사가 『홍어』에서는 여자들인 반면, 『멸치』에서는 남자들이라는 점이다. 또한, 『홍어』의 제목이 부재하는 아버지를 상징한다면, 『멸치』의 제목은 부재하는 어머니가 아니라 어떤 질곡의 환경에서도 좌절하지 않고 자신의 삶을 추구하는 자유의 정신을 의미한다. 『멸치』의 '작가의 말'에서처럼 "고래는 너무 크고 멸치는 제일 작지만, 고래보다 강직하고 담대한 어족"으로서의 멸치가 "내장까지 들여다보이는 투명한 몸체로 일생을 살면서도 알을 밴 흔적만은 감추는 은둔자의 삶을" 상징하는 척추동물이라면, 멸치처럼 산다는 것은 강직하고 담대하게, 정직하고 투명하게, 자신의 삶을 만들어가려는 작가의 의지로 해석될 수 있을 것이다.

먼저 『홍어』에서 '나'에게 어머니는 어떤 존재인가부터 살펴보자.

> 남편으로부터 외면당하고 있는 아내로서의 모멸감과 오년 동안 홀로 스산한 집을 지키며 살아가는 여자로서의 고적감 외에 겉모습만 보면, 어머니의 생활은 그래서 별다른 고통이나 질곡을 겪고 있는 것 같지 않았다. 설령 남모를 고통을 겪고 있다 할지라도, 어머니는 자신의 속내를 걸핏하면 겉으로 드러내는 것을 일삼는 사람들을 천박하게 여기는 것 같았다.(『홍어』, 32쪽)

아들이 본 어머니는 자신의 불행한 처지와 고통을 노출하지 않는, 자존심과 인내심이 강한 여성이다. 어머니는 아들이 아버지 없이 자란 버릇없는 자식이란 평판을 듣지 않도록 훈계하고, 아들이 잘못하는 일이 있으면 회초리를 들고 매질을 할 만큼 엄격하다. 늘 절제하고 사리분별이 분명한 어머니는 단출한 식구의 생계를 꾸려가기 위해 삯바느질 일을 하고 지내며, 가끔 연날리기를 좋아하는 아들의 연을 만들어주기도 한다. 재봉틀 앞에서 일하는 어머니의 모습은 아들에게 부끄러운 집보다 든든한 안정감을 줄 수 있었다. 그러한 안정감이 흔들리게 된 것은 소설의 서두에서 묘사된 것처럼 폭설이 내리던 날, 눈을 피해 그들의 집에 숨어들었던 삼례와 같이 살게 된 이후이다.

아버지와 헤어져 있는 시간이 쌓여갈수록 흐트러지려는 자신을 품위 있게 추스르고 정돈하려는 어머니의 괴팍스럽고 고답적인 노력을 나는 눈여겨보아 왔었다. 그러나 그런 안간힘에 삼례가 개입하게 되면서 비로소 앙금이 지고 있는 것 같았다. 그래서 그날 밤에 있었던 어머니의 돌연한 외출의 기억은 가슴 한구석을 차지한 채 좀처럼 지워지지 않았다. (……) 문득 내 가슴속을 휘젓고 지나는 그 전율의 정체는 뭉클한 배신감과 허탈, 그리고 급전직하의 좌절감이었다. 어머니와 같은 나이의 여자가 저지를 부정한 일이 아닌 이상, 자식 몰래 집을 나서야 할 일은 없겠기 때문이었다.(같은 책, 83~84쪽)

화자인 소년은 처음으로 어머니에 대한 배신감과 좌절감을 갖는다. 정절을 지키며 품위 있게 살아왔다고 생각되던 어머니의 부정이 의심되었기 때문이다. 여기서 어머니가 과연 부정을 했는지 안 했는지의 문제는 중요하지 않다. 소년은 "어머니도 밤이 되면 삼례처럼 몰래 만나는 사람이 있다는 것"(같은 책, 94쪽)을 짐작하고, 만일 어머니가 아버지처럼 가출하게 되면 자기는 버림받는 아이가 될 것이고 그럴 때 겪을 수 있는 이별과 절망의 상태를 상상하게 되었다는 사실이 중요하다. 어머니에 대한 소년의 배신감과 두려움이 일시적이라기보다 결정적이 되었던 것은 어느 날 갑자기 동생이 생긴 다음부터이다. 소년은 낯선 여자가 놓고 간 어린애를 어머니가 안고 젖을 물려주는 충격적인 장면을 목격하게 된다.

그날 밤 어머니의 모습을 사려 깊게 이해하고 소화하기란 쉽지 않았다. 어머니와 나 사이에서가 아니라, 어머니와 호영이 사이에서 깊은 사랑을 발견하게 되었다는 것은 내게 급전직하의 좌절과 절망을 안겨주었다. 나로부터가 아니라 호영이로부터 발견된 어머니의 사랑이란 내겐 아무런 가치가 없는 것이었다. 어머니는 그럼으로써 회초리 한 번 들지 않고 내게 패배와 절망감을 안기는 데 성공한 셈이었다. 그로써 내가 부상당한 것은 아니었다. 그런데도 가슴이 쓰리고 아팠다. 그래서 어머니가 가진 사랑이란 것은, 잔인하거나 야비하게 휘두르는 폭력이나 처절한 증오보다도 내겐 위협적인 것이 되어버리고 말았다. 심지어 삼례를 떠나보낸 장본인이 어머니였다는 깊은 배신감은 내 가슴에 더욱더 큰 상처로 자리 잡고

말았다.(같은 책, 224~225쪽)

　　소년은 어느 날 갑자기 생긴 동생에 대한 어머니의 사랑의 표현을 이해할 수 없어 한다. 어머니의 그 사랑은 소년에게 "급전직하의 좌절과 절망", "패배와 절망감"을 안겨준다. 그 어떤 잔인한 폭력이나 "처절한 증오"보다도 더 위협적인 배신감을 초래하였음을 알 수 있다. 이 사건이 왜 소년의 가슴에 지울 수 없는 '큰 상처'를 남기게 된 것인지 의구심을 품는 독자도 있을지 모른다. 낯선 여자가 아기를 두고 갔을 뿐이고, 그 아이에게 어머니가 빈 젖을 물게 했을 뿐인데, 이것이 왜 충격적인 사건이 될 수 있는가 하는 점에서이다. 그러나 이러한 의문은 『잘 가요 엄마』를 읽으면 곧 풀리게 된다. 낯선 여자가 버리고 떠난 아이는 바로 어머니가 낳은 아이였기 때문이다. 그러므로 그 아이에 대한 어머니의 사랑은 단순히 어린아이에 대한 여성의 모성적 감정이 아니라, 자식에 대한 본능적 표현인 것이다. 이러한 충격적인 사건을 경험하면, 보통의 아이들은 충격을 감당하지 못하고 병적 증세를 보이게 마련이지만, 소년은 메마른 방천둑을 걸으면서 외로움의 고통을 반추하거나 "아버지처럼 나도 어딘가로 떠나지 않으면 안 된다고 생각하기 시작"(같은 책, 226~227쪽)한다. 떠남을 동경하거나 떠남의 의지를 보이는 소년의 반응으로 자신의 깊은 상처를 치유할 수는 없겠지만, 소년의 입장에서 이것은 자신이 처한 불행한 상황을 지혜롭게 극복하려는 성숙한 태도로 해석될 수 있다.

소년은 아무에게도 자신의 외로움과 좌절감을 발설하지 않은 채 이웃집 정미소의 흙벽이 있는 자기만의 안식처를 찾아간다. 정미소의 기계들이 작동할 때 벽의 진동으로 몸이 흔들리는 전율의 느낌 속에서 자신의 몸속에 숨어 있는 어떤 에너지의 편린들이 솟구쳐오를 때, 그는 자신에게도 "누굴 미워할 수 있고 그 미워하는 대상을 향해 총알처럼 돌진할 수 있는 사악한 힘도 있다는 것을 확인"(같은 책, 221쪽)할 수 있었다. 소년은 어머니로부터 떠나야겠다는 의지를 여러 번 다짐하거나 어머니에 대한 증오심의 표현을 자신의 능동적인 공격 본능의 존재감으로 대체함으로써 견디기 어려운 상황을 돌파하려 한다. 이런 점에서 소년의 어머니에 대한 증오심과 어머니로부터의 해방감은 공존한다. 소년이 어머니에 대한 증오심에 죄책감을 갖지 않고 오히려 증오심을 더 키울 수 있었던 것은 이 사건에서 소년은 어머니가 잘못한 것이 분명하다고 생각했기 때문이다. 소년은 어머니에 대한 증오심을 가지면서 동시에 어머니를 평범한 여자로 객관화시켜 보게 된다. 그런 시각에서 소년은 이전에는 전혀 생각할 수 없었던 성적 본능의 소유자인 어머니를 발견한다. 그는 어머니가 창범네와 함께 옆집 남자의 벌거벗고 목욕하는 장면을 훔쳐보는 것을 목격하였는데, 이것은 자존심이 강하고 늘 절제된 모습을 보여주던 어머니의 위신이 순식간에 추락하는 장면이 된다. 또한 한밤중에 아들을 데리고 나와 잃어버린 수탉을 찾는다고 마을의 모든 집을 수색하듯이 침입하는 어머니를 보고, 아들은 "어머니의 잘못된 판단과 실패를 바로 코앞에서 눈여겨볼 수 있는 기회가 되었다"(같은 책, 239쪽)고 생각하며 즐거워한다. 또한 이전에는 사려 깊고 사리판단이 분명했던 어머니가 잘못된 판단으로 실수하는 행위를 보이자, 소년은 어머니를 비난하는 정도를 넘어서서 냉소적인 야유의 즐거움을 갖기에 이른다.

어머니라는 이름의 가면 뒤에 숨겨진 여자의 본능을 확인하고 훔쳐볼 수 있게 되었다는 긴장감이 내 가슴을 뛰게 만들었다. 어쩌면 내 운명조차 바꿔놓을지 모를 모험의 본질 속으로 진입하고 있다는 전율을 느꼈다. 설명하기 매우 모호하고 혼란스러운 기대감과 배신감은 벌써 나를 담금질하고 있었다.(같은 책, 258쪽)

소년은 "어머니라는 이름의 가면 뒤에 숨겨진 여자의 본능"으로, 어머니가 이웃집 남자와 성행위를 할 것 같은 장면을 예상하고 "모호하고 혼란스러운 기대감과 배신감"에 사로잡히기도 하지만, 어머니에 대한 소년의 배신감은 어머니에 대한 사랑의 다른 감정임을 부인할 수는 없다.

『홍어』는 어머니와 소년이 오랫동안 기다리던 아버지의 귀가 장면으로 끝난다. 어머니와 '나'에게 아버지는 그리움과 배신감의 양가감정을 갖게 하는 존재였다. 어머니는 아버지가 집으로 돌아온다는 것을 알고 홍조가 가득한 표정으로 집 안을 정돈하고 아버지를 맞이할 준비에 분주하지만, "홀로서기에 익숙해 있던 나에겐 아버지가 돌아온다는 사실이 오히려 풀리지 않는 거대한 수수께끼와 같아서 기대나 홍분보다는 착란과 환멸을 더 가깝게" 느낀다. 여기서 "홀로서기에 익숙해 있던" 상태라는 것은 소년의 그만큼 성숙한 독립적인 주체로서의 가능성을 짐작하게 만드는 대목이다. 이 부분에서 어머니는 아버지에 대한 기대와 홍분으로 들뜬 모습을 보였지만, 아버지의 존재가 허상에 불과하다는 것을 깨달았다는 화자의 대비적 진술은 매우 사실적이고 합리적이다. 그렇다면 이 소설은 아버지의 귀가에 대한 실망감 때문에 '홀로서기에 익숙한' 소년이 가출하는 것으로 끝나야 하는 것이 아닐까? 다시 말해서 어머니에 대한 배신감과 아버지에 대한 실망감으로 소년은 늘 그리워하던 삼례 누나를 찾아서 세상의 한복판으로 뛰어드는 모험을 감행해야 하는 것이 아닐까? 그러나 이 소설은 소년의 가출이 아닌, 어머니의 가출로 끝나는데, 이것은 소년의 가출이 무모하거나 적절하지 못하다고 생각한 작가의 판단 때문이거나, 아니만 『멸치』와 같은 후속작품을 염두에 두고 있었기 때문일 것이다. 소년은 어머니가 아버지에 대한 환상이 허상으로 무너진 것을 깨달았기 때문에 가출한 것으로 추측한다.

『멸치』는 어머니의 가출 이후, 아버지와 둘이서 사는 소년의 이야기이다. 『홍어』의 '나'는 세영이란 이름을, 『멸치』의 '나'는 대섭이란 이름을 갖고 있어서 두 작품은 외견상 다른 이야기처럼 보이지만, 『홍어』의 끝에서 세영이는 열네 살이고, 『멸치』의 대섭이도 열네 살이라는 점에서 『멸치』는 『홍어』와 연결된 성장소설이라고 할 수 있다. 『홍어』의 끝부분에서 어머니가 가출한 이유가 무엇인지 밝혀져 있지 않듯이, 『멸치』에서도 자주 언급되는 어머니의 가출 동기는 명확히 서술되지 않는다. 아버지는 어머니와의 근친상간적 관계를 의심하면서 외삼촌이란 존재 때문에 자신과 어머니 사이가 파경에 이르렀다고 말하지만, 외삼촌은 아버지가 바람둥이이기 때문에 어머니가 가출한 것이라고 말한다. '나'는 어머니의 가출에 대한 아버지와 외삼촌의 다른 해석들 사이에서 혼란과 의문에 빠진다.

외삼촌이 아버지 못지않게 어머니가 돌아오기를 간절히 기다리고 있으며, 그리고 기다림의 미래가 현재이기를 소망

하면서 한결같이 어머니를 사랑하고 있다는 사실이 분명해졌
다. 그러나 그 사랑은, 어머니가 아버지 곁에 밀착되어 있음으
로써 가능한 것이었다. (……) 우리 세 사람은 어머니가 돌아
오기를 기다린다는 한 가지 소망을 갖고 있으면서도 서로 의
심하고 분개하며 반목했다. 그런데 그 반목에서 오는 긴장감
이 다른 한편으로 우리 세 사람을 결속시켜왔다는 것도 깨달
았다.(『멸치』, 165쪽)

　　화자인 '나'에게 가출한 어머니에 대한 기다림은 외삼촌과
아버지에게도 같은 소망으로 나타난다. '나'는 그러한 일치된
소망이 평소에는 반목하던 세 사람을 긴장감으로 결속시키는
요인이라고 생각한다. 아버지는 사냥꾼이지만, "단 한 번도 사
냥길에서 포획한 짐승을 집으로 운반해온"(같은 책, 31쪽) 일이
없고, 외삼촌은 강가의 움막집에 살면서 작살을 자주 들고 다
니지만, 그 역시 물고기나 짐승을 잡는 모습을 보이지 않는다.
외삼촌은 "새를 산 채로 잡을라면 움켜쥐기보다는 쓰다듬듯
이 쥐어야"(같은 책, 40쪽) 한다고 생각하는 사람이다. 그는 자
연에 대해서 모르는 것이 없는 전문가처럼, 물고기들의 이동
뿐 아니라 "물속의 모든 변화와 지리"(같은 책, 40쪽)에 대한 정
확한 지식을 갖고 있다. '나'는 외삼촌을 통해서 계절의 진행에
따라 새들이 어떻게 이동하고, 어떻게 둥지를 짓고 짝짓기를

하는지를 배운다. 특히 "물까마귀가 세 곳에나 헛둥지를 짓는 속임수를 쓰다가 본격적으로 배수관 속에 알자리를 짓기까지의 진상들을 속속들이 탐지하는 동안"(같은 책, 59쪽) 나는 외삼촌과 하나의 혼합물처럼 일체감을 갖는다.

이처럼 '나'와 외삼촌과의 관계가 빈틈없는 일체성을 보인다고 해서 나와 아버지와의 관계가 대립적인 것은 아니다. '나'는 아버지의 실망스런 행동을 보더라도 아버지를 비난하지 않고 이해한다.

어머니에게 실망을 느꼈지만, 아버지는 나에게 그런 실망을 주지는 않았다. 어머니는 물론 한량없는 그리움의 대상이었지만, 아울러 내게 적개심을 남겨놓은 셈이었다. (같은 책, 73쪽)

어머니는 그리움과 동시에 적개심을 '나'에게 안겨주지만, 아버지는 한결같이 소중한 존재로 묘사된다. 특별히 중요한 사건이 전개되지 않고 잔잔한 흐름의 이야기가 서술될 뿐인 이 소설에서 특기해야 할 사건은 이 소설의 끝부분에서 전개된 멧돼지 사냥에 소년이 아버지와 동행하는 일이다. 소년이 아버지와 함께 사냥터에 가게 된 것은, 멧돼지 사냥에서 외삼촌의 도움을 절실히 필요로 하던 아버지가 소년으로 하여금 외삼촌을 설득하는 일에 성공하면, 그 보상으로 소년과의 동행을 약속했기 때문이다. 이 사냥길에서 특히 주목해야 할 것은 몰이꾼들이 아버지를 원색적으로 비난하는 말을 듣고 소년이 그들과 싸우는 장면이다.

> 순식간에 그에게 달려가서 다짜고짜 팔뚝을 물고 비틀었다. 나로 말하면, 어머니 없이 살아온 썰렁한 이 년 동안 집 안팎을 비까번쩍하게 갈고닦아온 내력이 있고, 겁없이 학교 사택 창고에 불까지 지른 경력의 소유자였기 때문에 사람들이 흔히 말하듯 악밖에 남은 것이 없었다. 그러므로 허우대가 껑충한 장정이라 하더라도 충분히 공격할 수 있는 자질과 기백은 갖추고 있었다.(같은 책, 257쪽)

이것은 소년이 충동적으로 몰이꾼들과 싸울 수 있는 저력의 소유자임을 보여주는 장면이라기보다 어머니의 가출 이후 그가 어떤 식으로 살아왔고, 어떻게 성숙해질 수 있었는지를 확연히 보여주는 것으로 해석된다. 그는 어머니의 귀가를 대비하여, 늘 "집 안팎"을 깨끗하게 청소하는 근면함과 성실성을 잃지 않았을 뿐 아니라 외로움과 그리움으로 좌절하는 나약한 소년이 아닌, 담대하고 모험심이 많은 강인한 소년으로 변모하게 되었던 것이다. 이런 점에서 보면『홍어』의 끝부분이 소년의 가출이 아닌 어머니의 가출로 마감된 것에 대해 품었던 의아심이 일정 부분 사라질 수 있다. 중요한 것은 단순히 소년의 가출이 아니라 세상 속으로 어떻게 뛰어드는가의 문제일 것이다. 어머니의 가출은 소년에게 어머니가 부재하는 세계 혹은 어머니와의 이별 이후의 세계에서 어떻게 살아갈 것인가의 화두를 던진 사건이다. 소년은 아버지의 허망한 좌절을 통해서 인생을 배울 수 있었고, 외삼촌의 자유로운 삶을 통해서 삶의 태도를 배울 수도 있었다. 『멸치』의 끝에서 외삼촌처럼 움막을 지키며 지내던 소년이 물속에 잠수하던 중 발견한 멸치 떼의 화려한 원무를 보고, 멸치와 순간적인 일체감을 갖게 된 것은 멸치와 같은 삶을 암시하는 작가의 말처럼 보인다.

4. 『잘 가요 엄마』와 어머니의 진실

『멸치』 이후, 십 년이 지나서 발표된 『잘 가요 엄마』는 4월의 어느 날 새벽, 시골에 사는 동생이 서울에 사는 형에게 어머니의 부음을 알리는 장면으로 시작한다. 형은 어머니의 별세 소식을 듣고 어머니가 아우와 함께 오래전에 상경해서 자신의 집을 한 번 방문했던 때를 회상한다. 어머니는 자식들과 타인의 생활리듬에 맞추어 살기보다 자기의 생활리듬에 익숙했기 때문에 아들 식구에게 조금이라도 부담을 주지 않으려고 서울에 온 지 삼 일째 되는 날 새벽에 아들의 집을 떠난다. 그다음의 회상은 어머니가 정부에서 선발해 시상하는 '장한 어머니상'의 수상자가 되었다는 것을 전화로 알렸을 때의 일이다. 어머니는 그 아들이 어렸을 때 궁핍한 살림 때문에 아들을 늘 배고프게 했다거나 학교에서 구입하라는 "교과서조차 제대로 사준 적이 없었"고, 사내를 두 번씩이나 갈아치"운(『잘 가요 엄마』, 44쪽) 잘못으로 큰아들이 계부 밑에서 눈칫밥을 먹고 자라게 한 사실을 일깨우면서, 자신은 절대로 상을 받을 자격이 없음을 단호하게 말한다. 어머니는 아들의 교과서조차 사주지 못할 만큼 가난했던 일과 재혼하며 아들을 계부 밑에서 자라게 한 일을 등가적인 것처럼 말하지만, 아들에게 치명적인 상처와 좌절감을 안겨준 것은 바로 어머니의 재혼이라는 사건이다.

내 인생이 진작 변변찮은 고향을 무작정 떠나 갖은 신산을 겪게 된 것은, 어머니와 갑자기 모습을 드러냈던 새아버지의 기억, 그리고 거기에서 비롯되는 좌절과 수치심에서 벗어나고 싶었기 때문이었다. 어린 시절, 내겐 낯선 것에 대한 두려움과 호기심이 항상 함께했었다. 그래서 나는, 남이 보기엔 항상 어정쩡한 아이, 이도 저도 아닌 아이, 주저가 많고 단호하

지 못한 그런 얼치기로 취급되어 또래들로부터 줄곧 따돌림
을 당하곤 했다.(같은 책, 68쪽)

화자는 어머니의 재혼에서 비롯되는 "좌절과 수치심에서 벗
어나고 싶었기 때문"에 자신이 가출하게 되었음을 이렇게 솔
직히 토로한다. 그러나 그에게 어머니의 재혼이 가출의 결정
적인 요인이라고 하더라도, 그 이전의 어린 시절이 가출의 욕
망을 느끼지 않을 만큼 편안했던 것도 아님은 분명하다. 위의
인용문에서 화자는 "남이 보기엔 항상 어정쩡한 아이"로 "또래
들로부터 줄곧 따돌림을 당하곤 했다"고 말하는데, 그가 학교
에서 친구들과 잘 어울리지 못한 것에는 여러 가지 이유가 있
겠지만 그의 집이 울타리가 없이 방 두 개가 나란히 붙어 있는
초라한 집이라는 사실도 중요한 원인이었을 것이다.

어린 나이였지만 나는 꼬질꼬질하고 암울한 애옥살이가
불길하게 노출되는 비애가 서린 그 집이 싫었다. 바깥세상과
집 안의 은밀한 세상이 어떠한 완충공간도 없이 곧장 정면으
로 부딪치는 가옥 구조가 창피스러워 견딜 수 없었다. (······)
때문에 나는 언제나 주눅들어 있었고, 사소한 어려움에도 담
대하게 나서지 못하고 우물쭈물 얼버무리기를 잘하는 소심한
아이가 되었다. 뿐만 아니라, 천둥 번개라도 치는 날이면 벽장

속으로 숨어드는 겁쟁이가 되었다. (……) 나의 다채로운 열등감의 뒤쪽에는 대문이나 울타리 없는 집에 살고 있는 아이라는 내력이 버티고 있었다.(같은 책, 103~104쪽)

상상력의 철학자 바슐라르는『공간의 시학』에서 "집은 몽상을 보호하고, 집은 꿈꾸는 사람을 지켜주고, 집은 우리들로 하여금 평화롭게 꿈꿀 수 있게 한다", "집은 인간의 최초의 세계이다", "성급한 형이상학자들이 주장하듯이 인간은 '세계에 내던져지기' 전에, 집이라는 요람 속에 놓여진다"[8]라는 의미 있는 담론들을 통해 집의 중요성을 강조하면서 집과 인간의 상상력과의 관계를 성찰한 바 있다. 물론 여기서 바슐라르가 말하는 집은 다락방이 있고, 지하실이 있고, 여러 개의 방이 있고 넓은 정원이 딸린 집이자, 수직적이고 응집된 건축물로 상상될 수 있는 서양식 집이다. 그런 집에서 어린 시절을 보낸 사람은 자기의 방에서 행복한 몽상에 잠길 수도 있을 것이고, 자신의 집을 험난한 외부의 세계로부터 자신이 안전하게 보호된다는 믿음을 주는 안식처로 생각할 수도 있을 것이다. 그러한 집과는 달리 "바깥세상과 집 안의 은밀한 세상이 어떠한 완충 공간도 없이 곧장 정면으로 부딪치는 가옥구조"에서 어린 시절을 보낸 주인공은 누추한 집에 대한 부끄러움으로 소심하고 겁이 많은 아이가 된다. 바슐라르는 집이 인간에게 근원적인 안식처이자 피난처로서 "하늘의 폭풍우와 인생의 폭풍우가 몰아치더라도 인간을 보호해준다"(같은 책, 같은 쪽)는 믿음을 갖게 한다고 했지만, 어린 주인공은 "천둥 번개라도 치는 날이면 벽장 속으로 숨어드는 겁쟁이가" 되었음을 고백한다. 그가 벽장 속에 숨을 수 있다고 해도 벽장은 그의 방이 아니다. 벽장에 숨어 있을 경우 그는 엄격한 어머니로부터의 꾸중을 각오해야 할 것이다. 자기 방이 없는 소년은 행복하고 은밀한 몽상의 추억을 갖기는커녕, 늘 집 밖으로 나가서 근처의 시장이건, 길이건, 산이건, 냇가이건 무작정 걷고 싶을 것이다. 이것은 김주영의 유랑민적 작가의식 형성의 중요한 근거로 이해된다. 또한『고기잡이는 갈대를 꺾지 않는다』의 주인공이 최초로 거울을 발견한 장소가 집 안이 아니라 집 밖이라는 사실은 이런 점에서 매우 의미심장하다. 자아가 형성되는 거울단계에서 주인공은 집 안에서보다 길 위에의 삶에 더 익숙해질 수 있었기 때문이다.『잘 가요 엄마』의 주인공이 "아우가 태어난 이후, 나는 걸핏하면 집을 뛰쳐나와 하릴없이 남의 집 처마밑에 웅크리고 서서 겨울나무처럼 떨곤 했다"(『잘 가요 엄마』, 153쪽)고 말한 것은 집 안에서 외로운 몽상에 잠기기보다 집 밖을 맴돌며 배회하는 일이 어머니의 재혼과 동생의 태어남 이후 더욱 빈번해졌음을 증명한다.

새아버지를 맞아들인 어머니의 선택이 재앙이 된 것은 내 가슴속에 자리잡게 된 수치심 때문이었다. 그것은 발뒤꿈치에 생긴 군은살처럼 문질러도 문질러도 지워지지 않는 아픔의 흔적이었다. 집 안에 생겨난 음습함, 막연했으나 돌이킬 수 없는 모순, 빼앗긴 듯 허전한 삶에 가슴이 쓰렸고, 두 사람 사이에 자리 잡은 어떤 진실과 대면하는 것이 지극히 불편했다. 그것은 내가 감당할 수 있는 것이 아니었다. 나의 십대는 그렇게 야금야금 메마르기 시작했다.(같은 책, 180쪽)

이 장면은 어머니의 재혼이 소심하고 열등감이 많은 소년에게 지울 수 없는 상처를 남긴 결정적 사건이 되었음을 보여주는 대목이다. 십대의 소년은 "새아버지를 맞아들인 어머니의 선택"을 이해할 수 없었을 뿐 아니라, 어른들의 "진실과 대면하는 것"은 자신이 감당할 수 없는 일이라고 생각한다. 어머니의 재혼은 소년의 십대를 재앙과 불행으로 얼룩진 어둡고 슬픈 시간들로 만들어버린다. 소년은 당연히 자신에게 지울 수 없는 상처를 준 어머니에게 복수하려고 한다. "어떻게 하면 어머니에게 가슴을 도려내는 듯한 통렬한 후회와 고통을 안겨줄 수 있을까. 어머니의 가슴속에 평생 씻을 수 없는 오욕의 못을 박아줄 수만 있다면, 학교 따위, 미련 없이 그만둘 수 있었다."(같은 책, 205쪽) 소년이 어머니에게 "통렬한 후회와 고통을 안겨"줄 수 있는 일은 학교를 그만 다니고, 머나먼 곳으로 자취를 감추고 사라지는 가출에 대한 상상이다. 또한 소년에게 가출에 대한 상상이 얼마든지 현실화될 수 있는 것은, 가출하게 되면 늘 자신을 미워하고 가학적인 체벌을 일삼는 선생님을 보지 않을 수 있었기 때문이다.

어머니와 새아버지, 그리고 떠난 두 사람에게 복수하는 길은 (……) 어디론가 멀고 먼 곳으로 떠나는 것뿐이었다.
그것만이 그때의 내가 할 수 있는 유일한 복수였다. (……) 내게 한길 저 밖에 있는 세상으로 나가는 일은 상상을 통해서만 가능했었다. 그러나 그것은 곧 두려움이기도 했다. 하지만 (……) 나름대로는 담대하고 두려움 없는 내가 가지 못할 이유도 없다는 자신감이 나를 잡고 흔들기 시작했다.(같은 책, 244쪽)

소년이 복수심을 품는 대상은 어머니와 새아버지뿐 아니라 자신에게 비인간적 체벌을 내리던 선생님과 자기를 따돌림했던 친구들이기도 하다. 그러나 가출에 대한 두려움 때문에 그러한 복수는 쉽게 실현되지 않는다. 소년은 두려움과 자신감으로 내면의 갈등을 겪다가 드디어 "열다섯 살이 될 무렵, 집을 떠나 객지를 떠돌기 시작"(같은 책, 258쪽)한다. 외롭고 험난한 객지생활 속에서 그는 거짓말을 하고 살 수밖에 없다는 것을 깨닫는다. 거짓말이 아니면 소년은 누구의 주목도 받을 수 없는 존재였기 때문이다.

『잘 가요 엄마』에서 화자는 열다섯 살에 가출을 감행했다는 것을 밝히지만, 가출 이후의 세상에서 겪은 온갖 시련과 고통에 대해서는 말하지 않는다. 다만 어머니의 장례식을 치르고 귀경하기 전에 만났던 누나에게 "나를 키운 것은 뭘까……분노와 술뿐이었다"(같은 책, 265쪽)고 말한 대목에서 독자는 그의 험난했던 삶을 짐작할 수 있을 뿐이다. 누나와의 대화에서 자신의 힘들었던 과거를 이렇게 냉소적으로 요약한 것에 대한 누나의 말은 이 소설뿐 아니라 김주영의 모든 성장소설의 주제와 실존적 메시지를 이해하는 데 있어서 매우 중요한 상징적 의미를 함축한다.

어린 시절의 기억이란 것이 마치 칼날과 같아서 혀를 베일 수도 있다. 눈 나라에서 살고 있는 사람들은 늑대를 잡을 때, 칼날에 짐승의 피를 묻힌 다음 그 칼을 짐승들이 지나다니는 길목에 거꾸로 세워놓는단다. 밤중에 늑대가 지나다가 피 묻은 칼을 발견하고 다가가서 밤새도록 칼날을 핥다가 나중엔 제 피를 모두 소진하고 죽게 된다는 얘기를 들었다. 참말인지 거짓말인지 잘 모르겠지만, 그럴싸한 얘기가 아니냐. 너가 어린 나이에 집 나가서 겪은 고통과 상처를 아직까지 가슴속에 넣고 다닌다면, 너가 바라볼 수 있는 세상의 넓이도 고통과 상처뿐인 게다…… 너가 가출해서 겪은 갖가지 우여곡절을 구구절절이 가슴속에 넣고 다니게 되면, 늘어나는 것은 포원뿐이다. 분노와 술뿐이었다는 말은 지금까지 누굴 사랑해본 적이 없다는 말과 다르지 않구나.(같은 책, 같은 쪽)

누나는 화자가 가출 후에 겪었을 모든 고통과 상처를 잊어버릴 수 있어야 하고, 고통과 상처를 잊지 않는다는 것은 사랑을 해본 적이 없다는 것과 마찬가지임을 말한다. 누나의 이 말은 이 글의 서두에서 인용한 벤야민의 『이야기꾼』에서의 한 구절을 떠올리게 한다. 벤야민은 모든 진정한 이야기의 본성은 공개적으로건 암시적으로건 인생에 유익한 것을 담고 있으며, 그 유익성은 도덕적이기도 하고 실용적이기도 하다고 말한다. 이야기꾼은 단순히 이야기를 재미있게 하는 사람이 아니라, 격언이나 경구를 통해서 듣는 사람에게 충고와 조언을 해주는 사람이기 때문이다.[9] 『잘 가요 엄마』의 작가는 누나의 말을 통해서 인생에서 사랑이 제일 중요하다는 것을, 그리고 그 사랑은 어머니의 사랑과 같은 것임을 독자에게 일깨워주었다고 할 수 있다. 문학동네판 『홍어』에는 빠져 있지만 문이당판에는 수록되어 있는 '작가의 말'에서, 작가는 유목민들은 "고통과 증오까지도 항상 몸에 지니고 다닌다"고 말한 바 있는데, 이 말에 담긴 증오심의 의미와 '어머니의 사랑'이 대립되는 것은 분명하다. 그러므로 이러한 대립은 『홍어』가 씌어졌을 때만 하더라도 작가가 '어머니의 사랑'이 갖는 큰 의미를 깨닫지 못했음을 짐작케 한다. 다시 말해서 작가는 어머니의 죽음을 통해서 어머니의 사랑과 희생적 삶을 돌이켜보게 되었고 이러한 성찰이 그의 깊은 자기반성으로 이어진 것이다. 『잘 가요 엄마』의 '작가의 말' 속에 "어머니는 나로 하여금 도떼기시장 같은 세상을 방황하게 하였으며, 저주하게 하였고, 파렴치로 살게 하였으며, 쉴 새 없이 닥치는 공포에 떨게 만들었"지만, "그것이 바로 어머니가 내게 주었던 자유의 시간"이었다는 말은 작가의 뼈아픈 자기반성적 깨달음을 반영한다고 할 수 있다.

5. 결론을 대신하여

김주영은 『잘 가요 엄마』의 말미에 '작가의 말'을 배치함으로써 작중화자와 작가를 연결시키고, 화자가 누나의 말 속에서 미처 깨닫지 못한 것을 작가가 깨달은 것처럼 이야기를 완결시킨다. 그런 점에서 이 소설의 서사적 구성은 '작가의 말'

앞에서 끝난 것이 아니라, '작가의 말'까지 이어진다고 볼 수 있다. 이러한 구성은 세 성장소설들의 형태와 다른 점이다. 앞의 세 작품에서 '작가의 말'은 소설의 서사가 시작되기 전에 배치된 것으로서 소설의 내용과 직접적으로 연결된 말은 아니었다. 작가와 화자는 분리되어 있고, '작가의 말'과 화자의 서술은 시간적으로 단절되어 있다. 가령 『고기잡이는 갈대를 꺾지 않는다』 초판에 실린 '작가의 말'에서는 "어린 시절 그토록 아름다웠던 것을 아름다움 그대로 재구성할 수 있을까"라는 자신 없는 말을 통하여 작가는 어린 시절의 화자와 분리된 입장을 드러낸다. 그리고 『홍어』 초판 '작가의 말'에서는 "끊임없이 이동하는 유목민들은 모든 소유물을 몽땅 가지고" 다닐 뿐 아니라, 심지어는 "고통과 증오까지도 항상 몸에 지니고 다닌다"면서 그 유목민들을 작가와 동일시하지만 유목민인 작가와 화자인 소년의 단절된 입장은 분명하다. 또한 『멸치』에서의 '작가의 말'은 '멸치는 고래보다 크고 의젓하다'는 의미의 시적 산문으로 서술되어서 소설의 주제에 대한 상징적 해석은 가능하지만 소설의 줄거리와 밀착된 진술로 해석되지는 않는다. 그러나 『잘 가요 엄마』에서의 '작가의 말'은 작품의 끝에 놓여 있으면서 독자로 하여금 작중화자와 작가가 일치한다는 생각을 갖게 한다.

성장소설 세 작품과 『잘 가요 엄마』의 문체와 구성도 다르다.『고기잡이는 갈대를 꺾지 않는다』는 어린 시절을 아름답게 재구성하려는 작가의 의도로 인하여 소년의 가난하고 불행한 처지를 사실적으로 서술하기보다 어린아이들의 순진한 세계가 더 돋보인다는 인상을 주고,『홍어』는 소년이 화자이므로 소년의 일관된 시점에서 서사가 이루어진, 매우 섬세하고 치밀한 구조와 장치에도 불구하고 어른들의 세계를 이해하는 데 한계를 보인다.『멸치』는 세 작중인물들의 현실적 생활이 구체화되어 있지 않기 때문에 실제의 이야기라기보다 우화소설처럼 읽힌다. 그러나『잘 가요 엄마』에서는 어른의 시점과 아이의 시점이 적절하게 나뉘어 있고, 현재의 서술과 과거의 서술이 연속성과 긴장성의 관계로 교차되어 있는 흐름 속에서 자신의 과거를 정면에서 응시하려는 작가의 시각이 극도의 사실적인 문체로 표현되어 있다.『잘 가요 엄마』는 앞의 성장소설들 속에서 아이의 시점으로 이야기된 사건을 어른의 시점으로 전환시킴으로써 어린 주인공의 떠남과 가출의 의지가 실현되었음을 극명하게 보여준다. 작중인물의 가출과 작가의 가출이 얼마나 일치하는 것인지는 알 수 없다. 그러나 작중인물이 가출 후의 험난한 세계 속에 방황하면서 거짓말을 하고 살 수밖에 없었다는 것과 유랑민 작가의 소설 쓰기가 연결성이 있음은 분명하다. 루카치나 골드만이 소설을 정의한 것처럼, 소설이 타락한 세계에서 타락한 방법으로 진실을 추구하는 거짓말의 이야기라면, 그것은 작중인물이 가출 후의 세계에서 거짓말을 하고 살아야 생존할 수 있었다는 진술과 일치한다고 할 수 있다.

김주영의 성장소설에서 결국 중요한 것은 '나'와 어머니와의 관계이다. 『홍어』는 '나'와 어머니의 애증관계를 섬세하게 '나'의 관점에서 서술한 작품이지만, 어머니의 진실을 밝히는 단계에까지 이르지는 못했다. 소설의 끝에서 어머니가 그토록 기다리던 아버지가 집으로 돌아왔는데 왜 다음 날 어머니가 가출하는 것인지의 문제는 계속 풀리지 않는 수수께끼처럼 보인다. 그러나 『잘 가요 엄마』는 독자에게 어떤 의문도 갖게 하지 않으면서 마치 모호한 진실이 밝혀졌을 때 경험할 수 있는 깊은 감동을 선사한다. 그 감동은 어디에서 연유하는 것일까? 자신의 고통스러운 과거와 유랑민의 삶이 어머니가 준 자유의 시간임을 깨달았다는 작가의 고백 때문일까? 아니면 남자들로부터 유린당하고 희생당하면서도 남을 탓하지 않고 자신의 허물을 감내하면서 일생을 보낸 어머니의 헌신적인 사랑과 삶의 태도 때문일까? 그러나 이 시점에서는 그러한 감동의 근원을 굳이 찾으려 하지 않아도 되겠다. "내가 고향을 떠나 터득했다고 자부했었던 사랑, 맹세, 배려, 겸손과 같은 눈부신 형용과 고결한 수사들은 속임수와 허물을 은폐하기 위한 허세에 불과하였다"는 '작가의 말'이 그의 소설을 덮어두기보다 다시 펼쳐들고 싶은 욕구를 자아내기 때문이다. '작가의 말'에서 드러난 이러한 자기 반성은 공간적으로건 시간적으로건 어느 한 지점에 머물지 않는 유랑민 작가의 자유로운 정신에서 가능할 수 있는 태도이다. 그렇기 때문에 그와 소설을 통해서 부끄럽고 황량한 유년의 기억 혹은 남루한 공간 속에서의 꿈 없는 삶과 치열하게 대면하는 용기 있는 작가의 모습이 부각되는 것은 당연하다.

1 발터 벤야민, 『발터 벤야민의 문예이론』, 반성완 옮김, 민음사, 1983, 167쪽 참조.

2 김주영·황종연, 「원초적 유목민의 발견」, 『김주영 깊이 읽기』, 문학과지성사, 1999, 24쪽.

3 김주영, 『젖은 신발』, 김영사, 2003. 219~221쪽.

4 김주영·황종연, 같은 글, 31쪽.

5 김주영·황종연, 같은 글, 29쪽.

6 이 글에서 다루는 단행본은 다음과 같다. 김주영, 『고기잡이는 갈대를 꺾지 않는다』(민음사, 1988; 문학동네, 2013), 『홍어』(문이당, 1998; 문학동네, 2014), 『멸치』(문이당, 2002), 『잘 가요 엄마』(문학동네, 2012), 『고기잡이는 갈대를 꺾지 않는다』, 『홍어』는 개정판을 참고하였다.

7 Dylan Evans, *An Introductory dictionary of Lacanian psychoanalysis*, Routledge, 1996, pp. 114~116 참조.

8 G. Bachelard, *La poétique de l'espace*, P.U.F., p. 26.

9 벤야민, 같은 책, 169쪽 참조.

시인과 나무

　— 정현종의 「세상의 나무들」에서
　　이영광의 「나무는 간다」까지

『데미안』과 『유리알 유희』를 쓴 헤르만 헤세는 인간의 내면과 삶의 신비로움을 깊이 있게 서술한 작가일 뿐 아니라, 나무와 숲의 신비로운 아름다움을 예찬한 작가이기도 하다. 보리수나무나 마로니에 숲 등에 대해 쓴 글을 읽으면 그가 얼마나 나무와 깊은 대화를 나누고 나무에 대해 많은 성찰을 했는지를 알 수 있다. 어떤 의미에서 나무는 그의 작가적 상상력의 중요한 원동력의 하나라고 말할 수 있을지 모른다. 그는 나무를 통해서 지혜와 용기를 발견하거나, 자신의 고통을 정화시키고 새로운 삶의 계기를 찾기도 한다. 나무는 그에게 삶의 위안과 감명을 주는 설교자이다.

나무는 늘 내게 가장 감명을 주는 설교자였다. 나는 나무가 크고 작은 숲에 종족을 이루고 사는 것을 숭배한다. 나무들이 홀로 서 있을 때, 더욱 숭배한다. 그들은 마치 고독한 사람들과 같다. 시련 때문에 세상을 등진 사람들이 아니라 위대하기에 고독한 사람들 말이다.[1]

헤세는 「나무」라는 제목의 짧은 산문에서 이렇게 나무를 고독한 사람에 비유하는데, 여기서 '고독한'이란 형용사의 의미는 속된 세상에서 따돌림을 당한 자의 '외로움'이 아니라 세속적 가치관을 초월한 존재의 '위대함'에 가깝다. 다시 말해서 나무와 같은 존재는 베토벤이나 니체처럼, 세속적 가치관에 휩쓸리지 않고 자기가 진정으로 추구하는 가치를 위해서 자기 자신을 변화하여 자아를 완성시키는 위대한 영혼들로 묘사된다. 이렇게 나무는 위대한 삶의 표상일 수도 있고 존재하는 모든 것들의 신비와 다양성과 아름다움을 표현하는 어떤 근원적 존재의 상징성을 나타내는 것일 수도 있다. 헤세와는 달리 자연적인 것을 혐오하고 인공적인 것을 좋아했던 보들레르에게 나무를 예찬하는 시는 거의 없지만, 보들레르는 「상응 Correspondances」이라는 시에서 "자연은 하나의 신전"이고, "거기 살아 있는 기둥들에서 이따금씩 어렴풋한 말소리 새어나온다"고 노래한 바 있다. 여기서 "살아 있는 기둥"을 나무라고 단정할 수는 없지만, 상징적 언어의 나무라고 해석할 수는 있을 것이다. 나무가 전해주는 언어는 근원적 존재의 비밀을 담은 상징의 언어이기 때문이다. 모든 나무가 그렇지는 않겠지만, 수령이 오래된 큰 나무 앞에서 인간이 자기도 모르게 경건한 마음을 갖고 평화를 느끼며 위안을 받는다면, 그것은 존재의 진실이나 삶의 신비를 상징의 언어로 이야기하는 나무의 말을 어렴풋이라도 이해했기 때문일 것이다.

❖

정현종은 한국 시인들 중에서 누구보다 나무를 많이 예찬하고 나무에 대한 사랑을 노래한 시인이다. 그는 나무에 대한 좋은 시와 산문을 여러 편 발표한 바 있는데, 가령 「나무 예찬」이란 산문에서 그는 우리의 인생에서 나무가 하는 일이 그 어떤 종교나 철학의 역할보다 크다는 것을 이렇게 말한다.

나는 그 어떤 종교, 그 무슨 철학에서보다 나무로부터 느끼고 얻는 게 크다. 종교나 철학이 인위적이어서 다소간에 모호하고 불순하고 수상한 국면을 갖고 있는 데 비해 나무는 그런 게 전혀 없이 우리의 몸과 마음에 생명의 수액을 오르게 하고 스스로 체현體現하고 있는 상징으로 간단하고도 분명하게 깨

닿게 한다. 나무는 실제로나 상징으로나 생명의 원천이며 지
혜의 샘이다.[2]

정현종에게 나무는 땅에 뿌리를 내리고 있으면서도 좀 더
높은 곳으로 올라가려는 근원적 성향 때문에 인간에게 상승
의 이미지와 관념을 심어주는 존재로 그려진다. 그는 주변의
나무가 없었다면 인간이 상승의 의지를 어디서 배울 수 있었
을까라고 말하면서 인간의 정신적 삶에 기여하는 나무의 가
치를 역설한다. 그에게 상승의 의지를 모르는 인간은 돈과 권
력 등에 대한 세속적 욕망에 파묻혀 있는 속물일 뿐이다. 상승
의 이미지가 가벼움과 탄력과 변화의 운동성을 동반하는 것
이라면, 하강의 이미지는 무거움과 무기력 혹은 정체의 부동
성을 연상시키는 물질적 욕망에 가깝다. 이렇게 나무는 물질
적 욕망을 벗어날 수 있는 인간의 상승적 이미지를 가리키는
대명사로서 가벼움과 탄력의 화신일 뿐 아니라, 둥근 원형체
로서 근원적 생명의 존재이기도 하다.

세상의 나무들은
무슨 일을 하지?
그걸 바라보기 좋아하는 사람,
허구한 날 봐도 나날이 좋아

가슴이 고만 푸르게 푸르게 두근거리는

그런 사람 땅에 뿌리내려 마지않게 하고
몸에 온몸에 수액 오르게 하고
하늘로 높은 데로 오르게 하고
둥글고 둥글어 탄력의 샘!

하늘에도 땅에도 우리들 가슴에도
들리지 나무들아 날이면 날마다
첫사랑 두근두근 팽창하는 기운을!

— 정현종, 「세상의 나무들」 전문

　시인은 시의 서두에서부터 "세상의 나무들"이 무슨 역할을
하는지를 질문하는데, 사실 인간의 생존에 있어서 나무의 역
할만큼 중요한 것도 없다. 누구나 알고 있듯이, 나무와 숲은
인간이 태어나기 이전부터 지구에 존재해왔다. 인간은 원시
사회부터 지금까지 숲에서 생명을 유지하는 데 필요한 식량
을 채취하고, 집을 짓는 데 필요한 목재를 구했으며, 섬유를
통해 옷을 만들기도 했으니, 숲이 없는 인간의 삶이란 불가능
한 것이다. 특히 물과 공기는 인간의 생명을 유지시키는 필수

조건이다. "숲을 이루고 있는 식물의 증산작용으로 공중에 올라간 수증기가 응축되어 비가 내리고 물이 만들어"³졌다는 과학적 상식에서, 숲이 물과 공기의 원천이라는 말은 이견의 여지가 없다. 또한 숲은 인간의 생존에 필요한 혜택을 줄 뿐 아니라 인류의 문화를 창조하는 데 있어서도 매우 중요한 역할을 한다. 정현종의 이 시는 인간이 생존과 문화에 기여하는 나무의 일 중에서 생물학적 역할보다 문화적 역할에 초점을 맞추어, 그가 「나무예찬」에서 말했듯이, 상승의 정신을 가르쳐주는 나무의 그러한 역할이 얼마나 위대한지를 노래한다. 나무는 시인뿐 아니라 나무를 바라보기 좋아하는 사람들 누구에게나 기쁨과 위안을 주는 존재일 것이다. 이 시의 화자는, 나무는 "나무를 바라보기 좋아하는 사람"에게 모든 진정한 사랑이 첫사랑과 같다는 점에서, 바로 첫사랑의 마음을 떠올리게 한다고 말한다. 사랑하는 사람들은 "허구한 날 봐도 나날이 좋"고, 볼 때마다 마음은 "푸르게 두근거"린다는 점에서이다. 또한 그 두근거리는 마음에서 "팽창하는 기운"이 느껴지는 것은, 나무가 "하늘로 높은 데로 오르게 하"는 "둥근 탄력의 샘"을 공급해주기 때문이다.

❖

대부분의 시인들이 숲과 산에서의 나무를 떠올리면서 상상력을 전개하는 것과는 달리, 마종기는 도시의 가로수를 주제로 삼아 나무를 그린다. 「서울 가로수」(『그 나라 하늘빛』, 문학과지성사, 1994)는 시인과 나무의 단순한 동일시를 넘어서서 도시의 가로수를 통한 삶의 성찰을 진솔하게 그린 시다.

> 1990년 가을, 날씨 좋은 날
> 동네 이름도 잘 모르는 서울 모퉁이에
> 나는 한동안 편히 살고 있었다.
>
> 때묻은 플라타너스 잎이
> 생각난 듯 가지를 떠나
> 머뭇머뭇 땅 위에 누웠다.
> 나도 거기에 눕고 싶었다.
>
> 그러나 서울 가로수는 냉혈 식물인가.
> 해마다 눈부신 장식으로 봄을 빛내다가
> 때가 되면 주저 없이 입던 옷도 벗는다.
> 두 눈 부릅뜨고 우리를 보는

늙고 지혜로운 선각자처럼.

(……)

아직도 먼지 속에 남은 가을볕 위에
서울의 나뭇잎을 편히 눕게 해다오.
매연과 최루탄에 중독되어
눈감고 입다물고 있는 서울 가로수.
한정 없이 요동치는 소음과 아우성에
난청이 된 낙엽들이 길을 찾고 있군.
팔 벌린 길가의 가을 나무 몇 그루,
자동차 떼에 밀려서 뼈가 부러지는군.
뼈가 부러져도 죽지 않는 서울 나무여.
눈물 어리게 웃는 것이 보인다.
후회할 것 없는 튼튼한 모습으로
푸르다가, 흔들리다가, 늙다가 하면서
오히려 나를 마음 시리게 하는 나무.
정신없이 살아온 날들이 낙엽으로 진다.
깊은 가을날의 보살이 되어
우리들의 한 일생을 품에 안는다.

— 마종기, 「서울 가로수」 부분

이 시의 화자는 1990년 가을, 플라타너스 나무가 주종을 이루는 서울의 가로수에서 잎이 떨어지는 모양을 바라보며 떠오른 "늙고 지혜로운 선각자"처럼 그린다. 물론 시인의 관점과는 다르게 식물학자들은 가을날 나무들이 잎을 떨구는 것을 살아가는 전략이라고 말한다. 나무들은 생산 활동이 끝난 나뭇잎을 그대로 두어 쓸데없이 유지비용을 지출하기보다 나뭇잎을 떨어내어 나뭇잎에 투자한 양분들을 회수하려 한다는 것이다. 그러나 시인은 나무가 잎을 떨구는 것을 "때가 되면 주저 없이 입던 옷도" 벗어 버리는, 늙고 지혜로운 선각자의 태도로 묘사한다. 더욱이 서울의 1990년은 도시의 공해뿐 아니라, 시위대를 해산하려는 경찰의 최루탄 발사가 빈번했던 시절이었으므로 가로수는 봄부터 여름까지 매연과 최루탄으로 생존하기도 힘들었을 것이다. 도시의 가로수가 겪는 그 모든 고난의 조건에도 불구하고 푸르게 나뭇잎을 생장시켰던 나무, 도시의 온갖 소음과 아우성으로 '난청'이 된 나무, 때로는 자동차 떼에 밀려서 뼈가 부러지기도 하지만, "뼈가 부러져도 죽지 않는" 나무, 눈물을 흘리면서 "웃는 것이 보이는" 나무. 시인은 그 나무를 통해서 선각자의 지혜를 발견하는 한편, 인간의 덧없는 삶을 반성하게 하는 거울의 역할을 보기도 하고 절망하는 인간에게 끊임없이 희망을 일깨워주는 어떤 '보살'의 모습을 연상하기도 한다.

❖

　김형영은 청년기에 그를 사로잡았던 불안과 고뇌, 혼란스
러운 격정과 허무 의식을 기독교적 세계관으로 극복하고, 노
년에 접어들면서부터 지난날 그 어느 때보다 절제된 언어의
투명한 시 세계를 보여준다. 그의 집이 서울의 남쪽 관악산 아
래에 있기 때문에, 그는 특별한 일이 없으면 아침식사 후에 매
일같이 산에 오르는 것을 오전의 일과로 삼고, 나무를 안아보
기도 하고 늙은 소나무 밑에 눕기도 하면서 나무와 일체감을
갖는 기쁨을 갖는다고 한다. 다음의 시는 시인과 나무와의 그
러한 일체감을 주제로 한 시들 중 하나이다.

　산에 오르다
　오르다 숨이 차거든
　나무에 기대어 쉬었다 가자.
　하늘에 매단 구름
　바람 불어 흔들리거든
　나무에 안겨 쉬었다 가자.

　벗나무 안으면
　마음속은 어느새 벗꽃동산,

참나무를 안으면
몸속엔 주렁주렁 도토리가 열리고,
소나무를 안으면
관솔들이 우우우 일어나
제 몸 태워 캄캄한 길 밝히니

정녕 나무는 내가 안은 게 아니라
나무가 나를 제 몸같이 안아주나니,
산에 오르다 숨이 차거든
나무에 기대어
나무와 함께
나무 안에서
나무와 하나 되어 쉬었다 가자.

— 김형영, 「나무 안에서」 전문(『나무 안에서』, 문학과지성사, 2009)

화자는 나무를 안으면서 갖는 일체감을 자신이 나무를 안
는 느낌이 아니라, 나무에 안기는 느낌으로 표현한다. 이러한
화자와 나무의 일체감에는 단순한 동일시를 넘어선 동화同化
와 변형의 상상력이 작용하고 있다. 이 시에서 특히 재미있게
읽히는 부분은 벚나무를 안을 때 화자의 마음속에 '벚꽃동산'

이 떠오르고 참나무를 안을 때 "몸속에 주렁주렁 도토리가 열리"는 듯하다는 두 번째 연이다. 또한 이 연에서 소나무를 안을 때, "관솔들이 우우우 일어나/제 몸 태워 캄캄한 길 밝히니"라는 구절은 시인의 내공과 체험의 깊이를 증언하는 표현으로 보인다. 화자는 소나무의 관솔들이 불에 타오르는 모양을 상상하면서 자기 몸을 희생시켜 어둠을 밝혀주는 어떤 선구자를 떠올리고 있는데, 이러한 상상력의 역동성은 참으로 놀라운 것이다. 본래 소나무는 많은 시련을 견디면서도 한결같은 푸르름을 간직하고 있다는 점에서 일반적으로 꿋꿋한 의지의 정신을 상징하는 나무라는 고정관념이 있는데, 이 시에서 소나무는 어둠을 밝히는 역동적인 등불의 이미지로 변용되어 있는 점이 새롭다.

김명인은 첫 번째 시집 『東豆川』에서 최근에 펴낸 『여행자 나무』(문학과지성사, 2013)에 이르기까지 모두 열 권의 시집을 펴낸 시인으로서 '길 위에 선 시인'이라고 불릴 만큼, 집 밖의 세계 혹은 여행지에서의 풍경과 체험을 시의 중심 주제로 삼았다. 비평가 홍정선은 "김명인의 시에서 여행은 공간의 이동이며, 공간의 이동은 세월의 흐름이고, 세월의 흐름은 거기에 실린 마음의 움직임, 곧 인생"[4]이라고 말한 바 있다. 그의 이러한 해석은 김명인의 시적 작업이 공간과 시간의 변화를 탐구하는 일임을 암시하면서 동시에 시인의 길과 여행지에서의 생각들이 개인적 차원이 아닌 인간의 보편적 삶의 차원에서 이루어졌음을 강조한 것으로서 김명인의 시 세계를 매우 적절히 설명해주고 있다. 표제작이기도 한 「여행자 나무」는 창밖에 보이는 사막의 여행자와 나무를 대상화한 시로 그의 시적 변화를 짐작해볼 수 있을 만큼 함축적 의미를 많이 담고 있다.

이 나무는 사막을 거쳐 온 여행자들이
잠깐 쉬었다 가는 자리
그늘을 깔아놓고 행려의 땀방울을 식혀준다
헤아릴 수 없는 순례의 길목이 되면서
뻗은 실가지도 어느새 우람한 팔뚝으로 차올랐지만
나무는, 여행자들이 내려놓는
들뜬 마음이나 고단한 한숨 소리로
사막 저쪽이 바람편인 듯 익숙해졌다
동이 트고 땅거미 져도 활짝 열린 사막의 창문
맞아들이고 떠나보낸 여행의 수만큼 나무는
세계의 전설로 그득해졌지만
잎을 틔워 초록을 펴고 시드는 잎차례로

낙엽까지 가보는 것이 유일한 해살이었다

언제나처럼 굴곡 겹친 사막의 날머리로

지친 듯 쓰러질 듯한 사람이 멀리서 왔다

딱 하루만 폈다 지는 꽃의 넋과 만나려고

선연하게 둘러앉는 두레의 그늘, 석양이 지고 있다

— 김명인, 「여행자 나무」 부분

　이 시에서 "사막을 거처 온 여행자들"이 잠시 쉬었다 가는 사막의 나무는 헤세가 나무에 대해서 말한 "위대하기에 고독한 사람"의 모습을 연상시킨다. '여행자 나무'는 순례자의 성소聖所와 같다. 성소로서의 나무는 자신의 역할인 것처럼 여행자들의 땀방울을 식혀주고 "여행자들이 내려놓는/들뜬 마음이나 고단한 한숨 소리"를 받아주면서 그들에게 위안을 주는 말을 할 것이다. 나무가 들려주는 위안의 말은 여행자 누구에게나 들리는 말이 아니라 그 말을 진정으로 듣고 싶어 하는 사람에게만 들리는 말일 것이다. 또한 나무의 말은 개인적인 차원을 넘어선 삶의 근원적 법칙을 이야기하는 상징의 언어일 수 있다. 그 언어는 어쩌면 인생이란 끊임없는 여행길이고, 그 길 위에서 기쁨과 슬픔, 행복과 고난은 끊임없이 되풀이된다는 것, 인간의 정신은 시련 속에서 더욱 강인해질 수 있다는 것 등의 진리를 담은 것일지 모른다. 물론 나무는 순례자처럼 여행하고 싶어도 여행할 수가 없다. 그러니까 기껏해야 "잎을 틔워 초록을 펴고 시드는 잎차례로/낙엽까지 가보는 것이 유일한 해살이"인 나무는 "어디로도 실어 보내지 못한 신생의 그리움"만 품고 있을 것이다. "신생의 그리움"은 다른 나무에 대한 그리움이 아니라, 오직 자신 속에서 신생을 꿈꾸는 나무 자체의 그리움이다. 이 그리움은 결국 삶의 과제가 자기 자신 속에 있는 것이므로 삶의 과제를 공허하게 밖에서 찾지 말고, 오직 자신의 내면을 단련시키고 자신의 모습을 완성하는 일만이 가치 있는 일임을 일깨워준다.

❖

정희성은 본래 민중의 고단한 삶의 애환을 절제된 언어로 표현하는 시적 작업을 계속해왔지만, 언제부터인가 현실 비판의 강렬한 목소리보다 자아의 내면적 성찰과 인간의 삶에 대한 따뜻한 사랑을 많이 노래한다. 최근에 간행된 시집 『그리운 나무』(창비, 2013)의 표제시는 그러한 사랑의 감정을 나무의 노래로 표현한 듯하다.

　　나무는 그리워하는 나무에게로 갈 수 없어

애틋한 그 마음 가지로 벋어

멀리서 사모하는 나무를 가리키는 기라

사랑하는 나무에게로 갈 수 없어

나무는 저리도 속절없이 꽃이 피고

벌 나비 불러 그 맘 대신 전하는 기라

아아, 나무는 그리운 나무가 있어 바람이 불고

바람 불어 그 향기 실어 날려 보내는 기라

— 정희성, 「그리운 나무」 전문

　　서로 가까이 있는 두 나무가 자라면서 하나로 합쳐지는 현상을 식물학자들은 연리지連理枝라고 말한다. 이것은 땅 아래의 뿌리가 둘이면서 지상에 나와서는 어느 부분에서부터 한 몸이 되는 나무를 가리킨다. 이 연리지를 보면서 사람들이 평생의 고락을 함께하며 살아가는 행복한 부부의 모습을 연상하는 것은 당연하다. 그러나 연리지와 같은 나무의 결합은 아주 가까운 거리에서 자라는 나무들일 경우에만 가능할 것이다. 대체로 한 나무는 사랑하고 그리워하는 다른 나무에게로 가까이 다가갈 수 없다. 그렇다면 나무가 움직일 수 없다고 해서, 한 나무는 다른 나무에게 한몸이 되고자 하는 사랑을 표현할 수 없는 것일까? 시인은 나뭇가지가 벋은 모양을 "멀리서 사모하는 나무를 가리키는" 것으로 보고, 나무의 꽃이 피는 것은 "벌 나비 불러" 사랑하는 마음을 대신 전해달라는 표현으로 이해한다. 나무의 사랑을 이처럼 간결하고 아름답게 노래한 시도 없을 것이다. 이것은 결국 사랑의 표현이 없는 대상에서 사랑의 기미를 읽을 줄 아는 시인의 지혜로운 통찰을 반영한다.

❖

이성복은 가능성의 세계를 그리기보다 불가능성의 세계를 그리는 시인이라는 점에서 그의 시는 늘 새롭고 난해하지만, 최근 시집 『래여애반다라米如哀反多羅』(문학과지성사, 2013)에 실린 「나무에 대하여」는 그의 다른 시들에 비해서는 비교적 읽기가 수월한 시로 보인다.

때로 나무들은 아래로 내려가고 싶을 때가 있을 것이다 나무의 몸통뿐만 아니라 가지도 잎새도 아래로, 아래로 내려가고 싶을 것이다 무슨 부끄러운 일이 있어서가 아니라, 그냥 남의 눈에 띄지 않고 싶을 때가 있을 것이다 왼종일 마냥 서 있는 것이 부담스러울 때가 있을 것이다 아래로, 아래로 내려가 제 뿌리가 엉켜 있는 곳이 얼마나 어두운지 알고 싶을 때가 있

410

을 것이다 몸통과 가지와 잎새를 고스란히 제 뿌리 밑에 묻어
두고, 언젠가 두고 온 하늘 아래 다시 서보고 싶을 때가 있을
것이다

— 이성복, 「나무에 대하여」 전문

이 시의 화자는 인간의 입장에서 나무를 바라보지 않고, 나
무의 입장에서 나무를 생각하는 역발상의 관점을 보인다. 인
간의 입장에서 나무를 보면, 나무는 언제나 삶의 교훈을 가르
쳐주는 성인이거나 삶에 지친 인간에게 모성적인 위안을 주
는 존재로 그려질 뿐이다. 시인은 나무에 대한 일반적 인식을
전환시켜서 나무들을 인간화하여 나무의 입장에서 보는 관
점이 나무에 대한 예의라고 생각한 듯하다. 우리는 흔히 나무
에 대하여 하늘을 쳐다보며 당당하게 서 있는 어떤 의지의 표
상을 떠올린다. 그러나 나무라고 해서 늘 서 있기만 하는 것이
당연할까? 나무는 눕고 싶은 때가 없는 것일까? 나무에게 스
트레스는 없는 것일까? 물론 식물학자들은 나무가 스트레스
를 받는 일이 많이 있음을 말한다. 그러한 식물학자의 관점이
아닌 시인의 관점에서 이성복은 나무가 "무슨 부끄러운 일이
있어서가 아니라, 그냥 남의 눈에 띄지 않고 싶을 때가" 있어
서거나, "왼종일 마냥 서 있는 것이 부담스러울 때가" 있어서

위로 올라가지 않고 "아래로 내려가고 싶을 때가 있을 것"이라고 상상한다. 이러한 역발상적인 인식은 이성복의 특이한 상상력의 성과로 볼 수 있을 만큼 새롭다. 또한 나무는 단순히 아래로 내려가서 숨어 있고 싶은 것이 아니라 땅속에서 "제 뿌리가 엉켜 있는 곳이 얼마나 어두운지 알고 싶을" 것이라는 시적 진술은 매우 날카로우면서도 지혜롭다. 이것은 인간을 포함한 모든 존재가 새로운 삶으로 재탄생하기 위해서는 자신의 근원에 대한 올바른 인식의 과정을 거쳐야 가능하다는 삶의 진리를 일깨워주기 때문이다.

❖

황지우의 유명한 시집 『겨울-나무로부터 봄-나무에로』(민음사, 1985)의 표제시는 나무의 의지와 생명력을 누구보다 힘차게 노래한 시이다.

나무는 자기 몸으로
나무이다
자기 온몸으로 나무는 나무가 된다
자기 온몸으로 헐벗고 영하 13도
영하 20도 지상에

온몸을 뿌리박고 대가리 쳐들고

무방비의 나목裸木으로 서서

두 손 올리고 벌 받는 자세로 서서

아 벌 받은 몸으로, 벌 받는 목숨으로 기립하여, 그러나

이게 아닌데 이게 아닌데

온 혼으로 애타면서 속으로 몸속으로 불타면서

버티면서 거부하면서 영하에서

영상으로 영상 5도 영상 13도 지상으로

밀고 간다, 막 밀고 올라간다

온몸이 으스러지도록

으스러지도록 부르터지면서

터지면서 자기의 뜨거운 혀로 싹을 내밀고

천천히, 서서히, 문득, 푸른 잎이 되고

푸르른 사월 하늘 들이받으면서

나무는 자기의 온몸으로 나무가 된다

아아, 마침내, 끝끝내

꽃피는 나무는 자기 몸으로

꽃피는 나무

— 황지우, 「겨울-나무로부터 봄-나무에로」 전문

이 시에서 화자는 영하 13도, 영하 20도의 추운 날씨에도 "무방비의 나목裸木으로 서서 두 손 올리고 벌 받는 자세로" 있는 나무가 영상 5도 영상 13도로 기온이 상승하는 봄에 '꽃피는 나무'로 변화하는 과정을 자연의 순응적인 변화가 아닌 의지적 인내와 투쟁의 결과로 그린다. 누구에게 의존하지 않고 "자기의 온몸으로 나무가" 되는 나무처럼 독립적인 의지로 힘차게 성장하는 존재가 있을까? "자기의 온몸으로 나무가" 되는 나무는 자기 온몸으로 나무가 되지 않을 때, 죽을 수밖에 없다는 것을 안다. 그렇기 때문에 나무는 자기 힘으로 그리고 온몸으로 나무가 될 수밖에 없다. 사람에게는 생사를 가르는 절실한 순간이 각자의 운명에 따라서 여러 번 올 수도 있고 한 번도 오지 않을 수 있겠지만, 나무의 일생에는 그러한 순간이 어느 나무에게든 끊임없이 찾아올 수 있다. 겨울의 나무들 중에서 특히 뿌리를 깊이 내리지 못한 어린 나무들일 경우, 땅의 배반으로 삶의 희망을 접어야 할 때가 적지 않다. 그만큼 나무들에게 얼어붙은 땅에서 살아남는다는 것은 쉬운 일이 아니다. 그 겨울의 온갖 시련을 거치고 봄이 되어 나무가 꽃을 피우는 과정은 "온몸이 으스러지도록/으스러지도록 부르터지면서/터지면서 자기의 뜨거운 혀로 싹을 내"미는 형태로 표현된다. 이처럼 강렬한 내면적 투쟁의 의지로 꽃을 피우고 푸른 잎을 틔우는 나무는 따뜻한 봄날의 하늘과 조화를 이루는 모양으로 표현되지 않고, "푸르른 사월 하늘 들이받"는 저항성의 의지로 강조된다. 이런 점에서 황지우의 '나무'는 지혜롭고 아름다운 '나무'가 아니라, 투쟁적이고 독립적인 나무다. 다시 한 번 황지우식 어법으로 말하자면, "자기 온몸으로" 나무가 되지 않는 나무는 나무가 아닌 것이다.

❖

이영광은 세계를 폐허나 병원으로 보고, 시인을 폐인이나 환자로 인식하는, 아니면 그렇게 인식한 젊은 시절의 한때를 보냈던 시인이다. 그의 많은 시가 불행과 슬픔, 분노와 아픔의 흔적을 표출하는 것은 그러한 우울하고 비관적인 세계 인식 때문이다. 「나무는 간다」(『나무는 간다』, 창비, 2013)는 이영광의 그러한 세계 인식과 삶의 태도를 반영하는 시들 중 하나라고 말할 수 있다.

나무는 미친다 바늘귀만큼 눈곱만큼씩 미친다 진드기만큼 산 낙지만큼 미친다 나무는 나무에 묶여 헛바닥 빼물고 간다 누더기 끌고 간다 눈보라에 얼어터진 오징어튀김 같은 종아리로 천지에 가득 죽음에 뚫리며, 가야 한다 세상이 뒤집히는데
고문받는 몸뚱이로 나무는 간다 뒤틀리고 솟구치며 나무

들은 간다 결박에서 결박으로, 독방에서 독방으로, 민달팽이
만큼 간다 솔방울만큼 간다 가야 한다 얼음을 헤치고 바람의
포승을 끊고, 터지는 제자리걸음으로, 가야 한다 세상이 녹아
없어지는데

나무는 미친다 미치면서 간다 육박하고 뒤엉키고 침투하
고 뒤섞이는 공중의 決勝線에서, 나무는 문득, 질주를 멈추고
아득히 정신을 잃는다 미친 나무는 푸르다 다 미친 숲은 푸르
다 나무는 나무에게로 가버렸다 나무들은 나무들에게로 가버
렸다 모두 서로에게로, 깊이깊이 사라져버렸다

— 이영광, 「나무는 간다」 전문

이 시에서 나무는 서 있는 나무가 아니고 움직이는 나무이
며, 건강한 나무가 아니라 미친 나무이다. "나무는 나무에 묶
여 헛바닥 빼물고 간다"에서 알 수 있듯이 미친 나무를 노예나
죄수처럼 끌고 가는 것은 사람이 아니다. 누가 그 나무를 그렇
게 고문하고 학대하는지는 알 수 없다.

나무는 결박당하고, 독방에 감금된다. 이영광의 나무가 왜
그런 취급을 받아야 하는지는 아무도 모른다. 나무는 죄를 지
은 것이 아니라 미쳤을 뿐인데, 미친 나무는 범죄자처럼 취급
되어 있는 것이다. 나무가 왜 미쳤는지도 알 수 없다. "세상이

뒤집히고", "세상이 녹아 없어진" 것이 나무가 미친 원인이라고 말할 수 있을지 모른다. 그렇다면 세상의 법칙이나 질서가 무너진 사회에서 미친 것과 미치지 않은 것, 정상과 비정상, 이성과 광기의 구분이 과연 가능할 것인가? 그러한 구분이 불가능하다면, 미친 나무는 사실 미친 것이 아니라 정상일지도 모른다. 니체는『즐거운 지식』에서 상식과 통념이 건강의 지표가 될 수 없듯이, 광기가 질병이나 건강하지 않음을 의미하는 것은 아니라고 말한다. 만약 미친 나무가 정상으로 인정될 수 있는 환경이 있다면, 그것은 그를 미친 나무 취급하고 학대하는 세상이 아니라, 그를 이해하고 존중하는 그와 같은 나무들이 있는 숲에서일 것이다. "나무는 나무에게로 가버렸다"는 것은 푸르른 "미친 나무"가 푸르른 "미친 숲"으로 가버렸다는 것이다. 그렇다면 나무가 미친 것은 숲에서 떨어져 나왔기 때문일 수도 있고 나무의 본래적 정체성을 상실했기 때문일 수도 있다. 이렇게 본다면, 이영광은「나무는 간다」를 통하여 인간의 정체성이 보장되는 자유로운 사회와 꿋꿋한 모습으로 자신이 서 있는 자리에서 최선을 다하는 나무와 같은 존재가 존중되는 세계를 꿈꾸었을지 모른다.

지금까지 살펴보았듯이, 시인들은 각기 다른 관점에서 나무를 바라보고 인식하고, 노래하였다. 그러나 나무에 대한 시인의 관점과 표현이 다른 것은 시인의 생각이 다르기 때문이라기보다, 이 글의 앞에서 인용했듯이 신전의 "살아 있는 기둥들"에서 흘러나오는 어렴풋한 말, 즉 상징의 언어에 대한 해석이 다르기 때문일 것이다. 나무의 말은 무궁무진하다. 나무는 이 세상 모든 것들의 신비와 다양성과 아름다움을 표현하는 근원적 존재의 의미를 함축하고 있기 때문이다.

1 헤르만 헤세, 『나무들』, 송지연 옮김, 민음사, 2000, 9쪽.
2 정현종, 『날아라 버스야』, 백년글사랑, 2003, 120쪽.
3 김기원, 『숲이 들려준 이야기』, 효형출판, 2004, 8~9쪽.
4 홍정선, 『인문학으로서의 문학』, 문학과지성사, 2008, 215쪽.

콘크리트 바닥에서 솟구치는 푸른 물줄기의 힘

— 김기택의 시집『갈라진다 갈라진다』

김기택은 새 시집『갈라진다 갈라진다』를 통하여 지난번 시집『껌』과 마찬가지로, 산업사회의 비인간화 현상과 비인간적 도시의 낯선 혹은 친숙한 풍경들, 전통적 가치관의 붕괴와 인간적 삶의 파탄 등을 치열하고 날카로운 관점으로 그린다. 그는 도시의 현실 속에서 효율성이 없기 때문에 버려지는 것들이거나 도시의 빠른 리듬에 적응하지 못하는 낙오자들, 목적과 수단의 관계에서 일탈해 있는 생뚱맞은 것들, 정상적인 규범이나 가치의 기준에서 벗어난 사람들을 줄기차게 시적 탐구의 대상으로 삼는다. 다시 말해서 그의 시는 생존경쟁의 논리가 지배하는 세계에서 무가치한 것으로 평가되는 온갖 비효율적이고 비경제적인 것, 비정상적이거나 비합리적인 것을 대상화하면서, 독자들로 하여금 그것들의 현재적 실상과 근본적 의미를 다시 생각하게 만드는 것이다.

김기택은 시적 문체에서 격정적인 울분이나 서정적인 감상을 거부함은 물론, 주관적인 비판이나 도덕적인 판단도 철저히 배제하고 있다. 그는 도시의 어두운 삶의 풍경을 끈질기게 객관적으로 기술하려 하거나, 풍자적이고 역설적인 반어법을 구사한다. 이러한 기술 방법이 독자에게 현실을 이성적으로 돌아보고 반성하게 만드는 데 효과적이라고 생각하기 때문일까? 여하간 시인은 일인칭 주어로 자기중심적인 생각이나 감정을 나열하는 문장을 사용하지 않으려 하고, 자기중심적인 시각에 갇혀 있지 않으면서 시점을 자유롭게 이동한다. 또한 인간을 주어로 한정시키지 않고, 온갖 사물을 인간화하여 주어로 만든다. 가령 "목이 (……) 넥타이를 잡아당긴다", "불이 (……) 콧구멍을 막았다", "온몸이 얼굴을 쳐다보고 있다", "우산은 자리를 찾아 두리번거렸다", "트럭 앞에 속도 하나가 구겨져 있다"와 같은 문장들이 그러한 예들이다. 이러한 사물의 의인화를 통하여 시인은 사물에 대한 인간 중심적 시각의 상투성을 벗어나는 한편, 역설의 발상으로 대상을 새롭게 생각해보려고 한다.

그의 새 시집에서 제일 많이 발견되는 주제는 죽음이라고 할 수 있다. 물론 그 죽음은 인간의 자연적인 죽음이 아니라 살인이나 자살과 같은 비인간적 폭력의 죽음이다. 그것은 "목 졸리고 숨구멍 막히고 팔다리 결박되어 우주 쓰레기들과 함께 떠돌고"(『우주인 2』) 있는 죽음으로부터 넥타이로 목을 매단 사람의 절박한 상황을 그린 「넥타이」의 자살, 성폭행당하고 죽어가는 여자의 모습을 연상시키는 「목을 조르는 스타킹에게 애원함」에서의 죽음, 살아 있는 죽음 같은 그로테스크한 육체의 신음소리로 '살려주세요'가 끔찍하게 들리는 「할여으에어」, 그리고 절망적인 죽음의 상황을 어둡게 그린 「긴 터널 안으로 들어간다」, "병원마다 장례식장마다 남아도는 죽음"이 상품화된 현실을 풍자한 「생명보험」, 여자친구의 어머니를 살해한 사람의 살인 동기를 냉정하게 묘사한 「여친 어머니 살해사건」, 아름답고 탄력 있는 피부의 여성이 죽은 모습을 비정한 문체로 서술한 「그녀가 죽었을 때」에 이르기까지 다양하게 서술된다. 시인은 그 다양한 죽음의 사건을 인간적으로 접근하지 않고 감정이 개입되지 않은 시각으로 바라본다. 이런 관점에서 그는 살인의 폭력성을 도덕적으로 비판하거나 희생된 죽음을 애도하는 서술 방법을 배제한다. 물론 이러한 비정한 문체 속에는 분노의 목소리가 감춰져 있는 것이지만, 시인은 오늘날 거의 일상화된 사건이 되었을 만큼 빈번히 발생하는 비인간적 폭력의 죽음을 객관화함으로써, 우리의 삶이 죽음에 가까울 만큼 절망적이 되었음을 말하려 한다. 삶과 죽음의 경계가 사라진 우리의 현실에서 진정한 삶의 희망과 가능성은 없는 것일까?

우선 김기택은 현대사회에서 삶 속의 죽음과 죽음의 삶이 일상화된 심각한 사회적 문제의 원인을 무엇보다 '시간의 경제' 때문으로 인식하고 있는 것 같다. 물론 자본주의 사회에서 시간이 가장 중요시되는 자원이라는 것은 누구나 알고 있는 사실이다. 마르크스도 말한 바 있지만, "시간의 경제 속에서 결국 모든 경제가 해체된다"는 말은 자본주의 경제 체제에서 시간의 중요성을 강조한 것이다. 우리는 흔히 사회가 얼마나 발전하고 문명화되었는지를 파악하기 위한 잣대로 시간의 단축과 절약을 내세운다. 현대사회에서 가장 중요한 덕목 중의 하나가 되어버린 이러한 시간 절약은 이제 그것을 얼마나 향유할 수 있는지가 풍요롭고 행복한 삶의 지표가 되기에 이르렀다. 시간의 절약이 사람을 행복하게 만들기도 하고, 절망에 빠지게도 만드는 것이다, 그러나 기계의 자동화와 생활의 편리화를 통한 시간의 단축은 결국 인간적인 삶을 마모시키고 파괴하기 마련이다. 최첨단의 기계를 소유하고 있으면서 인간의 심성은 평화롭고 행복해지기는커녕, 더욱 각박하고 원시적이 되어버렸다고 할 수 있다. 인간과 인간적 삶을 파괴하는 시간 절약 혹은 가속의 현대병은 이제 돌이킬 수 없이 우리가 감당해야 할 짐이 되었다. 김기택의 시에서 가속의 문제는 특히 「고속도로 4」와 「금단 증상」에서 이렇게 표현된다.

트럭 앞에 속도 하나가 구겨져 있다.

부딪혀 멈춰버린 순간에도 바퀴를 다해 달리며

온몸으로 트럭에 붙은 차체를 밀고 있다.

찌그러진 속도를 주름으로 밀며 달리고 있다.

찢어지고 뭉개진 철판을 밀며

모래알처럼 사방으로 흩어지는 유리창을 밀며

튕겨 나가는 타이어를 밀며

앞으로 앞으로만 달리고 있다.

겹겹이 우그러진 철판을 더 우그러뜨리며 달리고 있다.

아직 다 달리지 못한 속도가

쪼그라든 차체를 더 납작하게 압축시키며 달리고 있다.

다 짓이겨졌는데도 여전히 남아 있는 속도가

거의 없어진 차의 형체를 마저 지우며 달리고 있다.

철판 덩어리만 남았는데도

차체가 오그라들며 쥐어짠 검붉은 즙이 뚝뚝

바닥에 떨어져 홍건하게 흐르는데도

속도는 아직 제가 멈췄는지도 모르고 달리고 있다.

—「고속도로 4」전문

고속도로에서 빈번히 발생하는 교통사고의 현장을 생생하

게 그린 이 시에는 사람이 전혀 등장하지 않는다. "찢어지고 뭉개진 철판", "모래알처럼 사방으로 흩어지는 유리창", "튕겨 나가는 타이어", "겹겹이 우그러진 철판", "거의 없어진 차의 형체" 등의 묘사가 있을 뿐, 사고의 현장에서 당연히 있을 법한 운전자나 탑승자의 인명 피해는 전혀 언급되지 않고 있다. 물론 인간의 죽음보다 차량의 파괴를 전경화하는 시적 서술에서 비인간적 세계의 참혹함을 연상하기는 어렵지 않다. 그런데 특이한 것은 사고의 현장에서 인간은 보이지 않는 대신에 살아 있는 '속도'가 인간의 자리를 차지하고 있는 점이다. '속도'는 의인화되어서 멈춰버린 순간에도 "온몸으로 트럭에 붙은 차체를 밀고", "찌그러진 속도를 주름으로 밀며 달리고", "앞으로 앞으로만 달리고", 심지어는 "아직 제가 멈췄는지도 모르고 달리고" 있다. 이렇게 차가 멈췄는데도 속도는 달리고 있는 모양을 형상화하면서 시인은 멈출 줄 모르는 속도, 반성과 자의식이 없고, 생각과 배려가 없는 속도의 비인간적 폭력성을 비판한다. 누구나 알고 있듯이, 고속도로는 생명의 공간을 죽음의 공간으로 돌변하게 만들 수 있는 도로이다. 그러나 사람들은 늘 이러한 사실을 잊은 채, 자신이 기계를 잘 통제하고 이용하면 최대한으로 시간 단축의 효율성을 높일 수 있다고 생각하면서 고속도로를 달리는 것이다. 또한 이러한 속도의 파괴성은 사람들의 의식을 마비시키는 중독증을 전염시키기도 한다.

「금단 증상」은 속도에 중독된 사람들이, 속도를 향유할 수 없을 때의 금단 증상을 회화적으로 보여준 시이다.

> 꿈쩍도 하지 않는 버스를 움직여보려는 듯
> 발들이 동동 구른다
> 땅바닥에 굳게 붙박인 나무와 건물이
> 계속 달리지 않는다는 사실을 도저히 참을 수 없다!
> 이 모든 게 핸드폰의 잘못이라도 되는 양
> 입들은 핸드폰에게 야단을 치고 짜증을 퍼붓는다
> 속도의 단맛에 중독된 유리창이
> 수전증처럼 덜덜 떤다
> 엔진은 곧 폭발할 듯 으르렁거리지만
> 근질근질한 바퀴는 터질 듯한 공기를 꾹 누르고 있다
>
> —「금단 증상」 부분

'금단 증상'이란 제목 때문에 누군가의 중독증이 시의 주제일 것으로 짐작하던 독자는 "속도의 단맛에 중독된 유리창"이란 구절에 이르러 당혹감을 갖게 된다. 중독된 것은 사람이 아니라 버스의 유리창이기 때문이다. 물론 버스에 앉아 있는 사람들은 달리지 못하는 버스에서 발들을 동동 구르며, "계속 달

리지 않는다는 사실을 도저히 참을 수 없"어 할 것이다. 그러나 흥미로운 것은 승객이 발들을 동동 구르지 않고 "발들이 동동 구른다"는 구절이다. 사람이 참지 못하는 것이 아니라 발들이 참을 수 없어 하는 것처럼 서술되어 있는 것이다. 이 시에서는 이처럼 신체의 부분들이 주체의 통제를 받지 않고 마치 독립된 기계의 부품처럼 작동하고 있다. 또한 "손가락들은 목과 뒷덜미를 긁고", "모가지들은 (……) 두리번거린다", "입들은 핸드폰에게 야단을 치고 짜증을 퍼붓는다"와 같은 문장에서 확인할 수 있듯이, 속도에 중독된 사람들의 반응은 자동인형의 기계처럼 작동한다. 이것은 속도에 중독된 인간의 움직임이란 결국 생명이 없는 기계의 움직임과 같게 되었음을 풍자한 표현들이다.

어떤 의미에서 "속도의 단맛에 중독된" 인간은 늘 시간에 쫓기며 살아가는 존재이다. 「손톱」의 화자는 "손톱 자라는 속도에 맞추"어 버스를 타고, 버스의 느리고 답답한 속도에 화를 내며 버스에서 내려 택시로 갈아타기도 한다. 그는 "손톱 자라는 속도를 먹여 살리느라" 출근하고, "조금이라도 도움이 될 것 같은 사람들에게" 친절한 웃음을 곁들여가며 전화를 한다. 이러한 화자는 시간을 주체적으로 관리하지 못하고 시간의 노예가 되어 사는 대부분 직장인들의 공통된 모습이다. 그는 「살갑게 인사하기」에서처럼, 아무리 하고 싶은 말이 있더라도 그 말을 "꽉 졸라맨 넥타이로 틀어막고", "이빨과 주름만 웃는 웃음으로 틀어막고" 전혀 반갑지 않은 사람에게 "반가워요 반가워요 반가워요"라고 반복적인 인사를 하고 지내면서, 시간에 쫓기는 기계적인 생활을 할 수밖에 없다. 이러한 가면의 생활을 습관화하다 보면, 사람은 결국 진정한 본성과 욕망의 언어를 잊어버릴 수밖에 없다.

인간은 속도에 중독되지 않고 주체적으로 시간을 관리하고 살아갈 수 있을까? 시간에 쫓기지 않고 속도에 중독되지 않은 자유로운 삶을 살 수 있을까? 김기택의 시에서 그러한 사람들은 자유인이기는커녕, 노인과 장애자 혹은 노숙자, 정신이상자들처럼 사회의 질서와 규범을 일탈해 살아가는 사람으로 그려진다. 물론 그들은 시간에 쫓기는 삶이 아니라 시간이 넘쳐나는 삶을 산다. 이들 중에서 노인과 노년의 인생은 김기택이 선호하는 시적 주제 중의 하나라고 할 수 있다. 「두 눈 부릅 뜨고 주먹을 불끈 쥐고」, 「뚱지게 할아버지」, 「늙은 개」, 「늙은 개 2」, 「국수행 전철에서」, 「버스에도 봄」 등은 화자가 전철이나 버스에서 혹은 길에서 노인들과 늙은 개를 바라보면서 노년의 의미를 성찰한 시들이다. 물론 김기택의 노인들은 젊은 이들에게 희망이나 존경심을 갖게 하는 지혜롭고 여유 있는 존재가 아니라, '노약자', '은퇴한 사람', '소외 계층' 등의 명칭으로 분류될 수 있는 슬프고 우울한 존재들이다. 「두 눈 부릅

뜨고 주먹을 불끈 쥐고」에서는 "서 있는 것조차 힘들어 보이는 구부정한 노인네"가 앙상한 주먹을 흔들며 고독하게 분노하는 모습이 그려지고,「늙은 개 1」에서는 개와 사람의 늙음은 개와 사람의 차이를 지워버린다는 내용으로 서술된다.「버스에도 봄」의 노인은 노약자석에 앉아 있는 젊은이들 앞에서 자리를 잡지 못하고 어색하게 서 있는 불쌍한 모습이다. 노인과 노년을 주제로 한 시들 중에서「국수행 전철에서」는 노인의 초라하고 허무한 모습을 가장 절실하게 보여준 시라고 할 수 있다.

> 한낮에 국수 가는 전철은 한산하다.
> 노인은 왜소한 몸으로 7인석 좌석을 다 차지하고 앉아
> 신문을 쌓아놓고 보고 있다.
> 한쪽 다리를 좌석 위에 턱 얹어놓고
> 등을 옆으로 기대고 한껏 편한 자세를 취하고 있다.
> 편할수록 더 결리는 허리.
> 최선을 다해 자세를 고쳐 앉아보지만
> 삶은 여전히 바뀌지 않는다.
> (……)
> 처치할 곳이 없어 전철에다 잔뜩 부려놓은 시간.
> 전동차가 아무리 빨리 달려도 느려터지기만 한 시간.

아까 팔당역이었는데 어째서 아직도 팔당역이란 말인가.

전철이 달리면 잠깐 흐르는 듯하다가 멈추면 함께 정지하는
시간.

죽어라 밀쳐도 안 가는 시간,

고집스럽게 한자리에만 앉아 늙기만 하고 죽지는 않는 시간.

—「국수행 전철에서」 부분

한산한 전철에서 편안한 자세로 앉아 있는 노인의 마음은
전혀 편안하지 않다. 노인에게 넘쳐나는 시간은 하염없이 느
리게 흘러갈 뿐이다. "전철이 달리면 잠깐 흐르는 듯하다가 멈
추면 함께 정지하는" 시간은 아무리 "죽어라 밀쳐도" 가지 않
고 있다. 이처럼 시간이라는 감옥에 갇힌 노인의 권태로운 내
면이 적확하게 드러난 이 시에서 가장 주목할 대목은 "최선을
다해 자세를 고쳐 앉아보지만 / 삶은 여전히 바뀌지 않는다"
는 구절과 "고집스럽게 한자리에만 앉아 늙기만 하고 죽지는
않는 시간"이라는 시의 끝 구절이다. 노인의 삶은 변화하지 않
는 삶이고, 노인의 시간은 "늙기만 하고 죽지는 않는 시간"이
라는 시인의 인식은 노인의 시간과 삶답지 않은 삶의 등가성
을 포착한 관점의 결과이다.

삶의 의미를 상실하고 권태로운 시간을 보내는 사람은 노

인들만이 아니다. 어떤 의미에서 인간적 자유와 존엄성을 잃어버린 채 살아가는 사람들, "웃기는 놈, 비열한 놈, 한심한 놈"(『오늘의 할 일』)이라는 자괴감과 절망감을 갖는 모든 사람들이 그런 부류에 해당될 것이다. 사회적 규범이나 유행의 기준에서도 소외된 사람들이고, 보이지 않는 감옥에 갇혀 있는 사람들이기도 하다. 사실 우리는 얼마나 많은 관념과 편견과 가치 기준의 감옥 속에 갇혀서 사는 것일까? 범죄를 저질러서 수감생활을 하는 사람만 수인은 아니다. 「뚱뚱한 여자」는 뚱뚱한 몸 때문에 남들로부터 차별 대우를 받는 사람의 모습을 육체라는 감옥에 갇힌 수인으로 묘사하고 있는 점에서 매우 흥미로운 시이다.

눈을 떠보니
어느 작고 어둡고 뚱뚱한 방 안에 들어와 있었다.
뒷덜미에서 철커덕, 문 잠기는 소리가 들렸다.
머리가 너무 크고 무거웠으므로
이마에 굵은 주름이 생기도록
마음을 낮게 구부려야 했다.
(……)
밖으로 나가려고 몇 차례 몸을 뒤틀어보았으나
모든 문은 이미 내 안에 들어와 있었고

나를 찢거나 부수지 않고는 열릴 수 없게 되어 있었다.

아홉 개의 좁은 구멍을 찾아 간신히 빠져나간 건

거친 숨과 땀방울과 뜨거운 오줌과 입 냄새 뿐이었다.

(……)

가까스로 내가 있는 곳을 찾아내어 살펴보니

거울 속이었다.

어항 같은 눈을 뻐끔거리고 있는 얼굴이

살 속에 숨은 눈으로 살살 밖을 쳐다보는 얼굴이

포르말린 같은 유리 안에 담겨 있었다.

나자마자 마흔이었고 거울을 보자마자 여자였다.

그렇게 관리를 하지 않고서야

언제 시집이나 한번 가볼 수 있겠느냐는 소리가

방 안을 쩌렁쩌렁 울리며 들어왔다.

그게 구르는 거지 걷는 거냐고

내 뒤뚱거리는 걸음을 놀려대는 소리가

벽을 뚫고 살을 콕콕 찌르며 들어왔다.

움직일수록 더 세게 막혀오는 숨통을 놓아주기 위해

나는 방 하나를 통째로 소파 위에 누이고

개처럼 혀를 다해 헉헉거렸다.

—「뚱뚱한 여자」 부분

이 시에서 뚱뚱한 여자의 몸은 "어느 작고 어둡고 뚱뚱한
방", "몸에 착 달라붙어 있는 벽", "내 안에 들어와 있"는 문,
"거울" 등 공간적 이미지로 표현된다. '방' '벽' '문' 등의 공간
들과 육체와의 관계는 우호적이 아니라 적대적으로 그려진
다. 특히 몸속의 문은 몸속에 있기 때문에 열리지 않는 문이
다. 몸 밖에 문이 있다면 몸이 그 문을 열고 외부와의 소통을
시도할 수 있겠지만, 몸속의 문을 열려면 몸을 찢는 죽음의
위험이 따를 것이다. 이러한 육체의 감옥은 참으로 끔찍한 감
옥이다. 이 감옥에 갇힌 사람은 나이 마흔의 미혼녀이기 때문
에 감옥 밖의 사람들은 그녀에게 "그렇게 관리를 하지 않고
서야" "언제 시집이나 한번 가볼 수 있겠느냐"면서 야유와 조
롱을 퍼붓는다. 그녀의 삶은 사람들의 그러한 야유와 질책을
감당하면서 "개처럼 혀를 다해 헉헉거"리며 숨을 쉬고 살아
가는 '개 같은 인생'이다. 그렇다면 누가 그녀의 몸을 가두고,
그녀의 삶을 개 같은 인생으로 만든 것일까? 뚱뚱한 몸의 그
녀가 자신을 가둔 것이 아니라면, 그녀를 가둔 것은 감옥 밖
에서 야유하는 사람들이고, 푸코의 『감시와 처벌』에서 설명
되는 파놉티콘의 권력자들이기도 하다. 결국 뚱뚱한 몸의 여
자는 현대사회의 잘못된 편견과 가치 기준에 묶여 있는 우
리의 모습이다. 이러한 기준에서 자유롭지 못하다면 우리는
「긴 터널 안으로 들어간다」에서처럼 "나를 둘러싼 거대한 눈

알이 한 점 허공인 나를 쳐다보고 있는 어둠"의 감옥에서 살아갈 수밖에 없을 것이다.

　김기택의 이번 시집에는 어둡고 절망적인 시가 많은 반면, 밝고 희망의 메시지를 보여주는 시는 많지 않다. 그러나 많지 않은 희망의 시 중에서「풀」은 매우 중요하게 평가될 수 있을 것이다. 이 시는 콘크리트로 상징되는 도시 문명의 세계에서도 소멸되지 않는 야생적 생명력으로서의 '풀'을 그린다. 그 풀은 들판이나 정원에서 흔히 볼 수 있는 풀로 묘사되지 않고, 풀은 야생적인 풀이면서 동시에 상징적 의미를 갖는 풀로 나타난다. 여기서 시인은 '풀'을 시의 제목으로 삼으면서도 정작 시 속에서는 풀이라는 명사를 사용하지 않고 있다. 풀은 "밑에서 쉬지 않고 들이받는 머리통들", "그곳에 먼저 살던 원주민", "콘크리트 밑에 깔린 수많은 물줄기들", "물렁물렁한 물대가리들", "바위를 뚫는 물방울", "푸른 물줄기" 등으로 다양하게 변주된다.

> 콘크리트 갈라진 자리마다
> 푸른 물줄기가 새어 나온다.
> 물줄기는 분수처럼 솟구쳐 포물선을 그리지만
> 땅바닥에 뚝뚝 떨어지지는 않는다.
> 쉬지 않고 흔들려도 떨어지지는 않는다.

포물선의 궤적을 따라

출렁거리는 푸른 물이 빳빳하게 날을 세운다

약한 바람에도 눕고 강한 바람에도 일어난다

포물선은 길고 넓게 자라난다.

풀줄기가 굵어지는 그만큼 콘크리트는 더 벌어진다

연하고 가느다란 풀뿌리들이

콘크리트 속에 빨대처럼 박히자

커다란 돌덩어리가 쭉쭉 콜라처럼 빨려 들어간다.

—「풀」부분

이 시에서 먼저 주목할 부분은, '푸른 물줄기'가 포물선을 그리면서도 땅바닥에 떨어지지 않다가, 어느 순간 "약한 바람에도 눕고 강한 바람에도 일어"나는 풀줄기로 절묘하게 변화하는 대목이다. 이 풀이 무엇을 의미하는지는 중요하지 않다. 중요한 것은 "연하고 가느다란 풀뿌리" 같은 것이 그 어떤 "커다란 돌덩어리"라도 무너뜨릴 수 있다는 시인의 인식과 그것에 공감하는 우리의 믿음일 것이다.

'풀'의 힘은 어디서 오는 것일까? 그것은 어디에 있는 것일까? 김기택은 이러한 의문에 해답을 주지는 않는다. 그의 시는 해답을 찾는 시가 아니라 질문을 혹은 질문하는 방법을 모색하는 시이기 때문이다. 이처럼 끊임없이 질문하는 시인으로서 그는 그 어떤 감성적인 자기연민에 사로잡히지 않고 우리의 삶과 현실의 문제를 직시하면서 자신만의 독특한 어법으로 새로운 시적 언어를 탐구할 것이다.

벼랑과 경계의 시

— 조은의 시집 『옆 발자국』

1

조은의 다섯 번째 시집 『옆 발자국』 이전에 나온 시집들의 제목들만을 놓고 보면, 두 번째 시집 『무덤을 맴도는 이유』(문학과지성사, 1996)와 네 번째 시집 「생의 빛살」(문학과지성사, 2010)은 매우 대조적이다. '무덤을 맴도는 이유'가 죽음의 강박관념에서 벗어나지 못하는 시인의 자기 성찰을 의미한다면, '생의 빛살'은 어둠과 고통의 세계에서 희망처럼 발견한 어떤 생명의 빛을 짐작케 한다. 그러나 「생의 빛살」이라는 표제시는 단순히 빛과 희망을 노래했다기보다 "무리에서 혼자 떨어져 / 몸이 옹관처럼 굳어가는 것 같은" 외로움 속에서 우연히 "생의 빛살에 관통당한" 듯한 순간의 경험을 진술할 뿐이다. 표제시뿐 아니라 이 시집의 다른 시들에서도 빛과 희망보다는 어둠과 절망, 고통과 슬픔의 어휘나 이미지들이 적지 않게 발견된다. "이렇게 살다가 내 삶이 끝나겠구나, / 하는 절망이 / 이렇게 살면서도 내 삶이 끝나지 않겠구나, / 하는 절망과 만난다(「독서대」)거나 "나는 태어나자마자 절망했다!"(「흙의 절망」)에서 드러나듯이 그에게 삶은 절망의 연속이다. 시인이 지속적으로 삶의 절망과 죽음을 끊임없이 의식하는 이유는 무엇일까?『무덤을 맴도는 이유』에서 이 의문의 해답이나 추론의 실마리를 찾을 수 있을지 모른다는 생각이 들어 시를 자세히 들여다보았지만 의문은 쉽게 풀리지 않았다. 다만 무덤 가까이 있을 때 "나를 살게 하는 것들이 / 무덤처럼 형체를 갖는"다는 표현에서 무덤이 죽음의 유혹을 불러일으키는 것이 아니라, 그를 살게 하는 원동력이라는 것을 짐작할 수 있을 뿐이었다. 조은은 시가 아닌 산문을 통해서 그 이유를 이렇게 고백한다.

어릴 때부터 나는 삶보다는 죽음에 대해 더 많이 생각했다. 공원을 찾아가듯 무덤을 찾아가며 보낸 한 시절도 있다. 내가 무덤이라는 양식을 좋아하고 자주 찾아가는 것은 죽음을 통해야만 얻는 삶, 더 농도 짙은 삶을 원하기 때문이다. 이 세상을 떠난 자들에게 무덤은 죽음의 양식이지만 산 자들에게 무덤은 삶을 자극하는 형식이다.

—『벼랑에서 살다』(마음산책, 2001)에서

"삶보다는 죽음에 대해 더 많이 생각"하는 시인의 '무덤을 맴도는 이유'는 '무덤이 삶을 자극하는 형식'이기 때문이다. 다시 말해서 삶을 부정하거나 포기하고 싶기 때문에 무덤을 찾는 것이 아니라 "죽음을 통해야만 얻는 삶, 더 농도 짙은 삶을 원하기 때문"이라는 것이다. 그러니까 죽음보다 삶을 중요시하는 그의 시에서 이제 독자는 아무리 어둠과 절망, 슬픔과 공포 같은 부정적 의미의 주제를 보게 되더라도 그것이 삶을 위한 것, 좀 더 정확히 말해서 시인으로서 글을 쓰는 삶을 위한 것으로 받아들여야 한다. 인생에서 제일 의미 있고 가치 있는 것이 시를 쓰는 일이라고 생각하는 시인에게 "무덤은 삶을 자극하는 형식"일 뿐 아니라 '좋은 시를 자극하는 형식'으로 이해된다.

> 나는 늘 순도 높은 어둠을 그리워했다
> 어둠을 이기며 스스로 빛나는 것들을 동경했다
> 겹겹의 흙더미를 뚫는
> 새싹 같은 언어를 갈망했다
>
> —「생의 빛살」 부분

어둠을 이기며 스스로 빛나는 것들"은 죽음을 극복한 삶의

438

의지와 같다. 또한 그러한 삶의 의지는 "겹겹의 흙더미를 뚫는 / 새싹 같은 언어"의 시를 쓰고 싶다는 욕망으로 연결된다. 그런 의미에서 조은의 시는 "순도 높은 어둠"에서 솟아오른 빛의 언어라고 할 수 있다.

2

조은의 다섯 번째 시집에서도 죽음과 어둠, 이별과 고통의 주제는 여전하지만, 그의 이전 시집들과는 다르게 자신의 내면보다 타인의 삶과 외부 풍경에 대한 묘사와 서술이 많다. 자기와의 싸움 혹은 절망의 극복으로 단련된 시인의 정신이 어느덧 모든 고통받는 이웃과 생명의 존재에 대하여 연민과 포용의 시선을 보낼 수 있게 되었기 때문일까?「봄날의 눈사람」에서 시인은 자기와 다른 사람 혹은 다르게 보이는 사람과 자기를 이렇게 비교한다.

> 아주 행복해 보이는 여자가
> 나를 스쳐 지나갔다
> 걱정 하나 없는 얼굴
> 꿈꾸는 눈빛으로
> 잠든 아기를 품에 안고

여자는 턱을 조금 들고
태양을 안고
천천히 걸었다
우아하고 젊었다

만일 내가 아기를 품에 안았다면
한숨 쉬었을 것이다
아기의 미래를
바구니처럼 끌어당겨보며
시름에 발걸음이 무거웠을 것이다
손가락 발가락을 꼼지락거리지 않는
꽃다발을 품에 안고도
막막한 슬픔을 느끼곤 했으니

실마리가 없는 걱정거리를 안고
사직동 언덕길을 오르는
내 앞에서 여자는
어제도 그런 모습으로 걷고 있었다

내겐 한순간도 없었던
꿈을 꾸는 여자가

봄날의 눈사람처럼 빛났다

—「봄날의 눈사람」전문

　　"꿈꾸는 눈빛으로" 잠든 아기를 품에 안고 "걱정 하나 없는
얼굴"로 자랑스럽게 걸어가는 "아주 행복해 보이는 여자"의 삶
과 "꽃다발을 품에 안고도 / 막막한 슬픔을 느끼"면서 "실마리
가 없는 걱정거리를 안고" 사는 '나'의 근본적인 차이는 무엇일
까? 그것은 삶에 대한 낙관적인 희망과 비관적인 생각의 차이
가 아니라, 꿈의 세계가 다르다는 데 있다. 인간의 죽음 혹은
인간의 유한한 존재성을 의식하는 시인에게 꿈이 '새싹 같은
언어'라면, 세상과 미래가 무한히 열려 있다고 생각하는 젊은
이들의 꿈은 행복한 삶일 것이다. 화자는 "내겐 한순간도 없었
던 / 꿈을 꾸는 여자가 / 봄날의 눈사람처럼 빛났다"고 말함으
로써 자기의 어두운 내면과 그 여자의 밝은 외면을 대비시키
면서, '봄날의 눈사람' 같은 삶의 유한성과 덧없는 행복의 허무
함을 암시한다. 조은은 세속적 행복과 물질적 가치를 떠나서
사는 삶을 단순한 삶이라고 표현한다. 그가 산문집『또또』(로도
스, 2013)에서 썼듯이, 자신은 "팔고 가야 할 한 평의 땅도, 캡슐
만 한 집도 없는" 사람이지만, "삶이 지금보다 훨씬 더 단순해
져도" 두려워하지 않을 것이라고 말한다. 시인의 자존심 때문

일까? 그는 자신의 삶이 아무리 가난하더라도 가난한 삶이라고 말하지 않고 단순한 삶이라고 표현하는 듯하다. 이러한 시인의 자존심은 시 「느끼든, 못 느끼든」에서 친구가 선물한 어떤 성직자 시인의 시집을 보고, 자신은 그런 식으로 삶을 예찬하는 시에 관심 없음을 드러내는 점에서도 확인된다. 이 시에서 알 수 있듯이 그가 자신의 내면 응시를 넘어서서 밖의 세계에 관심을 갖는 것이 있다면, 그것은 "부르르 떨다 내리는 주먹 / 불길한 월식과 일식 / 비틀비틀 가는 발자국 / 붉은 손자국이 있는 뺨" 같은 상처 입고 고통받는 이웃들의 삶이거나 불안하고 불합리한 세계이다. 이 네 개의 주제들 중에서 특히 주목되는 것은 "비틀비틀 가는 발자국"이다. '발자국'이라는 어휘는 서시 「발자국」에서는 물론이고, 「흐린 날의 귀가」, 「겨울 아침」, 「눈보라」, 「발자국 옆 발자국」, 「발자국 위로 걷기」, 「금빛 어둠」, 「한 가족」 등의 시에서도 빈번히 보일 뿐 아니라, 선명하고 강렬한 이미지로 표현되는 점이 매우 인상적이다. 가령 그것은 "인간도 짐승도 싫어하는 자의 / 얼음 같은 눈빛도 / 녹일 / 발자국"(「겨울 아침」)이거나, "벼랑 끝 길들"에서 "등짝을 후려"치는 발자국들(「눈보라」)이기도 하고, "무거운 삶의 / 뿌리까지 / 암흑까지 / 들어 올리려고", "뒤꿈치를 들고 걸어간 발자국들"(「금빛 어둠」)이기 때문이다. 이러한 발자국들의 연장선에서 본다면, "비틀비틀 가는 발자국"은 비틀거려도 쓰러지지는 않으려는 발자국이거나, 방황하면서도 좌절하지는 않는 의지의 발자국으로 해석될 수 있다. 그러니까 조은이 중시하는 '발자국'은 정직하고 올바르게 살아가려는 사람들의 삶의 자취라고 할 수 있다.

조은의 시에서 개인적인 고통과 슬픔의 기억들은 익명화되어 나타나거나 보편적으로 표현된다. 그는 개인적인 사연을 가능한 한 감추고, 친구나 다른 사람들의 이야기를 경청하려고 한다. 그가 다른 사람들의 힘들었던 삶의 이야기를 잘 들어주다 보니까 피해를 겪는 일도 많았을 것이다. 시인의 뛰어난 공감 능력은 삶이 지옥처럼 느껴졌던 친구가 집에 찾아와 함께 지내다가 떠난 후에도, 그 친구가 "내 집에다 / 어둠을 벗어 두고" 간 것처럼 표현될 정도이다.

친구가 내 집에다
어둠을 벗어 두고 갔다
(……)
사는 게 지옥이었다던
그녀의 어둠이 내 눈앞에서
뒤척인다 몸을 일으킨다
긴 팔을 활짝 편다
어둠이 두 팔로 나를 안는다

나는 몸에 닿는 어둠의

갈비뼈를 느낀다

어둠의 심장은 늑골 아래에서

내 몸이 오그라들도록

힘차게 편다

나는 어둠과 자웅동체처럼 붙어

어딘가를 걷는 친구의

발소리를 듣는다

—「흐린 날의 귀가」부분

　자신의 삶이 구별되지 않을 정도로 타인의 삶과 일체감을 갖는 일에 익숙한 시인은 친구가 벗어두고 간 어둠이 "자웅동체처럼 붙어" 있어서 "어둠의 / 갈비뼈"를 느끼기도 하고 "어둠의 심장"이 뛰는 소리를 듣기도 한다.

　이처럼 타인의 삶과 모든 생명에 대한 시인의 관심은 다양하게 나타난다.「자신만의 옷」은 옷을 얻어 입거나 빌려 입는 일에 익숙한 어떤 가족들의 이야기를 보여주고,「옆자리」는 기차 안에서 옆자리에 앉은 중년 여자의 모습을,「오감을 지닌」은 전철 안에서 끊임없이 눈물을 흘리는 여자에게 마치

"막 베어져 넘어진 나무가 / 내뿜는 향기"를 느낀 체험을 이야기한다. 또한 「한 시간 지나도록」은 화자가 가난한 동네에서 주운 돈을 주인에게 돌려주기 위해서 기다리는 동안의 생각과 상상을 보여주고, 「독蟲」은 마당에서 한 마리 곤충이 버둥대는 것을 보면서 측은지심이 발동하여 그의 몸을 거듭 뒤집어주던 경험을 말한다.

시인은 이렇게 타인에 대한 관심뿐 아니라, "나팔꽃 한 포기"(「길을 바꾼 꽃」) 때문에 가던 길을 바꾸는 삶의 여유를 보이기도 하고, "빈집이 많아 떨며 다니던 골목" 길에서 나무들을 보며 음악도 듣고 차도 마시면서 "골목이 꽃길처럼 밝"(「유쾌한 반전」)은 것을 느끼기도 하고, 어느 봄날에 찾아간 숲에서는 "세상이 발그레한 입술을"(「도원을 찾아가다」) 내미는 듯한 감미로운 기쁨에 젖기도 한다.

높고 맑은 목소리로
부르는 노래
곧 헐릴 집들의 뼈대가
삐걱대는 순간의
생일 축하

구근 같은 기억을 되살리는

마른 나뭇잎들

귀에 익은 발소리로

골목을 구른다

노래는 빗물이 새는 지붕을 넘어

허물어지는 담을 넘어

가난한 이웃들을 몰아낸

곰팡이 군락을 넘어

탄생과 소멸을 한곳에서 이룰

오래된 집들을 넘어

한 번은 아쉬워

다시

또다시

소멸의 모서리에

탄생의 순간 같은

힘이 쏠린다

—「모서리 빛」전문

이 시는 "곧 헐릴 집들의 뼈대가" 앙상하게 드러나는 듯한 남루한 동네가 "높고 맑은 목소리"의 "생일 축하"로 마치 "소멸의 모서리에 / 탄생의 순간 같은" 생성의 기운이 퍼져 나가는 풍경으로 아름답고 풍성하게 변모한 느낌을 준다. 그 동네의 언덕길을 올라가는 한 가족의 정겨운 모습이 따뜻하게 그려진 것도 마찬가지다.

곧 헐릴 집들의

불빛이 흘러나오는 언덕길

한 가족이 올라간다

두 아이가 엄마 손을 나눠 잡았다

공터엔 달맞이꽃을 감은 인동초

문짝 없는 냉장고

터줏대감처럼 앉은 호박

아이들의 책가방을 그러쥔 아빠가 쳐다보는

하늘에서 젖소 무늬 고양이 뛰어내린다

그 옆 베고니아 꽃대가 휘청거린다

점점 곧추서는 길에다

흐릿한 발자국을

씨앗처럼 넣으며 가는 그들의

그림자의 음영이 다르다

—「한 가족」 전문

단란하고 행복해 보이는 한 가족의 모습에서 무엇보다 인상적인 것은 "점점 곧추서는 길에다 / 흐릿한 발자국을 / 씨앗처럼 넣으며" 간다는 묘사이다. 길에다 발자국을 씨앗 뿌리듯이 걸어가는 것이 아니라, "흐릿한 발자국을 / 씨앗처럼 넣으며"라고 표현된 것에서 한 가족의 행복한 미래가 보인다. 이러한 관점은 이웃의 삶에 대한 깊은 이해와 믿음에서 비롯되는 것이라고 말할 수 있다.

3

　스물이 될 때도 서른이 될 때도
　마흔이 될 때도 쉰이 될 때도
　나이 드는 것이 힘들지 않았다
　스물 되기 전 서른 되기 전
　마흔 되기 전 쉰 되기 전
　죽을 줄 알았다
　짧은 삶이 안타깝지도
　초조하지도 않았다

　삶이 짧아 불행에 초연할 수 있었다
　굴욕에도 쓰러지지 않았다

백혈구 수치가 바닥을 치고

치료약이 없다는 병이 하나 더 늘어도

삶은 밀려온다

다시 피는 꽃들의

비명이 들린다

—「너무 늦었다」 전문

　죽음에 대한 단순한 의식이 아니라, 죽음을 진심으로 각오하는 단계에 이르면, 사람은 어떤 불행과 절망에도 초연할 수 있다. 그러나 이 시의 화자는 단순히 죽음을 무릅쓴 결연한 삶의 의지를 말하지 않는다. 화자가 "백혈구 수치가 바닥을 치고", "치료약이 없다는" 중병에 걸린 상태에서도 삶의 희망을 잃지 않을 수 있다고 단언하는 것은 아무리 짧은 삶일지라도 후회 없이 살았다는 자신감에서 생성되는 것이다. 그러한 믿음이 단정적인 과거형으로 표현되는 반면, 거센 물결처럼 다가오는 삶과 다시 피는 생명의 꽃들이 비명을 지르는 모습을 현재형으로 표현한 것은 전후 관계를 의미하는 시간성의 표현을 통해 논리적인 인과 관계를 나타낸다.

나는 오래
경계에서 살았다

나는 가해자였고
피해자였고
살아간다고 믿었을 땐
죽어가고 있었고
죽었다고 느꼈을 땐
죽지도 못했다

사막이었고 신기루였고
대못에 닿는 방전된 전류였다

이명이 나를 숨 쉬게 했다
환청이 나를 살렸다

아직도
작두날 같은 경계에 있다

— 「빛에 닿은 어둠처럼」 전문

"나는 오래 / 경계에서 살았다"로 시작하여 "아직도 / 작두날 같은 경계에 있다"로 끝나는 이 강렬한 시의 주제는 오랜 시간, 삶과 죽음의 경계에서 긴장된 삶을 살아온 시인의 평생의 화두처럼 보인다. 조은은 첫 시집 『사랑의 위력으로』(민음사, 1991; 개정판 『땅은 주검을 호락호락 받아주지 않는다』, 민음사, 2007)의 서시 「지금은 비가……」에서 "벼랑에서 만나자. 부디 그곳에서 웃어주고 악수도 벼랑에서 목숨처럼 해다오"라고 뜨겁게 노래한 바 있다. 이 절박한 벼랑의 이미지는 위의 시에서 "작두날 같은 경계"와 일치한다. 사실 "벼랑"과 "작두날 같은 경계"는 그의 세 번째 시집 제목인 "따뜻한 흙"의 이미지와 얼마나 대립적인가. 표제시 「따뜻한 흙」의 화자는 제목이 환기시키는 생산적 모성의 이미지와는 달리, "잉태의 기억도 생산의 기억도" 갖고 있지 않다고 냉정하게 말한다. 이와 비슷하게 「빛에 닿은 어둠처럼」의 화자는 "아직도 / 작두날 같은 경계"에서 삶과 죽음의 긴장된 모순을 견디고 있음을 비장하게 노래하는 것이다. 그러나 조은은 모순의 경계를 살면서도 경계를 위반하거나 초월하는 모순을 감행하지도 않고, 위험한 벼랑에서 뛰어내리거나 미끄러지지도 않는다. 그는 가능한 한 모순을 견딜 수 있을 때까지 견디고, 캄캄한 어둠 속에서 빛의 출구를 찾으려고 할 뿐이다. 그의 이러한 모습은 그가 오래전에 쓴 다음과 같은 시론을 떠오르게 한다.

시는 옷도 희망도 미래도, 심지어 한 끼 식사분의 육체적 포만감도 주지 않지만 세상에 대한 무관심으로 편안해지려는 우리의 눈에 광채를 주었다. 그것은 우리가 젊었기 때문에 가능했을까? 간혹 길을 가다가 맹인들을 만난다. 그들의 의식은 지팡이 끝에 모여 있고, 걸음은 신중함에 비해 불안하다. 그들이 대중교통을 이용하면 더욱 암담해 보인다. 늦은 밤거리에서 무방비 상태로 보이는 그들이 언제 집에 닿아 밥상 앞에 앉을 수 있을까 생각하면 그들의 삶은 더딘 것이 아니라 정체되어 있는 듯한 절망감마저 든다. 목적지가 아닌 당장 가고 있는 그 길이 실존 그 자체인 그들을 뒤따라가는 내 걸음도 어느 틈에 더뎌지고 있음을 깨닫는다. 그들의 행보에 맞춰 천천히 걸으며 눈으로 보고 사는 삶보다 심연에 몸을 담고 사는 삶이 더 깊고 풍성하리라 굳게 믿곤 한다. 지금 우리가, 여기서 시를 쓴다는 것은, 그들과 같은 방법으로 이 세상을 살아가는 것이다.

—「벼랑에서 살다」에서

시를 쓰는 행위와 시인으로 살아간다는 것을 맹인의 삶에 비유한 이 시론은 루카치의 『소설의 이론』에 나오는 유명한 구절을 연상시킨다. "별이 빛나는 창공을 보며, 갈 수 있고 또 가야만 하는 길의 지도를 읽을 수 있던 시대는 얼마나 행복했던가. 별빛이 그 길을 환하게 밝혀주던 시대는 얼마나 행복했던가." 루카치의 말처럼, 공동체적 삶의 가치와 목표를 상실하고 저마다 자신의 길을 찾아나설 수밖에 없는 근대인의 삶과 세계에서 시인 역시 정처 없이 표류하고 방황하는 삶을 살수밖에 없다. 이제 시인은 더 이상 선지자도 아니고, 예언자도 아니다, 그는 기껏해야 이웃들과 더불어 그들의 기쁨과 아픔에 공감하면서 살아갈 수밖에 없다. 그러나 조은은 보통사람들이 아무리 세상에 대한 무관심으로 편안하게 살더라도, 시인은 늘 깨어 있어야 하고 그들의 어두운 "눈에 광채"를 주어야 한다고 생각한다. 그는 시인을 어둠 속에서 지팡이를 짚고위태롭게 걸어가는 맹인에 비유하면서도 그렇게 불안하고 위태로운 삶이 건강한 보통사람들의 "눈으로 보고 사는 삶"보다 "더 깊고 풍성하리라"는 믿음을 갖는다. 이러한 믿음을 견지하고 시인으로서의 자존심을 지키는 일은 그에게 모든 전통적 가치관이 무너진 이 비속한 세계에서 그를 버티고 살아가게 하는 힘이라고 말할 수 있다. 그러므로 벼랑과 경계의 글쓰기는 그 어떤 관성이나 타성 혹은 무의미한 반복을 벗어난 시, 삶의 끝이 죽음과 맞물려 있다고 의식하면서도 결국은 죽음이 아닌 삶의 방향으로 나아가는 발걸음 혹은 발자국의 시 쓰기이다.

민병일의 동화와 초현실적 상상력

민병일의 『바오밥나무와 방랑자』는 동화일까? 우화일까? 『우리말 큰 사전』에 의하면 "동화는 어린이에게 꿈과 상상력을 길러주며, 어른에게는 오염된 감정을 걸러주는 동심을 불러일으키는" 것이다. 또한 『국어대사전』(금성출판사)은 우화를 "인격화된 동식물을 주인공으로 등장시켜 그들의 행동 속에 풍자와 교훈의 뜻을 나타내는 이야기"로 정의하고, 이솝우화를 예로 든다. 이런 점에서 바오밥나무가 인격화된 주인공으로 등장하고, 꿈과 상상력을 잃어버린 우리 시대의 대중을 때로는 비판적으로, 때로는 위로의 시각으로 그린 민병일의 콩트(짧은 이야기) 연작은 우화에 가깝다고 할 수 있다. 그러나 그가 자신의 책을 '모든 세대를 위한 메르헨'으로 규정하고, 이 연작의 주제와 이야기가 생텍쥐페리의『어린 왕자』를 연상시키는다는 점에서 볼 때 이 책은 동화이다.『어린 왕자』의 다음과 같은 구절을 떠올려보자. "만약 누군가 수백만 수천만 개나 되는 별 중에서 단 하나밖에 없는 꽃을 사랑하고 있다면, 그 사람은 바로 그 별을 바라보는 것만으로 마음이 행복해질 수 있는 거야", "별들이 아름다운 건, 눈에 보이지 않는 한 송이 꽃 때문"이고, "사막이 아름다운 건 어딘가에 샘을 감추고 있기 때문이야"처럼 어린아이의 순수성 혹은 순진성의 시각에서 삶을 통찰하는 아름다운 구절들은 민병일의 서정적인 산문들의 어디에서건 쉽게 발견된다.『바오밥나무와 방랑자』가 동화이건 우화이건, 이 연작들은 우리의 동화 장르에서는 흔히 볼 수 없는 독특한 상상력의 세계를 보여주는 작품들이다.

민병일은 이 동화를 쓰기 전에『창에는 황야의 이리가 산다』라는 방대한 에세이집을 펴낸 바 있다. '창'을 찾아 길을 떠난 방랑자의 에세이와 이 연작 동화 사이의 공통점은 무엇일까? 간단히 말해서 그것은 자유로운 글쓰기와 꿈꾸기라고 할 수 있다. 본래 에세이는 시와 소설과는 달리 형식의 제약이 없는 자유로운 글쓰기의 장르이고 동화 역시 그렇다고 할 수 있다. 동화는 어떤 점에서 자유로운 것일까? 우선 동화의 주인공은 어린이가 될 수도 있고, 어른이 될 수도 있다. 동물이나 식물이 등장해서 사람처럼 말할 수도 있다. 공상과학소설이나 환상소설을 포함해서 대체로 합리적인 논리가 작용하는 일반 소설과는 달리, 동화의 서사 구조는 비합리적이고 초현실적이 될 수도 있는 것이다. 그렇기 때문에 동화에서는『어린 왕자』처럼, 비행기 고장으로 불시착한 비행사가 사막 한가운데서 자기의 별을 떠나왔다는 어린 왕자를 만나 며칠 동안 이야기를 나누었다고 해서 그것을 문제시할 수는 없는 것이다. 이런 점에서 동화가 어린이에게 '꿈과 상상력'을 길러줄 수 있다면, 그러한 차원에서 모든 것이 가능한 자유로운 장르가 동화라고 말할 수 있지 않을까? 또한 방랑자의 에세이와 동화가 꿈꾸기의 공통점을 갖는 것은 '꿈을 꾸다'라는 프랑스어 'rêver'가 본래 '떠돌아다니다, 방랑하다vagabonder'와 같은 의미로 쓰였다는 사실에 근거한다. 어린이에게 꿈과 상상력을 길러주는 동화작가는 어떤 의미에서 꿈과 상상력을 많이 갖는 방랑자의 영혼을 가져야 한다. 이런 점에서 그의 상상력은 사실적이고 합리적인 논리에 갇혀 있는 어른들의 사고방식과는 달리 초현실적이 될 수밖에 없다.

잘 알려져 있듯이 앙드레 브르통은『초현실주의 선언』에서 사실주의 문학의 상투성과 진부한 서사를 비판하고 초현실주의적 상상력의 가치와 중요성을 강조한 바 있다. 그는 '정신의 가장 위대한 자유'가 상상력이고, 문학이나 예술에서 이러한 상상력의 표현이 자유롭게 펼쳐질 수 있어야 한다는 것을 주장하면서 동화의 예를 든다.

> 어린이들은 일찍 '경이로움le merreilleux'의 젖을 떼고 나면,
> 그 이후에는 『나귀 가죽』에서와 같은 극도의 기쁨을 누릴 수
> 있는 여유로운 정신적 순수성을 전혀 갖지 못한다. (……) 공
> 포, 괴기스러운 것의 매력, 행운, 풍성한 것에 대한 취향, 이런
> 것들은 동화에 충분히 도움이 될 수 있는 원동력의 요소들이
> 다. 그러므로 어린이들을 위해 써야 할 이야기, 늘 푸른빛의
> 동화의 가능성이 있는 것이다.

브르통에 의하면, 동화는 본래 초현실적 장르이다. 브르
통은 사실주의 문학에서는 발견할 수 없는 경이로운 상상력
의 세계가 동화에서는 자유롭게 펼쳐질 수 있을 것이라고 말
한다. 물론 공포의 장면이나 괴기스러운 사건들로 엮어진 황
당한 이야기들이 무조건 초현실적 가치를 갖는다고 말할 수
는 없다. 그것들이 의미 있는 것이 되려면, 작품 전체의 주제
와 밀접한 관련성을 가져야 하고, 또한 현실에 대한 어떤 필연
적 알레고리와 상징성의 범주에서 이해될 수 있어야 한다. 초
현실주의는 무조건 현실을 초월하거나 현실을 외면하는 것
이 아니라, 현실의 외양 속에 보이지 않는 실재를 탐구하고 진
정한 현실성을 포착하는 것이기 때문이다. 다시 말해서 초현

실성은 현실성과 동떨어진 것이 아니라, 동전의 앞뒤처럼 연결된 것이다. 이런 점에서 민병일의 초현실적 상상력은 현실에 대한 그의 문제의식에서 비롯된 것이라고 말할 수 있고, 현실의 문제에 대한 개성적인 접근방식이라고 이해할 수 있다. 그의 작품을 통해서 예를 든다면, 「대마젤란 은하의 벌레구멍 별과 설렘 상자」에서처럼, "지구에서 16만 3,000광년 떨어진 곳에", "지구보다 1,000년 늦게 생겨"난 벌레구멍 별에서 점방 앞에 지구인들이 잃어버린 '설렘'을 구하러 줄을 서고 있는 초현실적 장면은 간단히 말해서 느림과 기다림의 의미를 잊어버린 현대인의 삶을 풍자한 것이다.

2

『바오밥나무와 방랑자』에서 가장 중요한 주제는 방랑 혹은 여행이라고 할 수 있다. 방랑은 문학의 오래된 주제이다. 17세기에 세르반테스의 『돈키호테』와 20세기에 카프카의 『성』은 모두가 방랑을 주제로 한 소설이다. "갑옷으로 완전무장한 채 말을 타고 모험을 찾아 세상을 떠도는 편력기사"가 되겠다고 결심하고 "책에서 읽은 대로 편력기사의 일상적인 수련을 수행하기로" 하여 "말의 발걸음이 내키는 대로" 길을 가는 돈키호테의 방랑이나, 성에 도달하려는 끈질긴 노력에도 불구하고 목적을 달성하지 못한 측량기사 K의 방황은 방랑과 여행이라는 주제에서 일치한다. 루카치의 말처럼, "칸트의 별이 총총한 하늘은 순수인식의 어두운 밤에만 빛날 뿐, 고독한 방랑자—새로운 세계에서 인간이라는 것은 고독하다는 것을 뜻하는데—어느 누구에게도 그가 가는 오솔길을 더 이상 밝혀주지 않는" 시대에 인간은 고독한 방랑자의 운명을 살 수밖에 없을 것이다. 또한 젊은 시절부터 줄곧 외로운 방랑의 시간을 보냈던 차라투스트라가 산등성이를 오르면서 "내 어떤 숙명을 맞이하게 되든, 내 무엇을 체험하게 되든, 그 속에는 반드시 방랑과 산 오르기가 있으리라"고 말하고, 결국 모든 방랑의 떠남은 자기 자신을 뛰어넘기 위해 자기에게로 되돌아오는 체험임을 고백하는 모습에서 우리는 방랑자의 주제를 발견할 수 있다. 이러한 방랑이 실제적인 것이건, 상징적인 것이건, 방랑자의 삶은 현대인의 불안한 운명을 반영하는 것이다.

민병일의 『바오밥나무와 방랑자』의 작중 인물들은 차라투스트라처럼 고독한 방랑자의 여행을 떠나거나 방랑자의 자유로운 영혼으로 살아간다. 그들은 왜 여행을 떠나는가? 「나미브 사막에서 온 물구나무 딱정벌레」에 나오는 젊은이는 모든 일에 실패함으로써 인생에 절망하여 마지막 여행을 떠난다. 「곡예사 야야 투레와 샤샤」의 곡예사는 "여행을 하면 잃어버린 나를 찾을 수 있을까" 하는 생각으로 여행길에 나선다면서 이렇게 말한다. "자기 자신을 상실했다고 느낄 땐 여행이 묘약이지요. 정처 없이 길을 걷다 보면 마음 깊은 곳에서 몸이란 껍질을 뚫고 나오는 각성된 정신이 있게 마련입니다." 또한 "삶이 그대를 속인다는 생각에, 타인들이 그대를 알아주지 않는다는 생각에, 좌절 깊은 마음에, 삶으로부터" (「질스 마리아 숲 절벽에서 만난 글뤼크Glück 할아버지」) 도망치듯이 여행하는 사람도 있다. 이들에게 여행의 동기가 무엇이건 간에, 그들이 삶의 새로운 출발을 위해서 여행을 하는 것은 분명하다. 그렇다면 여행에서의 어떤 경험이 "삶의 새로운 출발을 가능하게 하는 것일까?" 알렝 드 보통의 『여행의 기술』에는 "여행은 생각의 산파다"라는 구절이 있다. 여행은 자기 자신과 많은 대화를 할 수 있는 시간을 갖게 하기 때문이다. 이런 점에서 여행은 혼자 하는 것이 좋을지 모른다. 기차를 타고 가건 비행기 안에서건, 사막의 적막한 풍경을 보건 도시의 거리를 산책하건, 혼자서 여행하는 사람은 동행자의 방해를 받지 않고, 본래의 자신 속으로 돌아가 끊임없이 자기 자신과 내면의 대화를 나눌 수 있기 때문이다. 이렇게 자기 자신과 대화하고 많은 생각을 함으로써 사람은 자기 자신에게 필요한 새로운 출발이 무엇인지를 깨닫는 경험을 할 수 있다.

민병일의 작중 인물들은 대체로 닫힌 공간이 아니라 열린 공간을 좋아한다. 그들은 한 장소에 고독하게 칩거하는 생활보다, 집 밖으로 나와서 동네나 거리 혹은 가까운 숲을 찾아가기를 즐긴다. 그들은 안정된 직장과 가정에 안주하는 사람들이 아니라, 방랑자의 삶을 사는 자유로운 영혼의 소유자들이다. 버려진 꿈을 모으는 방랑자, 집도 없이 세상을 떠돌아다니는 사진사, 지진으로 쓰러진 올리브나무를 찾아다니는 목수, 서커스단에서 평생을 함께 곡예를 했던 애마 샤샤와 함께 세상 구경을 하고자 길을 떠난 곡예사, 사막에서 방랑 중인 집시 여인, 거리의 악사 등, 그들은 혼자서 일하는 자유로운 영혼의 소유자들이다. 그들은 일 때문에 여행을 하거나, 일과는 상관없는 여행을 하기도 한다. 사람들만 여행하는 것이 아니라, 물 구나무 딱정벌레도 여행하고, 엉겅퀴 홀씨들도 여행한다. 이런 점에서 니체의 『차라투스트라는 이렇게 말했다』의 등장인물들이 동식물의 구분 없이 숲속의 성자, 줄 타는 광대, 예언자, 마술사 등 특이한 직업에 종사하는 사람들뿐 아니라, 독수리, 뱀, 낙타, 용, 악어와 같은 동물과 사과나무, 무화과나무 등으로 다양하게 구성된 것과 유사성을 갖는다고 할 수 있다.

「히말라야 부탄 왕국에서 온 파란 양귀비꽃」의 서두에 담긴 여행자의 영혼에 대한 다음의 글은 민병일이 여행의 철학자임을 보여준다.

여행자의 영혼에는 설렘이란 울림판이 있습니다.

여행자들은 셀렘의 울림판을 따라 지도 위를 산책하다 밤이 오면 점성술사처럼 별을 헤지요. 때로는 열쇠수선공처럼 고장 난 제 마음을 수선하여 잠긴 마음의 자물통을 열기도 합니다. 여행만큼 사람을 무장해제시키는 게 또 있을까요? 관념으로부터, 삶의 자잘한 억압으로부터, 내면의 황폐함으로부터, 일상의 상처로부터, 이루지 못한 꿈으로부터, 초현실에 대한 의지로부터, 여행이란 설렘의 울림판은 일상을 해방시켜 줍니다.

여행지에선 차라투스트라도 만날 수 있습니다. 여행을 하다 보면 도처에 출몰하는 이가 차라투스트라입니다. 군이 철학을 모르더라도 길에는 철학적인 '것'들이 넘쳐나 삶의 철학자가 될 수 있습니다. 어디 그뿐일까요. 설렘의 울림판을 따라가다 보면 낯선 길에서 마법의 덫에 걸려 파란 하늘, 돌이 핀 꽃, 흐르는 강물, 아이들 웃음소리에 잃어버린 자유와 행복을 찾을 수 있습니다.

민병일은 "여행자의 영혼에는 설렘이라는 울림판이 있다"고 말한다. 그에게 '설렘'은 중요한 의미를 갖는 단어이다. 「대마젤란 은하의 벌레구멍 별과 설렘 상자」는 현대인들이 설렘을 잃어버려 "세상은 사막처럼 황폐해졌"다는 것을 우화적으로 이야기한 작품이다. 현대인들은 왜 설렘을 잃어버린 것일까? 민병일의 진단에 의하면, 그들은 스마트폰에 중독되어 살 거나, '아침 햇살의 냄새'도 느끼지 못하고, 꽃향기를 맡을 여유를 갖지 못한 채 바쁘게 살기 때문이다. 그러나 여행은 잃어버린 설렘의 울림판을 되살아나게 한다. 여행길에서 삶의 사소한 억압으로부터 해방된 사람들은 '마음의 빗장을 해제' 함으로써, '도처에 출몰하는 차라투스트라'를 만날 수 있다는 것이 민병일의 여행철학이다.

여기서 차라투스트라는 '사물의 이치를 터득하기 위해 살아가는 자'일 수도 있고, '아낌없이 자신을 내어주는 그런 영혼을 지니고 있는 자'일 수도 있고, '자유로운 정신과 자유로운 심장을 지니고 있는 자'를 의미하기도 한다. 그렇다면 민병일의 작품에서 바오밥나무는 무엇일까? 카트린 지타의 『내가 혼자 여행하는 이유』에는 "행복한 사람은 '자기 자신'이라는 친구가 있다"는 소제목의 글이 있다. 이 글에서 저자는 여행의 큰 소득 중의 하나가 자기 자신의 실수와 상처를 자책하거나 후회하지 않고, 그것을 무조건 감싸안을 만큼 스스로를 사랑하게 된다는 것이다. 그 이유는 도와줄 사람이 하나도 없는 낯선 곳을 여행할 때 자기 자신을 미워하면 좌절감만 커지기 때문이다. 여행자는 "스스로에게 가장 친한 친구이자 아버지이자 어머니가 되어주자"는 생각을 할 수밖에 없다는 것이다. 이러한 논리에 기대어 말한다면 민병일의 바오밥나무는 외로운 방랑자에게 대화의 상대자가 될 수 있는 "가장 친한 친구이자 아버지이자 어머니"와 같은 존재이다. 그는 외부에 있는 타자가 아니라, 내면에 있는 또다른 자아이고, 혼자서 참으로 강해지고 싶고, 더 이상 좌절하고 싶지 않을 때, 자기를 찾아오는 자신의 내면 친구이다. 그러므로 그가 무엇보다 자신을 존중하고 배려하고, 사랑한다면, 바오밥나무와 같은 친구는 언제라도 나타날 수 있는 것이다.

3

외로운 방랑자들에게 바오밥나무가 '가장 친한 친구'이듯이, 나무는 작중 인물들에게 대체로 삶의 위안을 주고 살아가는 지혜를 가르쳐주는 존재로 나타난다. 그들은 살아 있는 나무뿐 아니라 죽은 나무도 사랑하고, 죽은 나무를 통해서 "삶과 죽음마저 초월하는 신성한 존재"의 모습을 발견하기도 한다. 「불완전함을 가르치는 에른스트 감펠 씨의 나무그릇」의 주인공인 목수이자 목공예 작가는 "도나우 강 북쪽 숲이거나 알프스 고산 초원의 삼림과 호수를 떠돌며, 쓰러진 나무들만 골라서" 작품을 만든다. 그는 죽은 나무에서 "나무가 자라며 겪은 온갖 풍상을 상상하고, 썩었거나 부서진 자국에서 온몸이 썩지 않고 부서지지 않고 저 스스로 치유한 나무의 생명력을" 상상한다. 또한 상처투성이의 나무에서 보여지는 '불완전함'이 삶의 고통을 치유한다는 것을 깨닫고, 불완전한 마음을 담아서 예술적 아름다움으로 형상화하는 것을 자신의 역할로 생각한다. 민병일은 이처럼 나무에 대한 깊은 사유를 보여줄 수 있는 작가이자, "나무의 삶을 노래하는 음유시인"이다.

> 밤이면 별에게 가는 길을 열어주고
> 아침이면 햇빛으로 푸른 공기를 빚어
> 사랑이란
> 숲의 공명처럼 울리는 것임을
> 행복이란 누군가에게 초록 잎 하나 돋게 하는 것임을
> 나무는 알게 해 주었다네
> 나무를 쓰다듬으며 말 건네면
> 곧추서 있거나 누워 있거나
>   나
>   무
>   는
> 깨어 있는 시간이 네게로 가고 있다고
> 침묵하는 바람결을 흔들어주었지

이 시에서 주목해야 할 대목은 사랑이란 "숲의 공명처럼 울

리는 것"이고, 행복이란 "누군가에게 초록 잎 하나 돋게 하는 것", "나무는 깨어 있는 시간이 네게로 가고 있다고 침묵하는 바람결을 흔들어주었"다는 시구이다. 시인은 나무를 주제로 한 상상력을 통해서 사랑의 울림과 잎새처럼 돋아나는 행복의 느낌, 그리고 사랑과 행복으로 충만된 깨어 있는 시간의 의미를 일깨운다. 나무를 통한 시인의 식물적 상상력은 역동적이다. 그것은 '초록잎 하나 돋게 하는 것'으로 그치지 않고, 행복의 나뭇잎을 풍성하게 만드는 느낌을 주기 때문이다. 또한 이 시에서 '나무는'의 글자가 나무의 형태처럼 배열된 표현 방식도 재미있다. 이렇게 사랑을 나무와 관련시켜서 시각적이고 청각적인 이미지로 이처럼 단순하면서도 풍성하게 표현할 수 있는 것은 시인의 순정한 마음과 나무에 대한 깊은 성찰의 결과로 보인다.

나무그릇을 만드는 감펠 씨가 목공에 작가인 것처럼,『바오밥나무와 방랑자』 연작에는 예술가가 주인공으로 등장하는 경우가 많다. 작가의 관점에서 작중 인물인 예술가가 자신의 분야에서 인정을 받고 성공을 한 작가인지의 문제는 중요하지 않다. 예술가에게 중요한 것은 자신이 좋아하는 일을 얼마나 개성적인 관점과 창의적인 작업으로 수행할 수 있는가의 문제이기 때문이다.

「그림자를 찍는 사진사」의 사진사는 유행하는 포스트모던 사진이나 초현실주의 사진을 찍지 않고 "아이들이 뒷골목 담장에 쓴 낙서, 철근을 쥐고 있는 노동자, 물안개 피어오르는 섬, 폐쇄된 탄광의 정적, 시장 좌판에서 고등어를 파는 아주머니, 불 꺼진 연극 무대, 사람들이 떠난 빈집 창문이나 제비꽃 핀 해저물 녘 숲길" 등을 찾아다니며 사진기에 담는다. 또한 서커스단에서 신기에 가까운 공중돌기 묘기 같은 곡예를 하면서 "달리는 말의 속도를 계산해 마상에서 용수철처럼 튕겨 올라 3회전 공중돌기"를 하는 야야 투레는 "예술과 과학이 빚어낸 총체예술의 공연을 한다. '브레멘 뵈트허 골목'에서 바이올린을 연주하는 거리의 악사, 왼쪽 새끼손가락이 다른 연주자들보다 손가락 마디 하나가 짧아서, 악마의 유혹을 받는 바이올린 여제, 이들은 칸트의 『도덕형이상학』에 나오는 말처럼 "음악의 선율에는 사람이 무제약적으로 선하고자 하는 의지, 즉 어떤 제약이나 조건도 없이 선한, 인간의 선의지를 다른 예술보다도 잘 표현할 수 있다고 믿는다.

민병일의 『바오밥나무와 방랑자』 연작에는 예술가뿐 아니라 특이한 직업을 가진 사람들이 많이 등장한다. 현실에서는 존재하지 않고 상상세계에서만 존재하는 이 사람들은 '유리병 속의 꿈을 파는 방랑자', '기적을 파는 가게'의 주인, 설렘 상자를 파는 사람, 순간 수집가이다. '유리병 속의 꿈을 파는 방랑자'는 사람들의 꾸다 만 꿈이나 잃어버린 꿈 등을 수집해서 그것들을 손질한 후 숨결을 불어넣어 유리병에 담아 파는 사람이고 '기적을 파는 사람'은 기적을 사러 오는 사람에게 돈을 요구하지 않는다. 그가 파는 기적은 앉은뱅이를 서서 걷게 하거나 장님에게 눈을 뜨게 해주는 기적이 아니라, "지붕에 걸린 무지개"를 보게 하는 일이고, "비 오는 날의 산길 흙냄새를" 맡게 하는 일이기 때문이다. 또한 '순간 수집가'는 순간의 중요한 가치를 알고 있는 사람이다. 그에게 순간은 "숨과 숨 사이, 마음과 마음 사이, 당신과 우주 사이"에 있는 "현존하면서도 존재하지 않는 무無 같은 것"이고, "경이감을 맛볼 수 있고", "예술에의 충동을 느낄 수 있는 것"이다. 그리고 '벼룩시장의 히피'는 열정을 파는 사람이지만, "열정은 사고파는 게 아니라 그걸 필요로 하는 사람에게 아낌없이 주는 것"이라고 말한다. 물론 이들이 취급하는 '꿈'과 '열정'과 '기적'과 '순간'은 이 시대의 대중들이 더 이상 관심을 갖지 않고 잃어버린 것이다. 그러나 진정한 예술가는 대중들의 취향에 영합하지 않고, 이웃과 인류에게 어떤 제약이나 조건도 없이 선한, 인간의 선의지를 전달하려는 의지를 갖는 법이다. 그의 연작 속에 나오는 한 구절을 인용해서 말한다면, 예술가의 역할은 "사람이 사람다워지고 자연과 함께 살기 위하여 세상의 불완전함을 정화하고 인간의 대지를 기름지게 하는" 것이다. 이런 점에서 민병일은 예술가들을 주인공으로 내세워서 사람들의 관심으로부터 멀

어진 꿈과 열정과 기적과 순간의 가치를 동화적으로 혹은 초
현실적 상상력으로 보여준다.

4

　민병일은 프랑스의 초현실주의자들처럼 "삶은 언제나 경
이로운 비밀을 간직하고 있다"는 믿음을 동화로 보여준다. 어
떤 의미에서 그는 삶의 경이로움을 말하기 위해 동화라는 장
르를 선택했다고 할 수 있다. 그에게 '기적'이 비현실적인 사건
이 아니듯이, '경이로움' 역시 초월적으로 존재하는 것이 아니
다. 그것은 나미브 사막에 사는 '스테노카라'라는 이름의 물구
나무 딱정벌레가 섭씨 60도의 뜨거운 사막에서 살아가는 강
인한 의지의 방법이거나, 마찬가지 환경에서 '웰위치아'라는
식물이 잎 하나의 폭이 2미터, 길이가 6미터나 되는 커다란 잎
사귀를 늘어뜨리고 안개나 이슬을 빨아들이고 2,000년을 사
는 지혜와 같은 것이다. 또한 온갖 풍상을 겪으면서 생존하는
나무의 경우, 저지대의 좋은 기후에서 빨리 자란 나무는 나이
테 폭이 넓고 세포벽이 단단하지 않아 좋은 울림이 나오지 않
는 반면, 천천히 조금씩 자라 나이테의 폭이 좁고 나무가 단단
하여 아름다운 울림을 준다는 것도 그가 이야기하고 싶어 하
는 '삶의 경이로움'이다. 이처럼 다양한 경이로움들은 민병일

의 동화 속에 특이한 관점과 상상력으로 다채롭고 풍부하게 서술된다.

이 동화를 읽고 독자들은 어떤 반응을 보일 수 있을까? 「나미브 사막에서 온 물구나무 딱정벌레」에 등장하는 젊은이는 "하는 일마다 실패의 연속"이었으므로 "목적도 없이 세계를 떠돌다 세상의 끝"에서 바람처럼 사라져버리겠다는 절망감을 갖고 있었다. 그러나 엄혹한 사막에서 사는 '물구나무 딱정벌레'와 '웰위치아'의 생존 방법을 알게 된 후, "삶에는 여러 갈래 길이 있고 그 길을 열기 위해선 한계 상황에 맞서 온몸으로 길을 내야 한다는 것"을 깨달았다는 것이다. 또한 "자신의 시가 길가 모난 돌멩이 같다는 열등감에 빠져" 있던 어떤 시인은 "쇠똥 속에 알을 낳고 종족을 번성시키기 위해 온몸으로 쇠똥을 굴리"는 경이로운 이야기와 "고지대 숲 엄혹한 환경에서 살아남기 위하여 일이백년씩 자란 나무는 풍상을 겪느라 악전고투하지만, 천천히 조금씩 자라 나이테의 폭이 좁고 나무가 단단하여 현악기를 만들 때 아름다운 울림을" 준다는 이야기를 듣고 열등감으로부터 해방될 수 있는 체험을 갖기도 한다.(「열등생과 쇠똥구리 그리고 비트겐슈타인의 <오리-토끼>」) 이러한 작중 인물들처럼, 민병일의 『바오밥나무와 방랑자』를 읽는 독자들은 이야기의 재미뿐 아니라, 삶에 대한 지혜와 새로운 발견의 기쁨을 경험할 수 있을 것이다. 더 나아가 이 연작들이 "어린이에게 꿈과 상상력을 길러주고, 어른에게는 동심을 불러일으키는 것"일 뿐 아니라, 모든 외롭고 좌절한 영혼들에게 꿈과 희망과 용기를 갖게 하는 계기가 될 수 있기를 꿈꾸어본다.